U0479184

走向世界的中国作家

与其同在

储福金 著

文化发展出版社
Cultural Development Press

图书在版编目(CIP)数据

与其同在/储福金著. —北京:文化发展出版社,2020.6
ISBN 978-7-5142-3022-2

Ⅰ. ①与… Ⅱ. ①储… Ⅲ. ①中篇小说-小说集-中国-当代②短篇小说-小说集-中国-当代 Ⅳ. ①I247.7

中国版本图书馆CIP数据核字(2020)第099409号

与其同在　YUQI-TONGZAI
储福金　著

出 版 人：武　赫
策划编辑：肖贵平
责任编辑：肖贵平
责任校对：岳智勇
责任印制：杨　骏
封面设计：郭　阳
排版设计：辰征·文化

出版发行：文化发展出版社（北京市翠微路2号　邮编：100036）
网　　址：www.wenhuafazhan.com
经　　销：各地新华书店
印　　刷：天津嘉恒印务有限公司
开　　本：880mm×1230mm　1/32
字　　数：254千字
印　　张：11
版　　次：2020年8月第1版　2020年8月第1次印刷
定　　价：49.80元
ＩＳＢＮ：978-7-5142-3022-2

◆ 如发现任何质量问题请与我社发行部联系。发行部电话：010-88275710

"走向世界的中国作家"文库编辑委员会

主　编

野　莽

成　员

(以姓氏笔画为序)

王池英（美）	立松升一（日）	吕　华
安博兰（法）	许金龙	周大新
贾平凹	野　莽	

不仅是为了纪念

——"走向世界的中国作家"文库总序

野 芥

在一切都趋于商业化的今天,真正的文学已经不再具有二十世纪八十年代的神话般的魅力,所有以经济利益为目标的文化团队与个体,像日光灯下的脱衣舞者表演到了最后,无须让好看的羽衣霓裳作任何的掩饰,因为再好看的东西也莫过于货币的图案。所谓的文学书籍虽然也仍在零星地出版着,却多半只是在文学的旗帜下,以新奇重大的事件,冠以惊心动魄的书名,摆在书店的入口处,引诱对文学一知半解的人。

这套文库的出版者则能打破业内对于经济利益的最高追求,尝试着出版一套既是典藏也是桥梁的书,为此做好了经受些许经济风险的准备。我告诉他们,风险不止于此,还得准备接受来自作者的误会,此项计划在实施的过程中不免会遭遇意外。

受邀担任这套文库的主编对我而言,简单得就好比将多年前已备好的课复诵一遍,依照出版者的原始设计,一是把新时期以来中国作家被翻译到国外的,重要和发生影响的长篇以下的小说,以母语的形式再次集中出版,作为中国当代文学的经典收藏;二是精选这些作家尚未出境的新作,出版之后推荐给国外的翻译家和出版家。入选作家的年龄不限,年代不限,在国内文学圈中的排名不限，作品的风格和流派不限，陆续而分期分批地进入文库，每位作者的每本容量为十五万字左右。就我过去的阅读积累，我可以闭上眼睛念出一大片在国内外已被认知的作品及其作者的名字，以及这些作者还未被翻译的本世纪的新作。

有了这个文库，除为国内的文学读者提供怀旧、收藏和跟踪阅读的机会，也的确还能为世界文学的交流起到一定的媒介作用，尤其国外的翻译出版者，可以省去很多在汪洋大海中盲目打捞的精力和时间。为此我向这个大型文库的编委会提议，在编辑出版家外增加国内的著名作家、著名翻译家，以及国外的汉学家、翻译家和出版家，希望大家共同关心和参与文库的遴选工作，荟萃各方专家的智慧，尽可能少地遗漏一些重要的作家和作品，这个方法自然比所谓的慧眼独具要科学和公正得多。

遗漏总会有的，但或许是因为其他障碍所致，譬如出版社的版权专有，作家的版税标准，等等。为了实现文库的预期目的，在全书的编辑出版过程中，出版者会力所能及地逐步解决那些障碍，在此我对他们的倾情付出表示敬意。

2018年5月12日改于竹影居

目 录

雨潭坡 / 1

与其同在 / 62

镜中三十 / 107

情之轮 / 155

绿井 / 196

善心的功能 / 211

与大师吴之奇对话 / 232

青青葵 / 246

棋语·连 / 255

棋语·靠 / 272

棋语·冲 / 288

棋语·弃子 / 304

人品与作品的双重魅力 / 323

储福金主要作品目录 / 330

雨潭坡

夏天很快就到了，我很讨厌夏天。冬天还好，要是冷可以多穿一点衣服，多运动一下。到了夏天，你就是剥下了皮还无法解除那种热的感觉。我像是记住了应玫的话，一天要洗好几次头发。

应玫是我在小城认识的姑娘，也就因为她，年轻的我才停止了飘游的生活，在小城居住下来。她曾与我有过一次无法忘怀的形神交融。在我发现她与一位坐在轮椅上的男友一起生活的同时，她告别了我，有很长一段时间，我不知她去了哪儿。

这一天，我突然收到应玫的来信，很短的几行字，说他们这段时间一直在中兴市，现在就要去南城了，去了南城后，会告诉我地址。

经常会想到你说的故事。她在信最后说。

中兴市离小城不远，我想着信早收到的话，我已经去看过她了。

这段时间，我在刊物上发了几篇文章，就是把说给应玫听的那些故事，用文字叙述了一遍。那正是应玫起的作用，本来我不以为故事有什么意思的。文章的发表，产生了一点影响，小城的文化馆领导开始想办法，让我把户口安顿下来。我想自己飘游了多时，在山区与乡村都生活过，最后还是想回城里安家落户。前些日子人家做介绍，对象都是低一层的，便是因为我没有安定的户口。

这两天，文化馆宣传队的女孩们陆续上楼来，说着我户口安顿的大事,她们的口气十分郑重。其实我并没有在小城里生活下去的打算,不过就这么生活下去,也没有什么不好的,工作没有固定的时间,闲人自由身,能够自己写东西。只是还显得有点空落落的。

文化馆领导拿了一张通知来给我,让我去参加一个刊物召开的作者会议。我不怎么喜欢开会,一些人聚在一起谈与生活很远的事。我还是去了,因为会址在中兴市,我想也许应玫还没有去省城,虽然我并不知道她在中兴市的地址。

我提了一个很简单的行李就去了。过去我曾来过中兴市,眼下城市好像大了不少。会议准备得很随便,在宾馆没见会议后勤人员,服务员告诉我,宾馆的房间门上,贴着会议参加者的名字。我在104房间门上找到了我的名字,在我名字之下写着铁敏两个字。我已不习惯与别人同住。在飘游的日子里,我常在小招待所里,与好多个人打通铺,忍受着别人的酒气与呼噜,还有打牌的叫声。

到底是新的宾馆,显得漂亮而舒适。放下小包,我就出门去了,在街上逛了好一阵子,随后在街头小店门口摆出的小吃桌上,吃了一碗馄饨面,这里也学南方叫作云吞面。听着同桌的人说着话,一种飘游中的感觉又浮起来。吃完了,热得满身是汗,坐长条凳上注视着街上的人,心中有着一点朦胧的渴望,明知那没有可能的。

回到宾馆里,开了门,我就进卫生间洗澡,听外面有人敲门,想是同室的人来了,应了一声:"请进吧。"门还敲着,想是门随手锁了,便披一条浴巾出来,从卫生间探出身子,伸手过去开了门锁,说:"进来吧。"门开了,我闪身的同时,看到那是一张女人的脸。正庆幸自己身子闪得快,就听女人在外面带着一点笑意的声音:"你洗吧,我坐坐。"

我略微洗了一下，长衣裤脱在了床上，我只有穿着短裤背心出来了。那个女人正坐在对着门的沙发上，见我出来，脸上还带着一点笑，没有任何尴尬的样子。她大概二十多岁吧，我的脸上肯定有点尴尬神情，没想她会是如此大方。

我想穿上长裤，但是对着女人穿裤子总有点不自在，犹豫一下，在床边坐下了："你是……刊物的……？"

"我住在这里啊。"她说，肯定知道我会是怎样的反应，又笑起来："没骗你，我是铁敏。"

我有点呆了。她肯定也估猜到我会是呆着的神情，紧盯我看一会，然后说："不知你的名字让人觉得是女的呢……叫什么姚欣，还是我这个铁敏让人觉得是男的，反正，把我们排在一个房间了。"

我这时想站起来，去会议召集人那里说明，又想着先要穿起衣服来。刚出浴，浑身还潮潮的，头发湿着。

她又盯我看着，笑了："我已去说过啦。他们一见我就奇怪。铁敏是我的笔名，我不喜欢人家看我是女的才发文章。现在他们去换房间了。"

知道她也是作者，已经不和我同住了，我感觉就放松了。她随便的神态和语言也让我有可以放松的感觉。她随便地提起，说看过我写的文章，文笔细腻，以为真是女人写的，没想到是一个毛头小伙子。说着又笑。

我看她并不会比我大，起码不会大多少，只是显着大的口气。她的形象乍一看去，是显得大，细看看，还是姑娘的模样。虽然姑娘与女人我是分不清的。

"其实我是不喜欢写文章的，但我还是写。好多人都说写文章

雨潭坡　3

有名有利，我真的只是没事做，不写又能做什么呢？打发时间，消磨光阴罢了。说这样的话，你大概觉得矫情吧。"

她穿着一条紧身牛仔裤，有点刚开放引进的外国西部牛仔的味道。说话的时候她手里拿着一串钥匙，其间有着两块像钢圈造型的东西，有时转一转，发出一点叮叮的声音。

我说："我不讨厌写，只是不喜欢不想写的时候，为一个任务而写。"

她又盯着看我一会，说："你很奇怪的。"

"奇怪？我奇怪什么？"

"你说这话就有点奇怪，也许是你说话的神态吧。"

她喜欢盯着人看，我注意到了，也就随便了，觉得可以无拘无束地和她说话。

"有的时候，写字写到连熟悉的字都需想一想，我拼命地想，不去找字典，终于想出来后，还盯着它看，看了半天发现那个字其实还是陌生的，好像怎么也不对。"

铁敏说的对字的感觉，似乎与平常人不一样，我却也有着的。

我说："我写一件事，就去想那件事，要把那件事前前后后人物背景，都回忆起来，再发表对那件事的看法。"

她说："我写东西的时候，写着写着，就不知自己是在做什么，好像不是我做的事。只是如一种东西在不断往外冒。我不怎么喜欢连自己都说不清的感觉，只是形成了习惯。"

我说："写一个人也一样，有时候我写那个人的时候，才发现那个人真实的样子，与平常不一样，或者说比平常还要具体，平常并没有注意到的。"

我们两个都在说着自己写东西的事。我发现我的话也多起来，像是抢着说的。

说了一会，大概都意识到了这一点，一下子都停了口，随而对视着，她笑起来，我也笑了。我觉得好长时间没有这样笑了。

"你很奇怪的。"她又说。

"你才奇怪呢。"我说。

"你不可以这样说我的。"

我只是重复着她的话，这她知道。我说："为什么？"

她盯着我看着："不为什么，就是不可以的。"

她嘴里说着禁令似的话，却还是笑嘻嘻的。那也是她的一种说话方式。她真是挺奇怪。

就这么熟悉了，熟悉得很快。也许都是写文章的，共同语言多一点吧。说着的时候，服务员推门进来，对铁敏说房间安排好了，引她去。她就去了。我一个人睡下来，我还没有一个人睡过这么大的房间呢。睡着的时候想到铁敏，想到从没和那么多写文章的人一起开过会。不由就睡着了。

第二天的会却让我觉得很没有意思。这是一个小会议，人并不多，主持人的话语却像官方的大会一样。我低头坐在后面，似听非听地，想到了应玫，想要从哪一条线索上寻找她。后来，有人靠近来坐，发现是铁敏。她迟到这时才来，好像是刚睡醒，脸上洗得清清爽爽，穿了一件长大的很新潮的猎装，完全大城市女性的装束。

"你在想什么？"她凑近脸来，轻声问。

"没有。"

"肯定不对。你不可以骗我的。"

"肯定可以。"我说。

"可以骗我吗?"

"我从来不骗人的。"

她伸出一根手指来,说:"没有人不骗人的。"

"就是说,你会骗人的。"

"看在什么场合,看对什么人,还有看是什么心情。"

"骗人就是骗人。"我说。

"当然有善意的与恶意的。"

"只有骗人的和不骗人的。"

我和她似乎又是各说各的话。停下来的时候,她注视着我,我也看着她,静静地。她又笑起来。这时主持人在点铁敏的名字,主持人是个中年的男子,白胖胖的脸,戴着一副眼镜,他是刊物的编辑主任。

她抬起头来,依然带着笑,回答说:"是的。"

我不知道主持人问的是什么,似乎铁敏和我说着话,同时还能听着主持人的声音,或者她只是随便应着他的。她应答的时候,带着场面上的认真。我觉得她的神态很会变,似乎有着两副面孔。

后来主持人问我有关文章的话,我应着。我觉得我不适应谈文章,虽然我是写文章的。不过昨晚与铁敏说到写文章的事,还是有点意思的。

"你又想着什么了?"铁敏在我耳边低语。

"想到了你……"我随口应着。她挤了一下右眼,她的神态奇怪极了。

我也奇怪自己,平时不可能与女性说什么越规的话。

吃完午饭，大家回房间休息，铁敏跟着我到了104房间门口，我用钥匙开门的时候，她说了一句："喔，我还以为房间在这里。昨天走顺了。还记着是这里。"

我说："是在这里，这里还有你的名字呢。"

她走前去了，回头又朝我威胁似的挤了一下眼："你还说你不骗人。你很会骗人呢。"

我听得出她话的意思，是说我会骗女孩。我也弄不清自己，也许是一开始铁敏和我划在了一个房间，也许她的名字里有个铁字，也许是昨天的对话熟悉了，我信口与她说话，显得很随便。

晚上，我依然独自在城市里逛，沿一条街转去，并没有什么想法，只是胡乱走着，走得很累的时候，再回宾馆来。

房间的另一张空床上已经坐着一个人。我认出他是从南城来参加会议的。他告诉我昨晚胖子主持打呼噜，让他一直没睡着。知道我一个人住，给安排搬来了。他和我说起这一天的会，问我发了多少文章，说他只发过两篇文章，说他希望和我经常联系，问我有没有成家，问有没有女朋友。我应付着。问着问着，他睡着了。他也打呼噜，呼噜声不是太响，我有一段时间没有与人同室了，一时有点不习惯，慢慢地感觉迷糊了，也就在他的呼噜声中睡着了。

第三天开会，铁敏依然来迟了，坐到我身边，坐下就说："昨天晚上你到哪儿去了，往房间里打几个电话都不在。"

"是吗？"

"什么是吗？以为我骗你啊。"

"我出去了。"

"市里有熟人？是什么样的人？"

"随便走走。"

"两个晚上都随便走走?"

"嗯。"

她退缩一点身子盯着我看了一会,像是确认我是不是骗她,后来说:"那好,今晚我就和你一起走走。"

中兴市的房屋建筑很集中,宾馆处于市中心,从街口往右一拐,穿过一条巷子,再走出来,就是小街了。前两天我一直走在大马路上。现在只顾在小巷穿行。居民区里人很多,中兴市的人都喜欢晚上在街边坐,摆一个小桌子吃饭。我跟着铁敏乱转。后来她却转过身来问我:"你有目的地吗?"

"没有。"

"那怎么走到这儿来了。"

"不是随便走嘛。"我说。我还以为她有目的地呢。她靠近着我,两人只顾走下去,似乎找更清静的巷子走。走进一条很窄很长的巷子,巷子里就我们两个人,听着脚步的回声。她的身上有着一股淡淡的香味,似乎是搽了什么香水。我以前接触的女孩都没有搽香水的。应玫身上有一股自然的香气,我想到那次在医院后门遇上她,两人也在很僻静的巷子里走,那时是黄昏,阳光在墙的一半上面亮着。

"你又在想着什么了?"她偏过脸来问我。其实我们一直是一边走一边随便说着话的,和铁敏在一起没有静下来的时候,似乎才静了一静,她就反应到我在想什么。

"没有。"我应得有点迟疑。虽然我觉得可以与铁敏说任何的话,但我还是不想对她说到与应玫的那一段事。

她没作声，走了几步，我和她还没有过这种现象。她转过脸来盯着我，过一会问："是不是有心上人？"

她的问话有点突兀，又是自然的。我点了点头。

"不怎么顺当？"

我不知怎么回答，摇一下头，又点了点。她又笑起来，笑得很短促，就收住了。

又走了一会，从小巷子转到另一条小巷。她说："你怎么没问我一下？"

"什么？"

"没有兴趣？"

"你呢？是不是有意中人？"

她本来手臂靠着我的，伸起来挥了一下："我提了，你才问，真叫人不好受。"不过接下去她就对我说了："在情路上，我可是久经沧桑了。我一直认为我把感情放在第一位的，我只希望有一个男人，他爱我，我把一切都给他。可是我爱上的第一个男人，却是一个有妇之夫。我就是这么一个坏女人。我为他把工作丢了。我以为他爱着我。但有一天，我看到他和他妻子走在一起，我并没有嫉恨，我迎着他笑，他却只瞥了我一眼，似乎我是完全不应该出现的。这一眼，让我发现他在我身边说的所有情爱话语，都不如他在家中的一点安全感觉。他做事很有冒险精神，却不敢表现在情人身上，也许我不值得他冒险，也许我的爱根本无法与他的妻子比。可是我还是爱着他，我忘不了他。我不再与他联系，他来了，我也不回绝他。我有着爱，但我感受不到爱，我也弄不清是不是爱。"

我没有想到很爽朗的铁敏，会有那样的爱，隐约与我的感觉契

雨潭坡

合着。很快我觉得是不应该联想的:那个男人是自私的,应玫是无私的;那个男人对她说着爱,应玫连一个爱字都没对我说过。

"你又想着了什么了?"铁敏的意思里含着一点责怪,责怪是淡淡的近乎空无的。她讲了那样的事,而我想着的是另外的事。

我还是没说什么,她也不再说话。我和她走着,我们的脚步声在一个声音里重叠了。

过了一夜,第二天早晨再见铁敏时,她又显得快乐开朗,很远地端着早餐盘子与我抬手招呼,充满笑意的眼神。我也笑了。觉得很亲近的。

那天下午,会议结束了,宾馆门口停着去南城的一辆面包车。我独自背着包上汽车站去。我向在宾馆门口等开车的铁敏招呼了一声,她便跟着我走,走出一段路,会议主持人在后面叫她,她回身应了一下,才站停了。

"你真是奇怪的。"她说。

我笑一笑。她突然说:"我比你要大三岁呢,可以做你的姐姐……不过,我并没有把你当弟弟。我是做不了人家姐姐的,也不愿做。"

说完,她朝我扬扬手,就回车子那边去了。

热天过去的时候,从南城来的一封信,原以为是应玫的,却是铁敏的。短短的信:这次会上认识你很高兴。你真是一个奇怪的人。我想你肯定会遇上一些奇怪事的,假如在南城需要我帮助的话,尽管对我说。

接到铁敏的信,她的信文字像水洗过一般,干干净净的,有点像秋天清朗的天空。应玫不知了去向，在我的感觉中，她像是推着轮椅在飘游，爬上了山坡，一片绿色的上面是一片橙黄的阳光。

我和铁敏通着信。铁敏的另一封信是这样写的：我喜欢秋天，虽然总有点忧郁。忧郁是人生的习惯，是根子上的禀性。我有时觉得与你聊天，像是与自己聊天，但还是想与你聊。你不同的东西也正是我的东西。我奇怪你的奇怪。不知你又在想着什么，就像我自己默默地坐着。

那是一个傍晚，我给铁敏写信，一封信写得很长，也不知道自己都写了些什么。我也觉得给铁敏写的信，好像都是对自己说的。

只过了一天，我突然又收到了应玫的信，她说，眼下就要离开南城，到南方陶成的老家去了。

我立刻动身，来到南城，按她信上的地址寻去。车出了旧城门，穿过一片林子，车到站了。下了车，我背着简单的双肩包，往坡子上走，绕过一片绿竹，前面有一排房子，走到房前，看到房门上挂着的锈蚀缺角的门牌，确定自己没有走错。我向坐在门口绕毛线的一位老太太问询，她指了指对面坡上的一幢房子。

房子前面有一片竹林，还长着几棵梅树，我知道这边城郊梅树是有名的。掩映在树竹后的几间房子的山墙，在阳光下明亮亮的。红墙青瓦的房子。

转到房子的正面，我立刻看到坐在轮椅上的应玫的男友陶成，他迎着我，坐在屋檐下的一个葡萄架前，葡萄叶铺满架上，他的脸上洒着斑斑驳驳的阳光。他正伸手做着一个动作，像打呵欠伸懒腰的动作，又像是伸手迎着我。

"你好。"他说，他一点没有吃惊的样子。这里肯定很少来人的。

我说:"你好。"

我把背包从身上拿下来,放在旁边的一块大青石上,同时朝房里看了一看。陶成说:"她去买菜了,你来得正好……她很少有兴致要烧一点好菜的。"

我笑笑。背靠墙在石上坐下了,身下很快感觉到了青石上的凉意。

陶成看着我坐下来,脸上带着明快的笑意。在轮椅上生活了那么长的时间,他还是很开朗的样子,实在是很不容易。作为一个男人,我感受到他的耐力与毅力,同时也能感觉到应玫的平和心境。

"从这里看太阳落山是最好的。"他说,手随意地推一下轮椅,轮椅动了一下,调正了一点角度。这也许是他习惯的动作。"太阳一天死亡一次,到傍晚的时候,它便饮一杯月亮给准备的酒,脸变得红红的,沉落下去。月亮是不死的,只是太阳亮的时候,看不到它了,它一天都在精心准备给太阳的那杯酒,以便让太阳心甘情愿地落下去,显现出它来。它永远是不变的亮度。只是累了便缺了,一直缺到牙月时,又充满力量,重新圆起来。"

陶成像是对我说着一个童话故事。让我想起我给应玫讲飘游故事的时候。她把那些故事讲给陶成听,而他却对她讲着他坐在轮椅上想出来的故事。这些带着想象色彩的故事,也许比我的生活中实在的故事更吸引人。

"你渴了没有?"陶成很温情地问我。"里面有她煮的麦茶。"

我一时没动身子,感觉有点渴,但并不是很渴。"烦请你给我端一杯来。"陶成带着请求的声音,让人不由自主去做。

我进房子,堂屋里显得很简单也很整洁。茶就放在长条案桌上,用一个瓷罐盛着的麦茶,颜色红红的,像是酒。

我倒了两杯,端了一杯给陶成,他伸手接了。我把手中的一杯一气喝尽了。他并不着急喝,只是放在嘴上,喝酒似的浅浅地抿了一口。

"你去过南方好多地方?"陶成又用手动了一下轮椅,他是用手掌按动的,看来他的病情好些了。

"是的。"

"南方这个季节雨很多。空气里湿湿的,很滋润。大街街面上的楼房都有着长长的檐,有的街面很窄,好像除了屋檐便是树,就是下雨天走在街上也不用打伞。到处能嗅着清新的气息。"他带着忆念地说。

"你也去过?"

"我在那里生活了好多年,也是在那里认识她的。"

我还不知道应玫在南方生活过,她小巧的身材,也许就是南方的人。

"我是在一个棋摊上认识她的。南方有那种棋摊,一个儒雅的老板开一个铺面,里面放着几副棋。在那里下棋的人多,春秋天气候好的时候,有时会把摊子摆到街边上来,一排边放许多的棋盘。多是象棋也有几盘围棋。象棋一盘两分钱,围棋一盘五分钱,当然都是输的人给。我那天看到一个女孩坐在围棋盘前,觉得奇怪极了。她那时还不大,手细白,手指纤纤。我就上去和她下了几盘,她是落子如飞,像是抓着一个棋子就往棋盘上放。她一连输了三盘,后来两盘是我输。倒不是我故意输的,只是我没有心思与她下了。她对老板说她只输了一盘,就交了一盘的钱。老板笑笑,看来是认识她的。也许他们有着默契,老板也希望有一个女孩在棋摊上下棋，可以吸引更多的棋客吧。……我就和她聊起来，一起在街上散步。等她走后，我回头去棋摊，把她与我输的钱都交了。老板还是没作声，笑笑收下了。那时二角钱还是不少的……整个那一天，我的心情都很好。"

"她真的会下棋？"我有点不大相信，我很难想象应玫全神贯注对着棋盘的样子。

"应该说，下得不错的，要知道那时虽然棋类比赛都取消了，我却是在南方几个省的棋摊上都战过来的，况且是少有对手的。"

"那么现在你们还下吗？"我问得有点迟疑，觉得自己问得有点多余，他们一起下棋认识，在这样长的日子里两人相对，下棋当然是消磨时间最好的生活方式。只是我刚才进屋的时候，并没有看到桌上有棋盘摆着。再说，上次帮他们搬东西时，也没有看到有棋盘。我自己也下棋，说不上喜欢，碰上会下棋的人，就下上一盘。在我的屋里还是放着一盘棋的。特别是我外出飘游时，身边总带着一盘磁性棋，不管在火车上，还是在旅社里，下上一盘，空闲的时间就过去了。

他动了一下轮椅，轮椅向前移了一点，似乎是阳光在葡萄架上往后退了一点，他进到了葡萄架的光沿下，始终是追着阳光。"我与她在一起后，我曾说到她下棋下得太快了，要是下慢一点，她的棋艺自然会提高的。她说，她不想下棋了，下棋本来就是没意思的时候下的，两个人在一起，下棋把时间都下掉了，也变得没意思了。这以后她真的不下棋了，我也不再下了。"

"是吗？"听起来有点奇怪，但不知为什么我是相信应玫会这样的。"那么弹琴呢，弹琴也很费时间的。你应该知道她很喜欢弹琴的。"

"是啊，假如我也会弹琴的话，她说她不想弹琴了，我也会赞成的。不过，弹琴与棋不同，她弹我听，等于是她说故事我在听。而棋呢，只要对面坐下，总有一种你输我赢你胜我败的对手感觉吧。"

这时太阳落山了，阳光动得快了，陶成的轮椅已经转出来，到了葡萄架外。他很喜欢阳光。夕阳的光不再有强烈的热，陶成在阳光下又伸了一下腰。他的个子应该是很高的，坐在轮椅上，他的上半身看上去长长的。

我走了几步，离陶成远了一点，走到坡子的前面，朝远处望着。从这里可以望到很远的地方，还隐约可以看到我下车走进来的地方。田野上长着一片黄色的稻子。竹林与梅树葱葱绿绿。风吹过来，带着一点山野特有的新甜的清新空气。面前一片叶子飘然而下，随坡子落下去。

应玫似乎突然浮现在身后。我先注意到陶成的一种微笑神情，再偏过身去，看到应玫提着一个篮子站在那里。她穿着一件大城市才兴的休闲装，宽宽大大的休闲装，显得自然质朴。手上的那只篮子是熟悉的式样，是小城那里特有的。青竹篾编成的提篮，提把大大的，边上用细竹篾缠编着，很结实的。她对着我，露出习惯的笑，又微微地低下一点头去。

"你来了。"她的话语里带着问候，没有惊奇，是很自然的。

我点点头，迎着她微微笑着。也许她丰满了一点，越发动人了。太阳正落下山去，通红通红的一个火球，架着一条云彩，晚霞长长地一层一层。

"东马路新开了一个超市，东西很多，我想多买一点回来。可想着很快要走了，带着累赘。"应玫是很喜欢逛店的。我知道。

应玫提着篮往房里去，我也跟着进去，陶成的轮椅往坡前移了一点，他对落日的景色很着迷。

她领我到旁边的西屋。那里摆着一张床，一张旧式的两边有木架子中间搁板的那种农家床。床上简单地铺着垫单，整齐地叠着一床薄毯子。看来山坡上的气候很阴凉。没有挂帐子，应玫对我说，这块坡子很奇特的，四周没有蚊子，也没有苍蝇。

靠窗摆着一张旧桌子。应玫把篮子里的东西往外拿，一件件铺在了桌上。有菜有酒，有短衣裤，还有一卷塑料绳子。她把空了的篮子挂在窗边上，再把那些菜拿到堂屋后面的厨房去。

我默默地跟着她，她的神态和举动引我跟着她。

厨房里摆着煤炉，应玫一进厨房，就把插着的炉盖开了，上面的水壶很快就发出了嘶嘶水动声。厨房的后面通着后门，门边放着两张小凳，应玫坐下来，拿过蔬菜来剥着菜皮，她做得很熟练，也很有兴致。她偶尔抬起头来看我一下，脸上还是那点微笑。

"你不坐？"

我摇摇头，一时我不知说什么。我肩靠着后门框，后面便是一个坡子，房子就倚着这个坡，坡上长着一簇一簇细长叶子垂挂着的绿绿的草。肯定近处流着泉水，草叶有点润润的。满坡褐色的土与丛丛簇簇的绿草相映，有着一种生气。

"这里晚上风很大，很凉。有时风吹得呜呜的，听惯了，能听出那节拍来。"她说。

"接到你的信我就来了。"

"在这里也有好长时间了。还没有外人来过呢。来往的都是这里住的人家，特别是老太多。她们会送来一些她们种的菜，有时送来一只鸡和几个鸡蛋。就是这个样子的。"

我没再说话,只是看着应玫。她做事很沉稳,把一棵棵菜仔细地择着,理顺着放在一边,她的动作又显得很快。

她抬头笑看我一下,正遇着我盯着她的眼光,这一刻两人的眼光又似乎凝着了。她的眼一动不动,清清澈澈的里面,很深的地方显得很开阔,仿佛没有边际。

我的眼光游移一下,她的眼光也随着微微低一低:"你还是老样子。"

"你也没变啊。"

"我觉得自己发胖了,在这里日子过得平稳悠闲,时间好像不动,饿了做饭吃,困了就上床睡。"

"很少想到我吧?"

"你的故事还总是说着。那天我还说,你会写出好东西的,写出一本人人都喜欢读的书。你天生会编的。"

"说给你听的,都不是我编的。"

"你真是会说的。"

说话间,她把菜拿到后门外接的一个水管前洗了。水是从坡子上流下来的,水色很清。她又把炉子上的开水灌进瓶里,把饭煮上。我跟着她走动。

她用布把旁边的桌子擦干净了。

"明天就要离开这里了。可是还是觉得这里就是家。到哪里都好像是一样的,没有一处是可以离开的。这里也好,那里也好,随便隔着那么远的地方,其实还是在一起的,都在心里头,只要一想就想到了。对哪里我都没有离开的感觉。你说过那些飘游的事,你觉得自己走远了吗?"

"这里和那里总有区别的。有好看的地方,也有不好看的地方,自然是不同的。"我嘴里这么说,心里也在怀疑自己的话,觉得并没有说对。想到人有时心情不好,别人都说好看的地方,也没情绪看,关键在于心,那么应玫不知不觉说出来的,自然是有道理的。

应玫又回过头来看我。她的眼睛张开时圆圆的,眼白青青眼眸黑黑。我一时觉得心里漾着一点朦胧却又清晰的感觉,那感觉如湖波一般涌过来。

"明天就要走了吗?"

"明天下午有卡车来,是一个朋友,把我们送过去。送到南方那边的镇上,再换拖轮车。说那里都准备好了。"

我很想对她说什么,希望她不要走那么远。但我明白她的心境,我在飘游的时候,自己也不明白我要走到哪儿去的。

我与应玫一起把烧好的菜端到桌上去。

从高高的悬梁上挂下来一盏电灯,在空间很大的堂屋里,亮着黄黄的光。小桌上面,放满了菜肴,几乎没有搁酒杯的地方了。应玫开了一瓶买来的红葡萄酒,给各人倒了,都端在手上。葡萄酒瓶就放在应玫的脚边,她说她是司酒。

"很能喝酒吧。"我对陶成说。

陶成托着倒了酒的玻璃杯,像是看着杯里红艳的颜色:"我听过许多的酒的故事,其中一个是描写一个古代的文人,说他对门的一位酒店的老板娘,长得非常漂亮,夏天里把桌子放在外面招待酒客。老板娘自搁着一张竹榻,没客人的时候就坐在榻上歇凉。这个文人在酒桌上喝着酒时，面朝着老板娘，欣赏着她的美色。酒足以后，他便在老板娘的身边床上睡下，睡得呼呼的。我觉得这是一个最好的酒故事。"

我知道这个情节，大概是有关竹林七贤的故事，只是听陶成说来，很有美感，也很生动。

我与陶成碰了一杯，我只喝了一口，他却把杯里的酒一气喝下去了。

应玫在我身边说："平时我们不喝酒的。"

似乎是知道我要来，今天应玫买了那么多的菜，还带了酒回来。平时自然不可能的，也许有明天就要走的缘故吧。

应玫在自己的酒杯里倒了一个杯底，浅浅的。她说过她不会喝酒的。那次她说，她喝了酒，脸会比红鲤鱼还要红，还会一个劲地笑的。

我随后也把酒一气喝了。一时酒热热地在喉咙口，迅即扩散到全身，感觉浑身处处都膨胀着。

应玫给我们的碗里搛着菜。陶成不时地动一下他的轮椅，他的身子很自如地在桌前滑来滑去，像游动着。

"常喝酒吗？"他问我。

"很少。上次还是和曹艺术在一起喝的酒。"

曹艺术是他们的熟人，我把那天与曹艺术一起看电影，后来散步回头喝酒的事说了一下。

陶成说："有女孩子在旁边吧？是两个？"

"那是当然。有两个。"我说。

陶成动了一下轮椅，他把两只手撑着桌边，身子运动似的整个向上动了一动。

"从街南往西再转回来,我转过,慢慢地散步,大概要两个多小时。街西的那段路,嗅着总有股甜丝丝的味,是酒厂的味道,特别是夜晚就更明显了。那里的路面有点松松软软往下陷。铺着的砖头高一块低一块的,走上去脚底带着轻轻地颠动……喝酒的小摊在街面的丝绸厂门市部边上,对吗?"

"是的,那天走了将近三小时。"

陶成说:"有时候走很短的路会觉得累,有时候走再长的路也有劲……小摊上供应的是啤酒吧。坐在小摊上,总有人在说着什么。风从街面上吹过。有人在你耳边低语,有的话近乎耳语。旁边有人大声说话。而你听到的只是在耳边低语的声音。"

我想起来,那天夜晚小摊上确实还有几个农民模样的人在喝酒,他们大声地说着话,仿佛是整个城市的主人。

"那个姑娘叫什么来着?"应玫问。

"梁若星。"我说。

"还有那个……叫萍萍的吧。"应玫给我杯中倒酒。不知不觉中我已经喝了三杯了。"她很热情的吧。"

"她还不错。"我说。我又喝了,把杯子伸到应玫面前,让她再给我倒。瓶颈碰着杯沿,发着叮当的微微细碎的声音。整个山坡安静极了。这里确实是安静。

似乎还能听到钨丝走电发亮的咝咝声。

我说:"她也在紫楼演出队,拉大提琴。"

陶成看了应玫一眼,不知为什么,我总觉得他面对我时,眼光中始终围绕着她。而看她的时候,反而有点淡出了。那一刻间,我感觉着他深切的感觉。

陶成端着杯子，看着杯中的酒说："把大提琴与红酒放在一起，会有一种特殊的意境。大提琴放在那儿，便有一种空谷的音响，而红酒的色彩与空谷的琴音是相吻合的。两者在一个画面上，声响与色调合成图案，或者说节奏……"

应玫看着他，她的眼光与围绕着她的眼光合在一起，有着一种青色的色彩，又有着清脆的叮当声息。

一瓶酒已经见底了，基本是我和陶成喝的，但我还相当清醒。我从来没有发现自己有这样的酒量。陶成的脸与红酒的颜色差不多了。而我也觉得自己的脸上有点热热的，想必脸也是红色的了。在灯下看应玫，她的肤色却越发显得白皙，白得如瓷般。她一直没忘给我们倒酒，也不时地给自己倒上一点。她不劝喝也不劝不喝。我还从来没有与人这样喝过。桌上的菜少了不少。喝酒的时候，往往是糟蹋菜的时候，吃下去也完全不知道菜的滋味。应玫是管撰菜的，所有的菜我都尝了，也许是新鲜的缘故，都很好吃。

吃完后，收拾了桌子，夜已深了。应玫端来一盆水放在陶成面前，她蹲下来，想是要给他洗脚。我就起身走出门去。都说红酒后来劲，风一吹，酒劲有点上来了，先是肚腹热，慢慢升到胸口，滚热滚热的。只是凉风从上压着，脑子还是清醒。依稀听到身后屋里应玫与陶成的说话声，带着一点轻柔的笑声。眼前是黑黝黝的竹林，远处深青色的朦胧如黛的山影，城市高低的楼影。

许多飘游中的记忆，夹带着一点旧时家的记忆，都拢在一起化作暖热的感觉，突然那酒的暖热在上下运动着，觉得腹下就膨胀起来，似乎无由地膨胀着，我弯了一下腰，缓解一点那里坚挺地顶着的感觉。但那是不可感觉的，越是感觉越是明显。

坡子下响动了一下，我恍惚看到一条东西游进竹林去了，想是蛇。竹林里往往有一种竹叶青蛇，是毒蛇。我注意到坡下有一双眼睛看着我，那是一条狗。奇怪的是它没有大叫，只听到它低低的吠声。一时，许多的声息都在我的感觉中。我抬起头来，深青的天空，许多的星在跳闪着，仿佛也在发着声音。我顺着坡子走下去，那里有一塘水。我来的时候曾绕过水塘，水清清的。我在塘边掬水洗了脸，水凉凉的，很舒服。我脱了鞋，把脚也洗了，脚踩在塘边的青石板上，凉湿凉湿的。

身后的声息静了。我慢慢地回到房子里去。堂屋没有人，左厢屋还亮着灯。我关了大门后走过去，看到应玫已在靠山墙的一边搁出了一张床，很简单的一张折叠床。她把原来那张床上的用品搬到了折叠床上，原来那大一点的床上摆着叠齐的新薄毯。

她弯腰在那儿铺着床，又转过头来看看我，带着笑，她的笑脸柔圆柔圆，身子弯成一个半圆的曲线，也柔圆柔圆。

两张床靠得近，几乎床头靠着床头。我听由应玫的安排，在大一点的床上坐下了，应玫也在折叠床上躺下了。把手靠压在头下，朝我看着。她的一双眼睛在柔和的灯光下熠熠发亮。随后，我也躺下来，和她一样略蜷着身子，手肘压在脸下，看着她。

灯线就在床头，她示意我拉灭了灯。月光就从房顶的玻璃天窗上照映下来。她的身子更是朦胧的一团柔和的圆。我们还是那么躺着对望着，她的一大半的脸都在阴影中，映着月色的那一半，显得越发的洁白。

"你睡了吗？"她轻声问我。

"我看着你呢。"

"能看得见吗?"她的声音里含着一点笑意。

"感觉得到。"她没有再说话,我感觉中她的身子柔和地起伏了一下。我一动不动地看着她,她的身影慢慢在暗中有点清晰起来,隐约能看清她的眼、鼻、嘴的轮廓。那两点清清明亮的眼光,像静静的碧水。

"有对象了吗?"

"没有。"

"有可心的吗?"

"没有。"

"有人做介绍吗?"

"没有。"

她那边又发出轻轻地笑,很脆的,她的声音像含着一点甜甜的东西。

我和她一时没说话,就这么静静地躺了一会。屋子里静得很,这时间似乎很少,又似乎很长。那边右厢屋里传过来一点声息,像是陶成翻了一个身,木条床低低地响了一响。我感觉她的身子又动了一动,像是被呼应着似的。她还是安静地躺着。

"我觉得有点奇怪。"我说,不知她是不是还睁眼看着我。

"什么?"她的声音里有点朦胧的困意。

我顿了一顿:"你的床在这个房间。"

"你说我们没有睡一间屋?"

"那样好照应一点。"

"他不需要人照应。其实他什么都自理的,不想要我动手。

我出去做什么事,他都不会在意。他也希望我出去做事。他一个人静得住的。除了我,其他的人他都不要,而到了夜晚,他连我也不要,只想一个人静静的。他有时会对着窗外的月光默默地看上好长时间,就是这样子的。"她的声音又显得清晰,带着那点甜。

"你呢?"我说。

"我也一样。你在我旁边,我还真的不习惯呢。你朝我看着,我睡不着呢。"

"一个人在这个屋里,外面山坡上太静了,刚才我看到竹林里有蛇。还有下雨打雷的时候呢?你不怕么?"

"我不怕。我从来就不怕动物的。我小的时候,就见过蛇,从床底下游出来,我看着它,它也抬身看着我,看好一会,听到外面有脚步声,它才慢慢地游走。我也不怕夜黑,我常常夜晚一个人出门。我和他聊天讲故事晚了,我出去,一个人到塘边。那口塘像一个月亮的形状。你看到了吧?水中月光很白很亮地映着,很安静,很清爽的。一动也不动的水,我朝它看好大一会,它依然那么静静的。有什么东西落进去,摇动一下,那是东西在动,它并没有动,还是老样子。我伸头看水中的自己,只有一个影子,我头脸背着月光,所以看不清自己。夜晚的塘水完全是它自己,其他东西的影子映在上面,或许在摇动,而它总是那样静静的。"

她细细地说着,并没有放低声音,我发现她的声音本来就是那么轻柔,又是那么清晰。不管在什么场合,不管旁边有没有杂声。我听着,也感觉自己的心特别静,欲望与渴望,疲乏与倦意都没有了。我只是朝她望着。

又是一阵寂静,我能听到她轻轻地呼吸,和我自己平静的呼吸。很长的时间中，一直没有动静。

"睡不着吗？"她问。

"是的。"

"你到过许多地方，总是和别人在一个房间睡觉的呀。是不是这段时间在小城一个人惯了？"

"我和十个人一起睡过通铺，但从来没和一个女孩睡过一个房间。"

"是的吧。"我听到她声音里含的那点笑意。就见她起身来，轻巧地俯身过来，先在我脸上吻了一下，然后在床边坐下来，示意我让开了一点地方，她躺了下来。

这张床虽然比她搁的那张折叠床大了一点，但还是一张单人竹床。竹床的边沿是圆形的竹筒。她的身子蜷着，我怕她在圆边上硌着，把身子往里退，也退到边沿上了。两个身子贴紧着，我抱着她，觉着她柔软的身子，宛如无物，我使了一点劲，想是挤紧了她，她在暗影里发出一点声音，却是带着笑意的。

她的脸就在我的脸边，吹着气，吹着我的鬓发，痒痒的。我拥着她，想把她揽紧。她由着我。她手伸到我脸上，轻轻地抚了抚，留在了那里。

我眼对着她的脸，在黑暗中看不清楚，朦胧见她脸上眼、鼻与嘴的轮廓。我也伸手轻轻地抚过去，一直往下抚。只觉她胸前的那个部位，松软松软的，如融化了一般。我对她总有着一种怕是亵渎的感觉，不敢去碰她。对着她柔和的眼光，我的手轻轻地移下去，在她的腹部停一停，她的身子没有动，于是我把手伸到她的衣服里面去。里面是一件小背心，我尽量轻轻地伸过去，把手停在了她的乳房上。那里皮肤是凉凉的，似乎带着一种天然的凉意。那次，在露天春夜的草岛上，我感觉到她体肤的温软。现在在夏季的拥抱中，却显得凉凉的。我的手心带着了一点汗意，有点怕沾上了她的皮肤。她只是由着我。相拥的气息静静的，那一份感觉却是无比舒畅的。我长长喘了一口气，想把另一只手也伸进去。因为我们贴得太紧了，那只手压在了身下，我的身子退后了一点，才把手腾出来，动作显得有些局促，床架发出一点声息来。她轻轻地翻转过身子去，让我那只手从下面自然伸到了里面，从她的颈处环过，抚着了她的另一只乳房。她的整个身子都偎进了我蜷着的身子，完全贴紧了。我的手臂环抱着，把她女性柔软的身体拥在了自己完完全全的感觉中，她的每一处都仿佛进入感觉来，是那么丰满，那么静美。我所触及的肌肤，是那么光滑柔软，带着一点凉意。我想用着劲，又怕用着劲，只是轻轻地很缓慢地抚动着。她显得很松快地由着我。我的鼻子呼吸着她的发香，她的头发散开处，后颈那一片肤色也是那么的洁白明晰，所闻，所见，所触，整个都是柔柔软软的女性感觉。

  这一刻我没有说任何的话，我的心里仿佛静如一片空廓的天空，就像在露天的月夜中。我与她静静地拥着，完全地拥着，超越欲望地融入了那份静中。她安静地躺在我的怀里，合着我的呼吸。慢慢地她就入睡了。她一动不动地睡了。

  我不再动了，我怕动醒了她。我只是完全放松地靠着她，感觉着她的呼吸，慢慢地，在松软的感觉中，我也就有了睡意……清清的月夜，一片塘水安静地映着我与她，我看着她裸露着的无瑕的身体。身体的每一个部位的美都在我的眼中，似乎用眼无法看清的，我都能看清。她的美与自然的美融在一起，融入我的感觉中来。我只是看着,在静静地看着之中,我不知那是我的感觉,还是我的梦境。我觉得这一生只可能有这一次的观赏,静静地入心的观赏,所有肉体的欲望都滤尽了。

带着一点美的悲哀到无法可诉的感觉,我也入睡了。

第二天早晨我醒得迟了点,起来的时候,还恍惚不知身在何处。我起床来,四周安静得很,房子里没有人,堂屋的桌上摆着稀粥与油条,还有一副空碗筷。我走出门,吸着山坡上绿绿的气息,听着林中清脆的鸟叫。

看来他们早已起身出去了。我提着毛巾去塘边洗了脸,又站起身看了一会,前面的竹林绿绿葱葱,地上飘着许多灰黄的落叶,其间有一条隐隐的脚印踩出的路。那边梅树林的上空可见城市高楼的形体。这是一个奇怪的地方,是城市外的村落,能见城市的背景,能吸山野的空气。就是小城也很难吸到这绿色的气息。

回到屋里,吃完早饭,我倚窗看了一会。应玫与陶成回来了,说是给陶成扎针与按摩去了,就在坡后面不远的人家,住着一个旧时代的中医。

"有效果吗?"

陶成说:"老中医了,应该是很有医术的,只是我的腿疾很不好治吧。不过现在天阴的时候,感觉里面不是那么凉了。"

我想问去新的地方是不是有新的医疗方面专家,但没问。整个上午都在收拾东西,我也帮着。东西集中在堂屋里,陶成在他的右厢房里,收他自己的行装,偶尔声音提高一点说着一个故事,我们一边听一边收拾着。陶成讲的是一个边寨部落的故事,说一个年轻的汉人游玩到那里,去赶当地的情人节,在山路上捡到一个漂亮的荷包,捡起来后发现有个异族姑娘跟着他。聪明的他立刻想到这荷包是姑娘有意扔给他的,他捡了荷包就等于接受了她的约请,将要与她同度一个浪漫的夜晚。他不知怎么对姑娘解释,想快点离开此地,可是他走得快,那姑娘也跟得快,他走得慢,姑娘也跟得慢。后来他突然想起一个主意,一连捡了三个荷包,意想后面的姑娘肯定会争个先后,他可以趁机脱身,但他的身后并没有预想的动静,回转身一看,四个姑娘都跟着,见他停下来,也都停下来,互相递着水与点心,都欣赏着他身体似的笑眯眯地看着他。陶成说得有趣,我和应玫都笑了。这时,我停手来看一看应玫,她也朝我看一眼,她的眼光还是那般明澈,昨夜肉体相拥与眼下即将分离的感觉只在我心中波动着。

到中午的时候,陶成已把他的东西收拾好了,提了出来,东西在堂屋里堆放得很整齐。简单地吃过午饭,便有人过来,说车已来了,就在马路口子上,几个人提着东西,把陶成推出坡子,我几乎不用动手,只是跟着车走。应玫在我旁边,有时相对笑一笑。到了大路边,一辆半新的面包车等在那里。他们忙把陶成的轮椅搬上车,应玫回身招招手,车就开走了。玻璃是茶色的,我隐约地看着里面的人影在活动着。这条马路是铺着碎石的土路,车轮下扬着一片尘土。

我独自进城去。我没坐车,只是按着一张市内交通图,到几个景点走马观花地看一下,就这么一直走到了黄昏。坐在白鹭公园的椅子上,面对一片绿湖吃了两块蛋糕,看着夕阳下水面染着浓色的波纹。我曾来过南城，也曾在公园的绿潮边坐过，那次来时，这里很清静的。眼前似乎多了一点新漆的游船，多了一点服饰新潮的女孩，多了一点热闹。

在公园的小店买饮料时，我拿起手边的电话，拨了铁敏的号码。突然在电话里听到我的声音，她感觉陌生地问着我是谁。听到我的名字，她停顿了一下。我又报了一下我的名字，并说我现在就在南城。她这才对着话筒说：你来你来。你为什么不来呢？

她告诉我如何去找她。她不厌其烦地对我说着，该坐哪一路公交车，再转哪一路车，下车后，往哪一个方向拐弯，看到哪一个标志再向哪个方向拐，一直说到哪一幢大楼的门洞，再告诉我，门洞里堆着一堆装了旧物的纸箱子。

我按她的指点，记着两路车的车号：3路与47路。3路公交车有点挤，转乘47路的时候，车上很空，也许这路车是往城西郊去的，不在中心地带，也许已过了下班的时间，车开得很快。城市的水泥路，晒了一天的太阳，马路边没有吸纳热量的绿荫，坐在车窗边，吹过来的风还带着热热的气息。

找到她所说的房子，这是一幢常见的水泥楼房，楼下的门洞里堆着东西，显得有点挤，也有点暗。走上五楼敲了门。过了一段时间才有应声，打开门来，她有点诧异地看着我："你这么快就来了？"

"快吗？"

"我估摸你还要等半个小时。这一路上总要等车的，就是熟悉路的人也没这么快。我怕你不熟路，晚上暗，你又找不到人问路，还不知能否摸到我这里呢。"她引我进屋，不停地说着。她上身穿着一件居家穿的短衫，好像没有来得及换。

"3路车我等了一会。"我一边说,一边打量着她的住房。这个单元虽然小,格局有点怪,进门就在厅里,小小的正方形的厅,通着几个门,东转西拐的过道。后来我才弄清,单元只有一房一厅,几个门有的是厨房门,有的是卫生间门,有的是壁橱门,还有一个是通阳台的门。

小厅里简单地放着餐桌椅。她的房间不算小,床边放着一只书橱,里面放了不少书。这是一只旧式的书橱,像是红木的,边上镂着一点雕花。她的床却是新式的,挂着蓝色的尼龙帐。

在家里的铁敏,女性味道很浓,忙出忙进的,一边问我是不是吃了,问我在南城走了几个地方,就是没问我为什么来的。后来她问我要不要洗一洗,她最近装了一个燃气热水淋浴器,很好用的。

卫生间不算小,很有女性味,贴着带点花纹的淡雅瓷砖,淋浴器的旁边,挂着浅蓝底色的尼龙布帘,布帘上印着红白莲花的图案。两只鸳鸯在花丛中浮游着,形象有点滑稽。

她的脚步声在卫生间的门口转来转去。脚步停下来,听着她大声地说话:"你带了换洗的衣服了吗?"

"带了。"

"什么时候来南城的?"

"昨天。"

"在毛巾架上有浴巾……"她大声说。"你真的昨天就来了吗?"

淋浴龙头喷出来的热水让我一时说不出话来,一激灵,浑身有一种舒服感升上来。她的卫生间是她住所中装修得最好的地方,看得出,她在这里费了很大心思。

"你看到墙角的香皂盒了吗?"

我喔了一声,是不自禁地喊出来的。她像是被我的声音吓住了,一下子旋了门把手,推门进来。我的身上已经涂上香皂了,上身全是白沫,满头的水沿着头发往下滴落,眼前也都是水。我停下来,看着她,身子没有动。她低眼朝我的身子看着,仿佛怔住了。那一瞬间,我与她都静静地站着。她的脸色慢慢地在灯光下映红了。我的身子来不及反应,一动不动地对着她。

"这么大……"她轻声嘀咕,她的脸上浮着一点奇怪的表情,款款转身过去,嘴里还嘀咕:"这么黑……"

她关上了门,声音还在门口:"莲蓬头旁边有帘子,可以拉下来的。"

我应着她的话,随手把蓝色的尼龙帘子拉开来,挡着了我的身子,似乎进入了隔绝的密封区内,那道蓝帘带点半透明,图案间印着不规则的花纹。我觉得它是多余的。起初我不知它挂在这里做什么用的。

我抹干了湿漉漉的头发,打开卫生间的门,她正站在那里。我换了黑条纹的衬衫,她看了看,偏了一点脸:"你真奇怪的。"

我不知她说的是我的衣服,还是别的什么。我扭脸去卫生间门边的梳妆镜前,镜子里的我,头发被毛巾揉得乱乱的,我也就笑了。

她又说了一句:"真是奇怪。"

我跟着她进了她的房间。她在靠窗的榻榻米边上坐下来。房间里只有办公桌边放着一张椅子,我准备坐到椅子上去的时候,她用眼示意我过去。我在她的身边坐下,觉得坐得不舒服,一移身在地板上坐下了,身后靠着榻榻米。

她又示意我移身过去,我在她身边坐着,背靠着她的左侧腿,

雨潭坡

头便在她的胸腰处。女性的身体照例有暖暖而松软的感觉。房间里开着一台摇着头的电扇，徐徐的风不住地吹过来，像抚着我。她把手按在我的头上，手指略略叉开来，轻轻梳理着我的头发。

我的心似乎在慢慢地舒展开来，一种感伤的心绪淡逸了。我把头歪下来，手枕着头伏在她的腿上，静静地，什么也不说，就听她说着话。

"前两天我就感觉有人要来，我在电话这头，听你的声音，好像很熟悉，又那么陌生。你的口气真是那么熟悉，我想过去那些接触过的人，就是没有想起你来。偏偏前两天我还想到那次开会和你一起逛街的。临了听到你的声音，却不知是你。你在电话里说话好像一本正经的，少了那点奇怪。你在想什么呢？……"

我没有说话，只是晃了晃头，她的腿随着摇动了一下。她的手指在我耳边停下，又很快地在耳轮上转了一转，轻轻地捏了一下耳垂。她的手指尖尖的，凉凉的。

"你肯定在想什么。大概有时自己也不知道在想什么。我总觉得你很奇怪的。社会上的人都变成一副正常的面孔出现，只有你不同，便显得奇怪了。我问自己，也许我也是那么奇怪吧？"

我自然地倚靠着她，这是不是也是奇怪的，不是正常的。

"人生下来，就有一种自我的角度，总是防着人。女人防着，其实男人也防着的。无法理解的防着，无法放松开来。这种角度是必然的，社会越紧张，角度越显明。在以前的社会里，曾经每人都防着别人，不能说什么。只是见着你，我觉得不用防着什么。完全是放松的。觉得你是另一个我，一个性别不同的我。叫我觉得奇怪。"

我抬起脸来看她，她的声音里是有点奇怪的东西。她也看着我,这一对视是静静的,相融的,没有任何间隔的,也没有任何的欲念,思虑都仿佛洗净了。

她的手指移到腮帮上来,轻轻按一下。她微微一笑,脸像水波一般漾开来。

我对她说起来,不由自主地说到了应玫。从与应玫认识的开始,一直说到了这一次见她。那次在小岛上的事,也对她说了,只是没说感受,那些感受是说不出来的。她听着,不时地还插上一句话,引着我说下去。

说到昨天晚上和今天的早晨,她又插话问:"真的什么也没动?"

我晃着头,她的腿随着摇动着。

"有时候很美的东西得在很好的环境下展现,才显出好,要不,还不如不要展开。"她说。她的手指从我的眉毛上滑过,按在我的眼窝上,有一种细细的暖意,让我有疲乏的感觉。我就伏在她的腿上闭着眼。她静了一阵,我慢慢有点迷糊了。她起身来,在厅里沙发上铺了一张床,让我睡下。房门开着,她在房间的床上大声地和我说着话。

"你有没有骗我,你真的就这么抱着她睡了一个晚上?"

"真的。"

"你没觉得难受?很不舒服吧?"她的话里带着一点嘲笑。

"嗯。"

"是舒服还是不舒服?"

"嗯。"

"你真的很爱她吗?"

我点了点头,她的房门虽然开着,但她根本看不到我,声音像在房间里打着旋。

"是不是这用不着问？"

我又点点头，我觉得她能感觉到我的反应。

"你那么爱着她？爱到了不再想到别的女人了？别的女人都不放在心上了？"我感觉到她的声音低下来。我也有点累乏。沙发床软软的，很舒服的。小厅的天花板上装着一只吊扇，开了最小的一档，慢慢地摇着转着，有着一点低低的风声，凉风轻轻地拂在身子上，我觉得眼皮慢慢地重了。这两天走得太累了。

我含糊地应了一声。她还说着话，我也还是应着。一点残余的意识浮动着，应玫他们的车到了目的地了吧。这点意识和铁敏的声音混在了一起，慢慢地我就睡去了。

回到小城，生活依旧，渴望着再去飘游，却又守候着应玫的来信。我和铁敏常通信，几乎是收到一封就立刻回复。说的东西也杂，想着什么就写上去。她也一样。她有一封信，说她十八九岁的时候，到大都市海城去，住在一个亲戚家。那里的住房很紧张，是寸土寸金。亲戚租住的是一条小巷子里的二层旧楼房，木板隔着前后楼房间，一间房面积还不到十平方米。亲戚家住在前楼间，后楼间住着的人家有一个男孩，大概十三四岁的样子，很腼腆很内向，细皮嫩肉的，生着一脸的青春痘。她感觉到那个男孩老是偷偷地看她。她也由着他。有一次，她身上来了，想用马桶。那地方房间里没有卫生间，用的是马桶，每天要拎出去倒，刷净了在外面晾干再取回来。她想着要用，但那个男孩正在前楼间与她亲戚家的小女孩玩。她急得蹲了下来，又不好意思说出来。好不容易等那个男孩回到后楼间去了。她急急地提着马桶上楼来,关了房门在门边放下马桶就坐上去。感觉那个男孩正在看着她,也还是由着他。后来才发现那个报纸糊着的板壁上有着许多小洞。她以后老会做梦,梦中那个男孩在板洞里看着她,而她只能由着他,她从马桶上站起身来时,用那时布带做的月经带给自己上了带子,而梦中的板洞显得很大,露着那个男孩乌溜溜的眼睛。

还有一封信中,她告诉我,也是她十八九岁的时候,有一次她得了妇女方面的病去医院,有病没办法,找医生看病是当然的事,她并不保守。大家都做的事,就没有什么心理负担。看病的是一个中年男医生,要给她做检查,她犹豫了一下,也只有由着他。那医生也显得习惯成自然,让她躺到塑料帘后面的床上去。可就在医生检查完,她还没来得及穿起来的时候,一个十三四岁的男孩叫着闯进来,他好像是医生的儿子,看到她光着的下半身,脸一下子红了,她一时想不起来反应做什么举动,似乎等他低下头走开后,她才起身拉衣裤。她老会想起这件事,因为是和男孩对着面的。她有时便会想,女人暴露给人看,并没什么羞耻感,也就是那回事。外国女人到公开的露天浴场去,都是裸体的,并没有什么计较的。外在只是一种场景,心理是人为的。只是她总在梦中感受着。梦里她已经模糊了那两个男孩的模样了。后来,她似乎玩笑地写上一句:现在梦里男孩的模样,似乎都像是我了,只有在梦中我的模样是那么清晰,而平时她要想起我来,形象却也是模糊的。

我给她的信,也随随便便地说着什么事。但在信上,我从不说男女方面隐秘的事。也许对着她的面,我完全可以对她说任何的事。我想这也许是男女的差别吧。

铁敏在另一封信上,说我这个人是很奇怪的。她给我写信的时候,就会毫不保守地说着自己的事,所有的事都想说,忍不住地要说。肯定是我这个人有着一种让女人产生什么都可说的信赖感。

看她的信,我也想到,可能我是有这方面的特长。男性不会对我说什么,但我所接触到的女性常会对我不加保留地说话,什么都会对我说。我不知道是她们相信我呢,还是我适宜于做她们倾诉的对象。似乎我的嘴总是严严地闭着,不会给她们带来感觉上的压力。

到了新的一年春天,紫楼里的人在传说,紫楼要拆了。也有人提出要向上反映,紫楼算是文物了,应该把它留下来。我却还是独自待在办公室里,我的一篇作品写到了最后了,我觉得应该写出一种淡淡的悲哀,但却写成了一种悲怆的情绪。在我年轻的内心中,自然偏向了激烈的感觉。

四周特别地安静。那一天,我一下子收到了两封信,一封是铁敏的,还有一封是应玫的。应玫的信还是习惯地短短的。她告诉我,她现在在南方的一个乡镇。我知道那个地方,我飘游时曾走到过附近的城市,听说过这个靠近一座名山的乡镇。应玫说,她很快就要远去外国了,是陶成的一个朋友安排的,她一起去,准备在那里做永久定居的打算了。

接到了信,我就立刻动身出发,在长途汽车上,我又拿出应玫的信来看了一遍,随后拿出铁敏的信拆开,铁敏的字写得龙飞凤舞的,每一笔尾都带着钩。

"今天我陪一个人上街了。其实应该是说人家陪我。最后我买了一些衣物,一套很怪很新潮的服装,刚时新的秋装;一方纱巾;

还有一双长长的冬天穿的黑色的皮靴子。我平常不怎么喜欢逛街的，但我还是逛了个够，买了个够。我觉得我突然想逛突然想买。我不知道是不是因为有人家陪着我。

"我有时对自己也很奇怪的，我不知道我是怎么样的一个人，觉得自我的角度很明显。我总是觉得有一个我存在着，从小开始，那个我完全合着我一起长大，我看什么都有这个'我'的角度，有时就会感到痛苦。我很想把'我'交出去。就因为那个强烈的'我'，于是什么都像是在我的外面，所有的一切都在我外面。我熟悉好多的人，我和他们关系都不错，就像这个陪我逛街走在我身边的人，但我还是无法和他们交流，我不想交流，我就没有交流的努力。只有你是例外的。你身上有着的那个'我'，与我的'我'相像。那个'我'是独立的，却又渴望着没有那个'我'，让那个'我'消失掉。形成了'我'的感觉，有着了一种透视世界理解世界的能力，不管这个世界是如何的混沌，也不管这个世界是如何的繁杂，而我却变得孤独与寂寞。

"我想着把'我'交出去，没有了'我'，也许会幸福。我明知道很难做到，但我还是渴望着。我希望有一个固定化了的对方，不变的对方，能走进'我'，这个自我强烈的'我'。我想象'我'是没有人能走进的一个房间，这个房间没有门，也没有窗，里面却有着淡淡柔柔的光，有着温和的、美丽的、孤独的，也是悲哀的色彩。一切只能轻轻自然地触摸。我能感觉到，你的'我'的那个房间有一个人走进去了，朦胧的影子般的走动着，添着了无数的美感。我却是一直在期望着，但我觉得失望了。我有着一种四周人走空了的感觉，没有人能走进'我'的房间去。需要的是一个缘,每个人只有的一个缘。有时我便会想,我爽性让'我'的那个房间打破了,不管里面会是什么样子,而我只是倚在房间山墙的破洞口上,只要能够对上眼而不讨厌的就让进去。

"然后,我再把墙封起来,从此再没有了朦胧的影子,也没有了那些感觉,我把整个的'我'打碎了,我把'我'给交出去了,'我'就不存在了。我就不是单纯的一个我了。女人永远希望是一个单纯的'我',但又不可能永远这样的。"

我把这封信看来看去,那些字都在我的眼中,那些句子都在我的眼中,但我一时弄不清那些句子的完整意义。我只有把它重新放回到我的小背包里去。

在火车上坐了一天一夜。在小城的几年中,我几乎一直没有乘火车,而以前火车是飘游中习惯了的交通工具。下了火车,乘上长途汽车,车在山中转行,眼见到了一个县城,这是一处近水的山城,车停下来,一顿饭后,车重新往山里开,我望着车窗外的山景,山道窄窄,车边便是山壁,山壁上长满绿草,南方的山与北方的山不一样,北方的山壁上很少是绿的。

车又行了一晚上,第二天的清晨到了小镇。我下了车,小镇还没有开发,只有一条街,车站在小镇路口,像被围在了一个山谷里,满眼是青绿色,空气里滋润润的。我的心里安定下来,我以前飘游中,曾常在山镇歇下来,找一点木工活干。

按当地人的指点,我穿过小镇的街,那条算长也不算长的镇街,街面上商店开着门,里面多摆着农家器具,也有着大城市进来的鲜艳的塑料日用品,但很少有购物者。走出镇,路往坡上去,绕着山围,翻过一个山坡,再往下,转到另一个山坡里去,空气十分新鲜,我走得很有劲。

　　流着一条清泉,沿着这条泉走过去,静静中,听着细微而清脆的泉水声。我朝南走着,走进深山里,空气都带着一点湿润。

　　逆着泉水往上走,泉水在一片石壁间消失了,转过一片林子,便又见那片泉水,形成了一湾泉塘。就在泉塘的上面,立着毗邻的两间朝阳的乡村瓦房。

　　我朝房子走去。应玫正好从北边的一间房走出门来。她似乎是一下子出现在门口的,我一下子就看到了她的脸。在我的感觉中,她的身子显得苗条了,阳光映在她的脸上,她的皮肤还是那么白皙,白得发亮。

　　她手里端着一个盆,一点都没有觉得突然似的,朝我微微一笑,眼低了一低,轻声说:"你来了。"

　　她把盆里的水倒了出去,回转身进房间,我跟着她。房子显得高,但从阳光中走进房间来,还是显得阴阴的。堂屋里完全是乡村的摆设,放着一张旧的八仙桌,正中的壁上贴着的却是一张彩绘的现代画,那幅画是点虱式的,一片一片的色彩,让人觉得很怪异,却又有一种熟悉感。

　　应玫看着我把背包放在桌上,便递过一块毛巾来,又倒了一杯水。她做这些事的时候,一种柔和的感觉进入我心里。她放下茶杯后,朝我看了一看,进里屋去了。过一会出来的时候,她的手里端着一个藤制的盘子,上面托着一碗稀饭和一张干饼,还有一碟家腌的豇豆丁, 碟家腌雪里蕻。

　　她已经吃过了,就坐在那里看着我把早饭吃了。我是饿了,一路上都是吃的干点心,这一顿吃得很舒服,又喝了一碗粥,这才饱了。

雨潭坡　　39

"你好吧？"放下碗我问。

她嗯了一声："你好像瘦了点，但精神了。走这么长路来。"

我也觉得自己精神很好的，几天的跋涉，一旦见着应玫，就觉得没有一点倦意了。我看了看房间："他呢？这里也有治病的吧。"

应玫没有应声，只是默默地看着我，静静地。她的眼光凝定了柔柔的光，我与她对视着，宛如凝定了长长的时光，上次也是在一个山坡的农家房子里，阳光也是这么照进来。

"你能找到这儿，真能找到这儿。"

"我飘游过，多远的地方我都能找到。"我说。

"我想到你会找到的。"她笑看着我，温和的眼光带着自然的信任。她总是自然地信任着我，也信任着所有的人。

她起身来洗碗，大门边有着一缸清水，上面浮着一个小盆，她用小盆舀出水来。她做事的时候，微微地弯着腰，显着滚圆的臀部，她整个的身子都带着一种自然的柔圆，浮着那种温和的柔和的熟悉感。

"还在写文章么？"

"都是没有什么意思的东西。我最近在写一个想象的。"

"想象的？以前的不是想象的吗？"

"这是纯粹的想象，写一个人变成了鸟，他时而是鸟，时而是人，但是人的时候，他老想着是鸟，是鸟的时候，却总生着人的思想。"

她转过身来望着我，一时间我有了一点她看陶成的感觉。我上次见过她看他时的眼光，他是很喜欢说那些想象的话，也许我的构思正是受了他的影响。

她把碗放到碗橱里，用抹布擦了桌子。她做得很仔细，一边还和我说着话。她说到紫楼天井里的那口井，从里看进去，井圈长着潮湿的青苔。那年天旱，但井水还是平时那么高的水位，小城里自来水短缺，好多的人到井里来打水用。

我对她说到了曹艺术与梁若星。她笑听着。"曹艺术是没有遇到他爱过的人，现在他找到真正他所爱的了。"

"经过了那么多的女人，他还会有真正的爱吗？"

"爱只有一个，许多的人是不能算的。当然也许都有爱，但真正的爱是不一样的吧。就是这个样子的。"

她做事总是有条不紊的，仔细地把房间收拾了。我微微有点心痛，想着她一天天在陶成的身边做着琐碎的事，心甘情愿地做着。

她起身到里屋去，这里只有一间里屋。出来的时候，她手里拿着一个小小的提包，还有一盘饼子。她把那盘玉米饼子卷起来，用纸包了，放进我的背包里。而后对我说："走吧。"

我跟着她走出屋去，她回头看了一下屋里，把门关上了，一切动作都是习惯的。她引着我走着一段用石子铺着的坡路。我不知她要往哪里去，只是跟着她。

她打扮得很整齐。她穿着一件格子外衣，领口露着碎花点的绒衣领。在宽一点的山路上，她走在我的身边，我感到又回到了以前在小城往湖边走的时候。

"累不累？"她说。

我摇摇头。她显得高兴的样子，带笑看着我。"真的很想我吗？"

"是的。"我努力地说出话来，"我想到你的时候，你的背景就是这样的，都是山都是树都是草。"

"已经多少时间了，有半年多了吧。本来想着要在这里永远生活下去的。"

"那还想着到外国去?"

"这里真的很好吗?"她说,朝我转过身来。我看着她白皙的脸,还有她弯弯的眼睛,眼中流着的那层很清澈的光,光之上静静地浮着绿影。我心中有着一种想拥她的念头,静静地拥着的念头。眼前一片大山,一座座的山峰,山道边长着各种各样的树,就在下坡处,有一棵矮矮的小叶树,长着红得很鲜艳的小果子,乍一看去,还以为是开着的花。

假如我和她生活在这里,我是不会想到再去别的地方,静静地和她依偎着,和她一起吃饭和睡觉,在那样的一间瓦房里,一切都够了。

"他呢?"我想起来问。

她一时没有应我,抬起头来,朝天空看一看。天上光色很好,白云朵朵就像浮在头上,那如棉朵如雪团的大块的云,云的边上镶着阳光的彩晕。应玫小巧丰满的身形恍如一朵飘落下来的云。

"这里是他的故乡,他就是从这里出去的。"她略略低着点头,声音带着梦一般的感觉。

"住的房子就是他原来的家么?"我有点好奇,我来这里后,就想了解一点过去的陶成,只是感觉都在应玫身上,还没来得及问。

"他没有家了。那一年秋天,他外出去读书,翻上一道山梁。山里发了洪水,到水退了,他赶回家时,整个的家都不见了,人也不见了,只有一片残垣,自此他就成了一个孤儿,他一个人走出山去,一边打工一边学习,再也没有回来过。"

我一时没有说什么。我的心中浮现着陶成直着身子坐在轮椅上的形象,很难想到他是从山里走出去的,他的说话间带着那般色彩丰富的想象,不过,面对一切,他又有着远山般的宁静。

"他呢?"我又问。

应玫眼看着前方,突然朝我一笑,笑中有着了一点神秘的意味:"在这里有着他初恋的情人,她很美的。他开始懂事以后就常常与这个恋人在一起。那是一种很纯很美的交往。他回来了,所接触到的人事都有所变化,只有那个恋人没有变,看坐在轮椅上的他的眼光,还和旧日一样。我见过她。见着她,我便觉得说不出话来,你无法想象一个山里的姑娘有那么的美。那么纯真的美,自然的美,是城市里绝对看不到的。"

我没有应声,我只是看着应玫的半个侧面。在乡村里生活了这么久,她的肤色还是那么洁白光滑,没有一点暗影和斑点。圆圆的鼻子,圆圆的脸的轮廓,她有一种浑然一体的美,不知她是不是知道。我觉得她应该是在说着她自己。

应玫感觉到我的注视,但并没在意。她低下眼来,随后又说:"童年的他一直和她在一起,他知道她的一切。有一次,他和她一起时间太长了,家里的人到处找他,以为他失踪了。"

我没说话,听着她说下去。应玫说她的时候,有点儿兴奋:"他和她的关系是纯真的,童年建立起来的关系总是显得纯真。走出去的他,当时是想完成一个男人的梦想。出去以后便再没有过联系,但这些年我和他在一起,知道他的内心一直很寂寞的。我感到他一直思念着她。他想着要回到这个地方来,就是为能见到她。"

走过坡子的时候,她弯了一点腰,坡路有点被水冲缺了,她蹦

雨潭坡 43

跳过去，带着一种天真少女的动态。她用很纯真的语调说着另一个女人。

我还是问了一句："她结婚了吗？"

"我看到的她都是一个人。她结婚了吗，我从来没想过。她是不可能有人配得上的。怎么看她，似乎永远是一个少女。我们决定要离开了，她便把他接了去。我留下来，就是让他与她好好在一起，他们会有好多话要说的，我想让他们好好说说。我就留下，等着你。你来了，我就该和他去会合了。"

翻过一个小山坡，跟着她穿过一个林子。林子里荫荫的，铺满了片片落叶，有浅浅的脚印踩出的一条道。走出林子，眼前蓦然开朗，阳光下绿茵茵的一片草地，草色一点都不杂，平平整整，似乎是人工修剪的。正对着草地那一边是一道石壁，直直地立着，也仿佛是砍削出来的。石壁上薄薄地铺落着一片水，如一挂水幕，使石壁宛如一道水墙。水滑落到下面的一湾水潭中，清清的水，像是在动着，又像是静静地映着旁边的树与草，显出嫩绿到葱绿的几个色层。两边的林子看上去似围着一般，夹着几棵鲜亮的红叶树，叶子通红，像在一片绿色之中燃烧着。空气湿润润的，风轻轻地吹过来，染着一点特别的香气。林子两边山峰的影子在泉潭中波动着，像展开翅膀的轻燕，飞了很远的地方，再飞回到这片属于它的草地上来。

我浑身像放松了，坐倒在草地上，仰起头来，阳光很好，却不刺眼，在这谷口的地方，显着一种黄澄澄的迷幻似的光色，使得泉潭里的水越发的清碧。

应玫走到潭边，掬了一口水喝了，我也走过去，蹲下身来，捧水喝。水是清甜的，仿佛五脏六腑都洗净了，慢慢地感到清凉之中还有一点温情。泉潭边有着一条半圆的青石，青石上水迹洗净了，发着青亮的光色，如玉般晶莹可爱。

我和应玫的形象很清楚地映在水中，我们都没动，那映像似乎变得剔透明快。瞬间融着恒远，仿佛很久很久的时候，便在这里面对着面照过。

一切都那么安静，在这情景中，有着一种如梦如幻的感觉。水面上浮着清清凉凉的气息。许多心中的渴望，清清纯纯地流动着。轻轻地相拥着，相靠着，相依相偎着，我和应玫在草地上坐下来，脸贴着脸，身子贴着身子。我看着她。她的眼睛中只有我一个影子。风吹过来，飘落几点雨滴，雨的点子很大，打在脸上却是清凉的，仿佛是水墙上的水飞落潭中，再溅起来的。渐渐雨点多了，也细了，却不濡湿衣衫，像是一下子挥发了。这片南方山区特有的太阳雨，长时间地飘着，又似乎只是刚刚开始，起于一瞬间中。

顺着应玫的眼抬起来，看到天空还是那么阳光明媚。阳光透着雨，合着雨，融着雨，映现在眼前的景上，显着一层透明的光。我能清晰地看到，这层橙色的光亮是朦胧的，却是清亮的。眼前的一切都显得那么清晰，都看得更真切了。仿佛原来的感觉有点朦胧，景物看在眼里，都带着一层雾似的，慢慢才能进入知觉。而这一刻里，所有感觉中隔着的那一层都揭去了，在橙黄的光亮中，化开了，融去了，消失了。清亮亮明晰晰地看着她圆圆的脸，在橙色的光亮之中，越发地白皙细腻。她妩媚地一笑，笑意柔和而灿烂。她自然而亲昵地依偎着我，仿佛多少年中一直如此。

她的脸如盛开的白莲，衬着绿水般的草，又映着橙亮的光色，

雨潭坡

一处处一朵朵一瓣瓣，显现着立体的多重的美，无数归于单一，便是鲜明如玉。这是生命内在的映现，外在的一切不可能那么逼真，那么鲜亮。背景细雨丝的飘落，像是散落的天花，一时恍惚身在天上人间。整个的谷间草地上，都溢着一种树草纯净的香气。

衣服仿佛是自然地脱落在草地上。应玫的裸体是那么的完美，白皙而苗条，比上次见着的更丰满了，还是那么柔和，似乎映着一种圣洁的光色。她的乳房没有任何的阴影，并不显大，拢在手里，却是饱满的，柔绵带点温和。细细的腰入我怀中，凝脂滑腻。我的力量也凝聚了，充满着的力量只在感觉中，我很难使出，怕亵渎了她。我只是轻轻地拥着她，轻轻地抚摸着她，轻轻地进入她。所有的力量的表现都是轻轻的。她自然地迎着我，湿润润地迎着我，仿佛雨丝给她的身体从内到外，都添了一点柔柔的滋润。一切是缓慢的，轻轻的，柔柔的，如无数的雨丝飘落着，无数时间的等待与无数情感的期待，所凝集的力都化作了一种柔柔的优美的动作。我内心中生出一种愿，生出一点怕，怕与愿是同一的，愿这一切不要那么快地流过去，怕这一切都那么快地流过去。所有的一切都是缓慢的，都是饱满的，化作了一种自然的柔和如水的动作。她的动作很少，很缓慢，只是自然地顺应着我，却将我的感受与动作都带着变柔和。所有的动作都缓慢轻柔，有着圣洁感。所有的感觉活动在身体所有的地方，而不集中在一处。正是一处的感觉化作全身的感觉。所有的地方都仿佛接触着她柔和的贴近与抚摸，都接触着她细腻的感觉。我不再像第一次那般多少有点急躁而感觉凝于一端。我的手与腿与我的整个身体，都感觉着她乳房的丰满，臀部的柔和，小腹的平滑，手的爱怜，腿的温情。所有的飘落来的雨丝也融着了那些感觉。

期待着的这一刻，如期待着的永恒。只有一处是坚挺着的，所有的一切都化作了柔和。联系是有力的，而我本身却像浮在了云上，一朵飘飘的浮动着的云上，一朵五彩的多姿的云上。她双手摊开，腿放下去，身子成了一个十字，默默地对着天空。我俯下身去，我也摊开双手来，伸直了腿，把腿放松下来。所有的感觉是凉凉的，她的肌肤总是有点凉凉的，带着如玉般的柔和的凉意。手、手臂、腿与整个身体都合着，眼对着眼，嘴靠着嘴，鼻顶着鼻，眉贴着眉，所有的感觉都合着。她的眼就在我的眼下，仿佛燃着一股幽幽的光，映着两个黑影，影圈之外是蓝蓝清清的深潭。

雨飘在我的身背上，像涂了一层滑滑的油，浑身都滑滑的。细雨蒙蒙，眼前却阳光鲜亮，一片光明。所有的知觉都在感受着，如梦幻却又是那么的清晰。所有的感觉都在燃烧着，似跳跃却又是那么的细微。所有的动作都是平和的，却又是那么的浓烈。生命这一刻，抵消了以往所有的岁月。那飘游的生活都成了一种虚幻。人与人仿佛形成了一体，人与人的一体，与自然交融的一体。没有了自我的角度，没有了个人的孤独。她静静地由着我，似乎一切都由着我，由着我动作，由着我疯狂，由着我将所有的一切都相贴住。像是属于我的，完全属于我的。她是完全放松了，她的身子如棉如雪，柔如无骨，正是我想象中的，而胜如我想象中的。我轻轻地吻着她，她的唇吸着我的唇，是自然地吸着，薄薄的唇柔柔的唇湿润着，如同下部那种湿润，相抵相合的感觉，一片片一层层如潮般的涌到我的身体中来，涌到我的心房中来。橙色的阳光在细雨中把眼前的一切、感觉中的一切都涂亮着。

我不想剧烈地动作,我怕亵渎了她,我也不想很快把眼前的一切结束,我想就永远这样下去。也许已经是永远了,永远只是在一刻之中。我轻轻地抚摸着她的身、脸,在自然的缓慢之中,有着一种冲力,所有涌到我的感觉中的一切,都显得那么强有力。我吻遍她的身体,最后,她又是那么战栗着。她的身子在我身子之下,仿佛猛烈地颠动着,震颤着,把我所有的冲力都颠向了高峰。

我和她还合着十字,很久很久,我感觉我的那儿还持续着力的意识。那点意识久久地不褪,直到感觉慢慢地重新升上来,雨似有若无地飘落着,滋润着我的感觉。她轻轻地用唇抚着我的脸,抚着我的眼与鼻,抚着我的耳垂,慢慢地,那种强烈的感觉再一次地涌上来。在她又一次的更强烈的震颤与颤动中,我的感觉升浮到上天,在身体之内又在身体之外,化作整个虚空。

我听到她一声轻轻地叹息。

她起身来,向清潭走去。她赤裸的背影是完美的,她所有的肌肤都是白皙的,那层雨中的阳光又涂抹了一层白亮,只有黑发披散在她的肩上。她乌黑的头发上面也闪着一层橙晕,如五彩的微微的虹晕。

她走进潭水中,慢慢地游动起来。她的身体在水中清晰可见。她侧过身子来,像鱼似的翻转着。我不会游水,只能在青石上坐下来,看着她。水像是有了一点温意,不像刚才是凉凉的。潭中水石上长着青草,拂过她的身躯。我觉得她离开了我,我与她隔了开来,她还是她自己。那刚才所有的一切,瞬间便有了一点疏远,而如梦一般。她游过来,把我拉进水里。潭边水不深,我蹲下来,身子与她相对着,与她一样在水中露着一个头。顿时身子轻轻,像要漂浮而去。她伸出手来，轻轻地用带水的手抚着我的脸，慢慢地用她的手指，细细地轻抚般的把我的全身都洗净了。她的手指揉搓我的下部的时候，它在水中显得柔柔的，只轻轻地膨胀着，但不是那般的坚挺，仿佛也被水抚柔了。她做这件事，做得很认真，做得很轻柔，宛如在做着一件完全值得她来做的事，她像洗着一个婴儿似的，把我从上到下都洗过了，洗净了。

水就在我的眼前。我看她游开去，在水中翻转着，打着滚，她把自己洗了个够，让水完全把她泡够了。眼前的一切都漂浮着，阳光雨还是继续下着。也许这个山区，也许山区的这一块地方，本来就是雨云飘来飘去的中心。点点雨滴落在绿水上，无声地漾起微微的涟漪。她的身体在水下显着朦胧的玉白色，腰肢轻曼地拉长了，如鱼一般。也不知过了多长的时间，她走出水潭。我已穿上了衣服，坐在草坡上，只是看着她。她从包里拿出一套干净的衣服，那是一套浅红的套装。我还是第一次见她穿这种红颜色的衣服，映着眼前的青水绿草，有着别样的鲜亮。

穿好的应玫，独自在水边站了一会。她抬眼看着那边的山谷，随后走到我这边来。她靠近我站着，我突然想到自己的衣服几天中，在乱分分的火车与长途汽车上挤过，在脏分分的小旅社住过，我觉得与她隔着了一点距离，我无法再去拥着她抱着她。她完全是圣洁的。刚才所有裸裎的一切，都成为了一种不可能。

应玫与我走出草坡，穿出那片林子，走的不像是刚才来的路，而是另外的一条路。她显得有点沉静，只是望着前面的山。我问她在看什么，她笑说，刚才的那片地方，叫作雨潭坡，还有一处云崖台，那也是他们常去的。站在那一处像楼台一般的石台上，四围都是山，从崖上往下看，云浮在脚下，大块大块的云白得明净，从云的空处，隐约看到下面一片绿茵茵的地方，就像看到了这里的雨潭坡，很想伸脚踩过去，或许就会让云带到一个更纯净的地方。

我跟着她，静静地听着她的描述，想象着云崖台的情景。刚才的感觉还在心中燃烧着，她又恢复了习惯的神态，我的内心渴望永恒地拥着她抱着她，但我意识着她与我渐渐地隔开了。

"你知道吗？我小时候很任性的，我家住在南方的海边，我特别喜欢水，还在小学里，与一个男同学挺要好，又经常吵架，有一次两人一起在海边的礁石崖玩，就闹起来，我当着他的面跳下了崖口，把他吓哭了。其实很快我就从海里钻出来，那个崖口我跳过好多次了。"

听着她笑说童年的事，我很难把那个调皮的女孩与眼前的应玫联系在一起，过去和将来的她都与我隔着朦胧的一层，然而眼前我真真切切地看着她明亮的形象。

走到了一条山围的宽路上，出现了两道岔口。她站停了，也停下了说笑，抬眼默默地看了我一会，向我告别。她的手伸了一伸，想是要抚抚我，但没有那么做。

"你去吧，从这条路上走出去。不到傍晚的时候，就到你下车的小镇了。到那里找一家旅社睡一觉，明天有车可以回去。我从这边走，可以到他去的地方，他在那里等我。这是我们说好了的。"

"我送你去。"

"不。"她摇摇头，"你到那里就来不及回头了，这里的路你又不熟。"她仿佛劝着一个孩子似的，温和地说。

我看着她走去，她的红衣服映着阳光十分鲜亮，她拐向山围时，回头看了我最后一眼，背影便消失了。我独自站了一会，便回身独自走到镇上，头脑中似乎什么都不想，在镇上胡乱找了一家小旅社躺下来，对着上面牵着蛛网的天花板看着，很多的感觉还在心中燃烧着，刚才的一切都像在梦中。

小镇上的太阳落得晚，小旅社的食堂还算干净，只是南方的雨水多，墙上涂的石灰因潮气剥落成斑斑块块的。我在靠窗的桌边坐下，要了一碗牛肉面条，看着窗外的山景，晚霞显出一层一层的光晕。吃完了，我在镇上走了一圈。小镇在山谷间整个带着一层绿气。

小镇上来往的人少，三人的房间只有我一个人住着。隔壁的房间有着几个人打牌和喝酒，声音不住地传过来，但对我并没有什么影响。我只是回忆着橙亮的雨潭坡，慢慢地进入了梦，梦里的色彩也是橙亮的，只是分割成一片一片。到了天还没完全亮的时候，我突然在梦的感觉中醒过来。有一点意识是一下子出现的，这点意识强烈而又含糊。我立刻起身往山里去，走回到那两间房子，房里静静的，还像我与应玫离开时那样，门虚掩着，里面的一切都没有动过。她走了，我知道她是走了，但我的那点意识却不平静。我静下来，细细理着自己的意识。她是和陶成去国外了吗？他们的东西还在。床上的被子，叠得整整齐齐的，好像他们只是离开一会儿。我不知道自己意识着什么，好像她昨天说与做的一切都是自然的，又不知道哪儿似乎不对。她所说的话，陶成的恋人到底是怎样的一个人，她究竟到哪儿去找他们。她的举动，像是要永远离开我。

我不想独自待在房间里，我寻着昨日的路向雨潭坡去，我想重新在那里坐一坐，也许会想起什么来。可是我走了整个上午，也没走到那片林子，也没寻到那块地方。那里有许多的林子，进去了，走走就没有路了，长着长长的整片整片的茅草。我漫无边际地走，在不熟悉的林子里穿进穿出。偶尔在路上遇了一个路过的老丈，看起来已经年龄不小。我向他问到雨潭坡，不知是他听不懂我的话呢，还是不知道这个地方，他只是摇头，再问到云崖台，他还是摇头，一脸惘惑的样子。我想到那也许只是她给起的名字，本来的地方根本就是无名的。我只有退回头，再依着记忆重新去找。

到黄昏的时候，我走进了一个林子，身已在高处，我知道这儿肯定不对，雨潭坡是在一个山谷，看来自己是很难找到它了。再走一段路，走到一处山崖，我在那儿站住了，正好西天的晚霞是一片橙色的光，映在脚下不远的云上，像镶着了五彩的橙亮。云一块块凝着似的，又像是很快要飘动起来。崖下四围都是绿色的树，隐约从云的空处看下去，下面深深之处，也有着一片绿绿的草地，一片青青的水潭，似乎便是雨潭坡的情景，云一团团白绵绵地浮着，一刻间，感觉她便在云深处的地方，我忍不住想伸出脚去，踏上云朵，让云把我带到她那儿。我想她会在那儿，正是云可以带去的地方。我在崖口边坐下来，坐了好一会，一直到月亮升上来。

我回到两间房里，在外间，认准是应玫的被子，躺下来，能感觉着她身上特有的清香气息。让那气息围着我，便进入了梦，梦中我与她一起还在雨潭坡，四周的一切都是橙亮的，她看着我，眼如两口深深的潭。只是梦里的感觉是一片一片的。

我在那房子里住了两个晚上，白天便在山里转着，对那里的环境我有点熟了，但怎么也找不到可以走到雨潭坡的林子了。我不知它在哪里。我饿了采一点果子吃，就着泉水吃应玫给我准备的饼子。这么三天过去了，我知道她是走了，我不知道自己还在等着什么,在找着什么。不管她是往哪儿走,她确实是跟随着陶成去了。我感到的那点意识,便是她永远地离开了,永远地和我不再有联系,永远地和我隔开了,只是我不想去想着这一点。

恍惚间,我在疑惑,雨潭坡的一切宛如一个梦,是一个我臆想出来的梦。我找到了这里,她便似乎已经不在了,于是我便臆想出一段雨潭坡的情景。

到第三天,来了一个很精神的老太。她奇怪地看着我,对我说,这房子是她的,她在镇上跟儿子过,这里的房子租给了一个坐轮椅的年轻男人和一个年轻的女孩,那个女孩很漂亮的,是山区里很难见到那么白皙漂亮的女孩,她长得那么细腻精致。我说我是他们的朋友,我是接到他们的信来找他们的。老太说,他们前些日子托人告诉她,他们要走了,到很远的地方去,不再回来了。他们的东西就留下来,给她了。老太带着满意的神情看了屋里留着的东西。

我再问她雨潭坡和云崖台,她也是摇头,用南方的口音报了一串地名给我,很白很浅的地名。我知道我是不会找到雨潭坡和云崖台了,与老太聊了一聊,让我有了一点现实感。他们毕竟在这里生活过。我是坐在他们生活过的地方。这不是梦感。

我在小镇住下来,重又恢复了飘游的生活,在山区里转悠着。但我一直没有再找到雨潭坡,我也不知道自己为什么要找,我只是到处转着。一个星期后,我重新搭上长途车,又换了火车,到了南城,下车以后我觉得很累,就给铁敏打了个电话。

"你到哪儿去了,我以为你失踪了呢。"铁敏在电话里说。

"我快要累趴了,能不能到你那儿去休息一下?"

铁敏在电话里顿了一顿:"你怎么……?来吧。就来吧。"

我搭车往铁敏那里去,我转车行路,一直到她的楼下,相隔也有半年多了,我却一点没有找错。

开了门的铁敏,看着换鞋的我,叫起来:"你怎么这么又黑又瘦的?犯了什么事了吗?还是从监狱里逃出来的?"

我进门走到沙发边,靠着沙发,在地板上坐下来。我知道自己的身上很脏。喝了一杯铁敏端来的茶水,又要了一大杯开水。放下杯子,再看小厅四周,我突然发现这个家里有了很大的变化,到处摆着新东西,墙上好像也重新粉刷过,沙发巾也换成了新的,中间一块大红的牡丹花。新近城市里的花色越来越多了。我的感觉慢慢恢复着。

铁敏端了一盘苹果过来,坐在我身边的沙发上,用刀削着苹果,和我说着话。

"好些天没收到你的信,那次打一个电话给你,那里的人都不知道你到哪儿去了,说正在找你……说你失踪了,他们真是这么说的呢。"

铁敏不怎么会削苹果,削得高一块低一块的。她并不在意,放到我面前。

我就动嘴吃苹果:"你还有什么现成吃的吗?"我这时感到饿了。

铁敏笑着去拿食品,翻了一会找出了一些花生果,又找出了小半瓶酒,还有牛肉干。她说要出去买点东西,我说不用了。她便到厨房里去烧了一大碗粉丝蛋花汤来。

"我吃东西都是糊弄的,最近都不在家吃,在单位食堂或者在小吃店里吃了回来。我的肚子跟着我真的倒霉。"

"不错，不错了。"我喝一口酒，再拈一点花生米与牛肉干，花生米略有点软，但还是很香的，牛肉干也有点皮，但味道很好。好些天我都没有好好吃东西了，吃什么都觉得香。"好吃。"我嘴里嚼着东西含糊地说着。

她见我吃得香，也移身坐下来，对着面，给自己倒了一点酒，伸手把花生果捻碎了，一颗颗丢嘴里。

"又去她那里了？这一次怎么弄得这么辛苦？"

我长叹了一声，便把去南方镇的事对她说了，一边说着自己的想法。说得很乱，但我想铁敏是听得懂的。应玫到底是不是去外国，陶成会不会有那么一个初恋情人，她的许多话指的是什么，云崖台指的是什么意思，她在雨潭坡洗澡、换衣是什么意思，我把许多的疑惑都说了出来，这正是几天中我独自一直在想的。她究竟赶着去哪里？如果没有那么一个初恋情人，陶成到底会先去了哪里？

铁敏仔细听着我说话，有时会插问一句，特别是说到雨潭坡的情景。我不知道我下意识地向她隐瞒什么。我愿意说，一遍一遍地说着，说那些一直在我心里积累着的事。我所说的，似乎不完全真切，都带着我的想象。我自己也弄不清虚实，只顾一股脑儿地说，说着自己的感受，说着自己的想法，说着自己的思念。

我一个劲儿地说："要知道，我爱着她。我也不清楚到底有多么爱她。她总会感觉到的吧……"

铁敏听我说着，低头慢慢地抿着酒，像在思索着。

在对铁敏说着的时候，我就觉得自己的叙述有点不合常态，不是因为对着一个女人说这一切，而是我叙述的过程中，我觉得有点不现实的地方,宛如想象与虚构的。我也认为这一行始终有梦一般的感受,但是我毕竟是去过的,毕竟是与应玫相见了的。我停下来,铁敏望着我,像是等着我说下去。

"这都是真的。是真的。"

她笑了一笑,这笑仿佛带着了一点难得的忧郁,后来她也叹息一声,说:"你说的一切太想象化了。不过,不管她是否真的去了外国,但她是想对你做一个告别。每一个人都按自己的想法生活,她大概是不想再与外界接触,只想与陶成两个人生活。"

"是不是她知道我的思念?是不是我的思念会带给她什么负担呢?也许是吧。"我说了这么一通,许多的负担多少有点脱落了。

小半瓶酒都喝完了。桌上的东西也都清空了。多少天的奔波,让我觉得身体累乏了。我靠坐在沙发边上,头有点晕乎乎的。

我说:"你这个房间怎么变得这么漂亮,是不是我眼睛有问题了,看什么都是那么美?我上次来的时候感觉不是这样的。"

我说话有点不清,用词也不怎么准确。她让我起来去洗一下。我只是坐着。她便提着我的衣服拉我起来:"去去去!快去洗一下。"

我笑着走进卫生间,比起上一次,卫生间显得更加漂亮了,装了不锈钢的毛巾架,还有大理石的台盆。没有看到热水器,但一开热水龙头,热水很快就来了。

"我装了太阳能热水器,水很热吧!"她在门外说话,没有像上次那样走来走去,想是靠着门站着。

水溅在我的全身,热气蒸腾着,水花喷洒着,浑身的疲乏仿佛也流去了。我大声啊了一声,像是应着她,又像是把我心中感受的东西吐出去。

"你怎么了？"她又推开门来问。这一次我在帘子后面，从一层薄薄的透明的绿花纹帘子后面看过去，她在灯光下显着一个影子。我笑了，也是大声的。

"真是舒服。"

洗完了出来，我擦着头发，说着："你这里越来越舒服了，真有点像新房了。"

她给我在拉开的沙发上铺床，正把一层薄被往沙发上铺，又将另一床被子叠在沙发头上。

"看你累得连澡都不想洗的样子，是不是很想睡了？"

我说："我一躺下去，别说拉，连棍子都打不醒吧。"

躺下去以后，不知是沙发床太软，还是酒劲上来了，也不知是热水冲过的原因，头脑显得清楚，翻来覆去睡不着，许多的念头又都涌上来。

通里间的房门开着，铁敏睡下了也关了灯。听房间里头，她那里也在翻动，后来她问："你还是睡不着吗？"

"你也是吗？"

她停一会说："我这里真的要成新房了。"

"什么新房？"

"当然是说我要结婚了。"她似乎怪我有意地问话，恨恨的。

"他是谁？"

"他是人。"她又恨恨地说。我一时不知再问什么。她随后似乎自言自语地说着："我突然觉得要把自我消失掉。那天我见到他，我正做完了一件烦心事，他说我样子傻傻的。我还从来没有被人说我傻过。他这个人做事,耐心很好,我想喝开水,他拿一个杯子倒了水,水太烫,他又取了一个杯子,反复用两个杯子倒来倒去,一边倒一边吹。我倒觉得他有点傻,还是很少见的傻,我就答应了他,决定把自己给他,跟他走。"

"就这跟他走?"

"是的。"她应得很明确。我想着,我站在云崖台的时候,也许真会跟着那云走,跟云漂浮而去。

"跟着他,我就不再有自己的角度,因为我做什么,他都不当回事,觉得我在犯傻。我也就放下了,我就没有了自我。我和他在一起的时候,就不去想到自己。"

"你要结婚了,办一个大的婚礼,邀很多很多的人,我来给你打工操办。"

"不办婚礼,就是要办,也找一些我根本不相识的人来,热闹一番,胡闹一番。办那种外面最俗的流行的那种,胸口挂一朵红花,披着透明的白婚纱。"

她很认真地想象着。我突然想起来问:"他会不会来这里。"

"怎么?"

"现在。"我想到快要做新郎的男人进入快要做洞房的新房,发现另一个男人与新娘睡在一个房子里,那会怎么样呢。

"不,他知道这里,但他从来也没来过。我不让任何男人进我的房间。他也一样。这里是我的,我独自的。我一个人的。"她又像是自言自语。

"那么我呢?"

"我也奇怪,你怎么会到我房里来,我怎么会让你进来,让你用我的卫生间洗澡,让你在我的房间里喝酒,让你在我的房子里睡觉。我也曾想过,想了很久,才想到:因为你是一个怪人,与我一样。我也是一个怪人。你就等于是我自己。我不能不让我自己进房子。你说是不是?"

我也觉得很奇怪,我现有的心绪无法想通她的话。我也不想去想明白。只觉得也许我是有点怪,我们俩都有点怪。有时我没有讲出来的话,她便说出来了。她很快就要结婚了。结婚就是两个人生活在一起。两个人一起的感觉,对于我来说,就是融入应攻的感觉,总是那么遥远。那个男人会走进她的心里么?应攻是完全在我心中的。

"你是不是睡了?"

"没。"

"你是不是又想着她了?"

"也没怎么想,只是有点弄不明白。好像头脑里稀里糊涂的。好像觉得自己是很怪的。有时候简单的事就是想不明白。"我坐起身来。

"不是好像,是真的很怪的,你不明白,但我明白,因为你,我也看明白了我。"就听到她那里下了床,她穿着一双拖鞋走出来,进卫生间去,听着一些水声。过了一会,她走出来,走到床边上站着了,顶着沙发床头站着。我和她隔着床边面对着。

小厅里暗暗的,只有物件与人朦胧的轮廓。她的身后有淡淡的从她房间窗透进来的城市的夜光,显着她一个清晰的影廓。

她穿着一条短短的膝以上的睡裙。我感觉到自己穿着汗衫背心靠着墙,有点凉意,便披起一件衣服。她爬上床,把腿伸进被子里

雨潭坡　　**59**

来。她的脚凉凉的，我用手轻轻地在她的脚上腿上搓着。凉意的感觉让我有着一点回忆。

她的腿蹬了两下，嘻嘻笑着说："痒，痒。你连抚摸都不会，弄得人痒。"

我就用腿靠近着她的腿，给她暖意，也让自己感受那点凉意。我和她移身并排靠着墙，互相歪着一点头，头靠着头，肩顶着肩。那几天中独自在南方山区的孤独感便消失了，有着一种暖意。

"你说，为什么人要不停地想，许多想的都是没用的，乱七八糟的。偏偏人就是爱想。想就带来痛苦。那些农村的人没什么想法，是不是就是单纯的人，没有痛苦？"

我轻轻握住她的手，她的手细长，十指尖尖。我说："凡人都有想，简单地想，也是想。大概动物没有痛苦吧，它到处找食，到处奔波，那是它的习惯，它只会感到饿，只会感到累，受了伤它只会感到痛，但它不会感到苦。它没有痛苦感。痛苦带有主观性，就是想才产生的，所以是人特有的。动物呢，它只管饿了就吃，困了就睡。"

她说："那么动物是不是都合着禅？"

我说："我怕去想禅，我不懂。我觉得人想多了，就虚。人都忙着虚的东西。人认为比所有的东西都具有灵性，比所有的东西都聪明，就生出许多虚的东西。禅也是虚中生出来的。实用的是利己的，而虚出来的便有了利他性，人到底是要利他的吧。"

她说："想回来，人利己实用，还是痛苦的，只要有想的角度，就让人孤独痛苦。和你说着话的时候，是虚的吧……我们一点实的都没有，这时候我觉得很愉快。"

我说:"和他也说这些吗?"

她说:"他会觉得我想这么多的本身就是傻,就需要他来解救一下。"

她转过脸来看着我:"你呢,和她在一起,是不是显得单纯了?"

我想了一想,应玫的感觉都到心里来,和她在一起的时候,我的感觉是丰富的,我的想法也都带着色彩,并不是简单的,但说简单也未尝不可。

她也许看得懂我:"好了,不说别人了,不再去想了。一说,你又陷进去了。"

她用肩顶了顶我,我也用肩顶了顶她,一时我觉得两个肩头都顶着劲。后来她笑起来,我觉得那边松软了。她的手在我的手中攥紧了。

就那么坐着,一直聊下去,我不再感觉到这些天延续的累,那些累乏在轻轻松松又带点莫名其妙的说话中淡开来。我们一直谈到厅里有朦胧的白色。

她用手在我腿上拍一拍,移过脸在我脸上贴了一贴,说一声:"睡一会吧。"就下床去了。

这一觉我睡得很实在,一直睡到中午。梦里我在云崖台伸出了腿,我踩着了一团团如棉如絮的白云,在清绿的雨潭坡上漂浮着,仿佛永远地漂浮着。

与其同在

太阳要落山了。半是橙红半带暗灰的落日浮在西天，球轮下部托着杂色的云霞。远处凝定着几块淡淡的白云。夕阳向浓重的色彩中坠落，缓缓地，一点一点地坠没了。护城河映着一片朦胧的亮，对岸的田野中，青烟摇曳着渐渐变深的暮色。

这是个周末的黄昏，齐雅真倚着窗，脸上显着一点悠闲的神情。落日的过程感觉上长了一点，她还是一直看着它完全坠没。在这座小县城里，别处住家是无法看到落日的情景的，一般的人也不会有闲观落日的审美情致。那边县府街上走着的人、骑着自行车的人，想着的是烧什么晚饭吃什么菜，都是忙忙碌碌的，不时地躲避着噪声很大的手扶拖拉机……她的脑中流过一串念头。落日已消失了，她依然在窗边倚了一刻。房子低檐的阴影显得更重了，她才转过身子。

屋里暗黢黢的。她凭感觉走到煤炉边，把半封着的炉门完全打开。不一会，炉上的水壶就响起来。她站着，后窗明明暗暗的。后窗外是一个小小的土山，也许只能算一个较大的土包。小土山上是一排边窄窄的林子，后窗口就显露着黄土的坡子，可以嗅到坡上渗进来的带点潮湿的空气，那气息使屋内的暮色更浓了。齐雅真走到墙边，伸手摸到电灯开关拉线，手上的感觉麻了一下。旧电灯线有点走电。她把丢开的开关拉线使劲抓紧，电麻的感觉却没有了。她把拉线在手中握了一会，又一下子拉开了，灯亮了，灯光似乎不是那么亮堂，有点暗黄黄的。

这里是小县城的西边角。两间旧式木结构青砖屋，坐落在小土山与护城河之间。河对面是乡村，小土山后面是县城。近几年城市建筑业大发展，高楼正沿着拓宽的县府街伸过来，但还没有靠近小土山。县府街尽头就在小土山那边一段，拐向南去的便是乡村的三级交通公路了。

我是住在城乡交点上。齐雅真想。她常这么想。她和丈夫离了婚，住到这儿来，已有三个多月。每天她从土山那边的小径走到旧屋来，手挎着包，身子挺直着，她有一种超乎尘间独立于世的感觉。

旧房子已有了年代。早年住过一个下放的右派，那个右派住了十几年后，落实政策回省城去了。在他去省城时，县广播站介绍了他坎坷的身世和文化成就。这在县里的文化人中，是人人皆知的。这所房子空了两年，齐雅真住进来时，里面堆着机关乱七八糟的东西，石灰墙面好多处都剥落了，洇着潮湿的花痕。顶上的檩木墨黑墨黑。搬运收拾的乡村临时工偷偷用眼去看站在一边的齐雅真。齐雅真一声不响地站着，脸微微上扬，半垂着眼皮。她走开时，听到后面有突然放禁似的议论声。她一下子转身走回旧房子，议论声随即戛然而止。她又站了一会，缓缓转身，依然脸微微上扬，半垂着眼，身子挺直地走去。

煮好的面条端到桌上，打开电视机，把盐、醋、味精各种作料都放在桌上，一样样地放进碗里，齐雅真使自己做得有条不紊。再一件件地放回到小碗橱里去。她坐下来吃面条，看着碗里的热气漂浮上来。

他们也在吃饭吧。齐雅真晃晃头,把随之而来的一些记忆和念头都晃开了。她吃完了,坐了一会,洗了碗,擦了桌子,把餐具都归复原位,她依然做得有条不紊。独身的生活会让人变得懒散随便,自齐雅真搬这儿,因为太偏太远,还没有一个熟人来过,但她绝不因为没有人来而放松自己。不在小处失去约束,不在暗处失去约束,齐雅真感到自己是有力量的人。

电视播完了新闻联播,照例是广告,响起"安安乐乐,安安乐乐"音乐时,她伸手关了开关。烧开了水,洗了,封了煤炉。屋里添了潮湿新煤的煤气味。齐雅真把后窗打开,走出门去。站在河边水泥与鹅卵石筑的堤上,望着暗暗的河水。河在这里是一个窄弯角。渔船都停在远远的河边。四周寂静无声。风有点凉意。齐雅真没有动。那个右派也像这样天天对着河水吧。她站了一会,挺直身子回屋去。

当她走进屋子,到木柱边去拉电灯开关线时,她突然感觉到有一种异样的动静。她一下子屏了呼吸。同时她就听到了呼吸声,并且直觉到那是个男人的呼吸声。

齐雅真和丈夫离婚,是因为她发现丈夫有了外遇。齐雅真中专毕业分到小县,当时有一种破灭感。她在南城中专读书时,颇受男女同学的敬重,因维持这种敬重,她在校时没有物色到与其相配的对象。分到小县,虽然这个江南小县生活各方面都还不错,她却感到讨厌。特别是这里人的官话都说着南城人所鄙视的江北话。她一直坚持说普通话,上菜场往往会被认为是外地过路采购的人而抬价。她穿着注意而不显着意的痕迹,微扬脸,半垂眼,不苟言笑。

这使她在县城里独身生活了好几年。终于她与一个男人结了婚。是一个偶然的机会，那个男青年到她的机关来，办事的时候，多朝她看了几眼。他的眼珠很黑很亮，脸上总是浮着笑，眼也浮着笑。后来男青年再来办事时，他们就熟悉了。她曾问他，第一次他怎么老朝她望？他回答说：你……我看你好像有点与众不同。他说时选择着字眼，选准了"与众不同"。这使齐雅真脸上浮出红红的笑。就那次，他拥抱并吻了她，并说她的笑真是漂亮。在那以前他从未对她说过类似的恭维话。她认定他是个老实人。她容忍了老实人的一时动情。这一吻使她定了终身。

结婚以后，她才真正了解了他。在她眼里他似乎没成熟。她容忍他不少俗气的举动，并不时地校正着他。他有时会对着饭碗咳嗽，有时又会和客人大声嚷嚷。孩子出世了，她担负起两个男人的教育。她觉得她活得很累。他不算是个坏男人，他做事很快，手脚也很快，特别是搞一些家具和家用电器的东西，很灵巧。她注意到他不是凭责任而是凭兴趣。这一点她也容忍了他。然而突然有一天，她发现了他有外遇。也许别人早就发现了，只是她被蒙在了鼓里。和他鬼混的那个姑娘，齐雅真曾见过，是个说话粗俗打扮也俗气的胖女孩。齐雅真觉得对自己是极大的侮辱。她决定离婚。当她把离婚报告递到他面前时，原以为他会求情，没想到他那双黑眼珠还是笑笑的。他们上了一次法庭。他在那里竟然说了一句她难以想象的话，他说她在家时，他有屁都要躲到卫生间去放。

她还没想到，他和他那个庸俗的母亲在孩子身上做了一番手脚，使一直听她话的孩子一连声地说要跟爸爸。审理离婚那段日子里，她觉得儿子也放禁似的显出庸俗的一面来。她灰心失望。她不想再闹开,她觉得儿子和财产之争是俗气的。于是她签了约,搬到这小土山后面、护城河前面的旧房里。想到几年的婚姻,特别是离婚时丈夫的举动模样,她就觉得像吃了一口苍蝇似的。她在那些投来目光的人面前,挺直身子,微扬着脸,半垂着眼。那些日子都已过去了,然而,就她现在走进屋子,感觉到那男人呼吸的一瞬间,旧日的感觉都裹着团着一起涌上心来。

"谁?!"她没有退缩,而是迈进了一步。

又有一点动静,但没有回声。从外面回到屋里,背着门亮,门又随手反掩上了,眼前只有后窗一片淡淡的灰白色,屋里朦胧迷糊。她觉察到动静在后窗旁的桌边。她心中浮起一种女人莫名的紧张和期待感。动静是陌生的,绝不会是她以前的丈夫和其他熟人。同时她想到刚才门是她虚掩的,她在河边并没听到木板门的吱呀声。肯定是从后窗跳进来的。她这才想到来者的不善。她想退步,又想过去开灯,但她的腿有点软,移不动身。

"你是谁?"她的声音也有点软。她想到自己是不该发软的。来者肯定要有反应了,屋里的空气仿佛凝定了,期待着那一种强烈的反应。齐雅真心中闪过许多的念头,准备大叫或者夺门而逃。她没有动,她觉得那都是可笑的,再说她的声音也发不出,腿也跑不快了。

那边又有一声动静。她能确定就在桌子底下了。她似乎隐约看到那边有一团蜷着的人影了。她有了行动的力量,她慢慢斜着身子挪着步,背靠到木柱边去。她想着那儿有一个拉线开关,炉边还有一把火钳。反手一碰到木柱,她就拉了拉线开关。拉之时她的手抖了一抖,老化的开关弹簧弹了一下,眼前亮了一亮又灭了。她不由叫了一声,赶忙伸手去抓火钳。火钳碰倒了地,她充满绝望地伸手抓了一下,却把灯拉亮了。她立刻看到了桌子下的人,一个男人眼睛浑浊地朝着她。

这是个乡村小伙子。他的肤色和神情与县街上走动的乡村人没有两样。他蜷在桌底下,一条腿缩在身底下,一条腿耷拉在桌脚边。他前俯着,一手撑着地,一手按着那条耷拉的腿。只有一个头伸在外,斜歪着朝齐雅真看着。

"你,做什么?"齐雅真不禁问了一句。

桌下的小伙子依然直愣愣地望着她。齐雅真看清他的神情是怯弱的听天由命的。他的脸形圆圆,前额的乌发长得太下,额头几乎短得看不到。她猜想他还不到二十岁。他还没长出胡子,能看到腮边细长的黑汗毛。他是个小个子,就是站起来,最多和她差不多高。

"你是不是小偷?"齐雅真指着他,声调提高了。她不再觉得紧张。她这么问着,但并没把他当小偷对付的行为,又朝他跨近一步。

他有点畏缩,头往桌肚里缩了缩,手朝口袋里去摸摸。他穿的是一件黑西装,皱巴巴的混纺质料的便宜西装,没扣纽扣,一只口袋垂挂着。齐雅真想他口袋里可能是偷来的赃物。她为自己的判断而满意。

"我不管你是不是小偷。你给我出去。"齐雅真说,"要不,我就要喊人了。你别以为这儿偏,一喊就有人来。"她的语气放缓和了。

她想:换个女人大概早吓得不成人样了。大概不可能和小偷这么客气说话的。

"我不走。"他说话了,口气干干脆脆的。眼睛依然直愣愣地望着她。

齐雅真有点诧异了:"为什么?"

"不走就不走。"他说。

齐雅真心里几乎想笑。他的口气就像是小孩子耍赖。他会不会是个精神病患者?她不愿这么想,他的眼神也不像。

"这是我的家!听到没有?"她有些恼怒了。

"我又没偷你的东西。"他这么申辩着。他的这句话很奇怪,像是在做声明,又像是在承认自己确实是小偷,只是没有偷她的东西,或许还有不想偷她的东西的表白。那么他钻到她的屋里来做什么?

"你是从后窗翻进来的?"齐雅真问。

他没应声,看来是同意她的判断。

"不是想偷东西,你翻进我的家干什么?"

"我根本没想偷你的东西。"他又声明着。说话的时候,他身子移动了一下,像是坐坐舒服,眼还打量了一下屋里,脸上显出这里也没有什么东西偷的神气。

齐雅真相信他的话,心里安定下来,也重新打量了他一下。她发现他环向桌脚的腿一直没动,那只按着腿的手老是不安分地抚来抚去。就在她注意他的腿时,他的腿颤动了一下。她看到他小腿前面的裤腿除了沾了泥和草叶,还有潮湿暗黑发深的一块,像泼了酱油汤似的洇成一片。

"腿跑……碰摔……坏了。"他说得有点含糊不清,"跑"的字音像"逃","摔"像是"砸"。

"你到底是不是小偷？"齐雅真又问了一句。她的问话口气平缓，朝着他的眼光中，还带点温和的笑意。

他没作声，还是用他那眼白带点混浊黑眼珠很黑的眼睛看着她。像是不愿回答，又像不愿说谎。

"那么，来吧。让我看看，你的腿是怎么回事了。"齐雅真说。她的口气连她自己也觉得是难得的温和。

她朝他俯身过去。那一刻她似乎什么也没想，也许潜在中闪过许多电影电视镜头。她半垂着眼向他伸过手去。他的反应是用手撑着地，身子往后仰了一仰。她觉得他的样子就像一只受了伤的兔子，眼睁得圆圆的，带着乞求般的神情。

她拉开他宽裤腿的单长裤。他的腿颤动一下，他的一只手推了过来。他的那只手圆滚滚通红红的，下端有几处蜕了表皮，表现着与表情不同的神经质的动作。

既然她已出手去，她就不再理会他的反应。她把他的裤腿拉上去，她听到他的喉咙滚过一声卡着似的叫声。她已看到她要看的那个受伤的部位。那儿好像重新流出红红的血。他的腿肚也是滚圆圆的，在胫骨上，一眼就可以看到，有一处皮肤有点突起。

"你的骨头断了。"她站起来说。

"我知道。"他咕哝了一声。并不用眼去看伤口，只是盯着她。

"是不是送你上医院，还是怎么样？"齐雅真静静地问。

他摇摇头。齐雅真的问话本来就是用来做判断根据的。她已经能断定他是一个小偷。只是不知他到底偷了什么。

"那么，只有我来帮你了。"齐雅真用不容置疑的口气说。

与其同在

齐雅真在屋里转了一会,又进旁边房间转了一转。她想找两根直的棍子一类的东西。一时她想不起来她的家里有无这类东西。在她原来的家中,也许绕线板能派得上用场。从绕线板她想到了小凳腿,还想到火钳。后来她放弃了这些想法。她拿了一把菜刀出门去,在小土山上砍了两根树枝回来。出门的时候,她把门窗都关上了。天色很暗,坡影黑黢黢的。自搬这里来住,她还从来没在夜晚出过门。爬上坡子时,透过树丛,可以看到坡那边公路上暗黄色的路灯光。她选了两根较粗的树枝砍了下来。她望望自己亮灯的房子,心中有一种兴奋得喘不过气来的新鲜感,有一种看侦探电影片的紧张心情。这种心情朦胧而真切。她回屋的时候,想着会不会不再见到那个坐在桌肚里的乡村小伙子,刚才的一切只是她一时的幻象。这想法使她行步匆匆,下坡时她尽量稳了步子。

他还坐在那里。一开门她就看到他靠在桌边的那条腿。他已整个地坐到了桌下。刚才他的头伸在桌外,现在他的头靠到了桌里壁的墙上。这一刻,他似乎把自己弄舒服了。她原想他也许会害怕她找借口外去喊人而逃离。看来他很信赖她,像一条信赖人的小狗一样。他从桌肚里低下点头,看她的眼光显得自然熟分了。

齐雅真把树枝杈砍去,削去枝皮,弄光滑了。她从来没弄过这事,树枝反而砍得凹凹凸凸的,她的手也发酸。削光第二根树枝时,她看了他一下,他正安闲地朝她望着。她这才想起应该让他做这件事的。既然她已快弄完了,她还是把它弄好。她使劲削了几下,险些削了手,同时发现手指上磨出了一个小水泡来。过去在家,这样的事她丈夫很会干。他的手在这方面很巧,他也常吹嘘自己手巧,只是她觉得他吹嘘得毫无意义。

齐雅真把削光的树枝放在他面前的凳上，开始动手给他医治。家里没有酒精，她化了盐水，寻来了干净的棉花，用棉花沾着盐水给他擦洗伤口。她也从没做过这事，也没身受过这事，一切都是凭从书上接受的记忆。她尽量显得很冷静，只顾弄着，而不显得手忙脚乱。伤口露出来，外部只是一条长口子，并不深，是硬伤。她尽量不去看那红红的肉。她没想到一些棉花丝缕被粘在伤口上，这使她费了一番功夫去剔除。后来她不再管它，用盐水泼过伤口，那些丝缕似乎被冲开了。她摸着他的骨头，上下对着，感觉上骨头是对直了。他的腿显得很重，不听她的手使唤。有一刻她觉得自己身上在冒汗，不由用上了一点火劲。开始擦盐水的时候，他的身子动个不歇，她只顾洗自己的，后来他不怎么动了，只见他的手老是神经质地在她面前晃来晃去。有一回她不得不把它撸开去。它退按在腿上部，还是神经质地晃着。

　　最后，她将他的伤口用干净纱布蒙上，用两根树枝前后扎起来做固定。扎的时候，她发现自己选的树枝细了一点。她不作声，显得很内行地干着。扎完了，她看了一会，感到自己确实很内行的。

　　"到底是砸的还是摔的？"她开口问。

　　"是我自己撞的。"他的口气变了，"我自己"三个字说得很重。

　　她抬眼看他，他的眼依然朝着她。他的眼光直愣愣的，没有表情。

　　"你叫什么名字？"她问。

　　他的眼盯着她，"小山子。"他用很浓重的当地苏北口音说。

　　"你家住在那里？"停了停，齐雅真又问。

　　他没应声，只顾朝她望着。看不出他的眼中是警惕还是紧张。

他的神情笨拙僵硬，那双眼白混浊的眼中总是显着听天由命般的无所谓。

齐雅真用眼对着他。她坐在那张小凳上，靠近着他。她的手上还沾着他的血和裤上的泥，还有麻绳线和干了的盐水。她有点恼怒他的反应，恼怒他那种傻里巴气的乡下人神情。

他的眼光游移了一下。他说："我……他们和我打……我跑出来，我是瞎跑……"他说"跑"字，似乎还是"逃"。

齐雅真忍不住脸上露出了点笑。她不相信他的话。听得出他在撒谎。他撒谎的时候，脸上有一种吃力装出来的神气。他没说跟谁打架，像是说跟他家里人打架。他显然不是城里人，从乡下跑出来，跑到城边上，也不是一点点路。他不可能带伤跑这么多的路。她想到，既然她救了他，就应该对他的一切显得宽容，不能继续询问而损伤他的自尊。

"那么，你现在准备怎么办？"

"没得数。"他又说了一句浓重的当地苏北话。他的身子在桌底下动了动，在桌后壁倚靠得舒服些，仿佛准备就在这桌子底下一直坐下去。

齐雅真的两间旧房，一间是客堂，烧饭吃饭活动的地方，另一间一隔二，靠坡那面东边的半间是齐雅真的卧室，靠西的外半间堆放零碎的杂物。两间屋各有一扇门朝向堂屋。

这天晚上，齐雅真在西半屋搁下一张钢丝床，给小山子睡。这床是她离婚时带出来的。离婚时她带出来很少东西。在存款和家具的分割上，她偏向了存款。这样她在那一刻可以避免搬家似的让人看笑。这旧房里原有一些旧家具，有桌子，有碗橱，有床等。桌子和碗橱都显得很破旧了，一张中式大床，木料还很不错，床宽大而上面有着挂帐框木，床前还有着踏脚板。于是带出来的钢丝床也变成了多余。直到现在它才派上了用场。她把它搁起来，铺上一层旧棉絮，又找了一条旧床单。她朝坐在桌底下的小山子看看。他显得那么肮脏，有这样的床给他睡，大概是他从来没享受过的了。

她还端水让他洗了脸和脚。他只是听任她忙着。从他眼里看不出感激的眼神。她叫他去睡觉，他撑着那张小凳一跳一跳地进房，几乎没脱衣服，把被子一搭，就睡下了。

齐雅真躺在床上，好一会没睡着。东西隔间的隔墙没隔到顶，墙高与中式床框相平。站在床上就能看到那边的窗沿。她听着那边呼噜呼噜的鼾声，听得很不习惯。一种新奇的兴奋感消退不下去。原先的丈夫也有鼾声，是很轻微的鼾声。那鼾声使她婚后有一段时间不适应，常常恼怒地把他推醒。更气的是他一被推醒，眼也没睁，咕哝一句，又偏过脸去睡着了。他的睡相使她感到厌烦，总怕他再一次响起鼾来。现在墙那边呼噜声很清晰地传过来，她想着他脸上的神情和眼光。他还像是个未成年的小伙子，怎么有这么响的鼾声的？她安下心来，回忆这一晚的事。她觉得自己对他做得太多了。他究竟值不值得她费这么大的心？他到底是怎么样的一个人？一个乡村青年，一个来历不明的小偷。不过她还是觉得心里有种快感。她做的事，是一般女人不可能做的。她显出了她自己。她想到了一些书本和电影上的故事，那些故事混杂着。她在一个人的危难关头帮了他，他将会报答她。她有什么要他回报的呢？他又能报答她什么呢？这一点她还没想好。她只是做了一件事，这件事让她兴奋新奇。她在想之中迷迷糊糊地睡着了。

她做了许多很乱的梦，醒来的时候，天色已经大亮了。因为小土山的原因，她屋后的窗子，很迟才能照到太阳光。一个安静的清晨，偶尔小土山那边的公路上传来车隐隐的喇叭声。她想起了昨晚的事，想起了那个叫小山子的乡村小伙子。他怎么会没有了声息？齐雅真很快地爬起身，扣着外衣扣子就走到堂屋去。这一刻间她很怕他偷了她什么东西走了。西屋的门没关，站在堂屋里，她立刻就看到了躺在钢丝床上的人影，看到那条搭在被外的带脏的伤腿。他还是那么仰着躺着，似乎一夜也没有动身子。她心里笑自己：他能上哪儿去？这个伤了腿的乡村小伙子能上哪儿去？

她到河边去漱口，一出门，她就嗅到空气中的一股异味。每天嗅着清晨的清新空气时，她都会想到，也只有这儿才有城里人享受不到的好处。眼下，她立刻看到，在西窗下的黄土上有一片潮湿，泥土上冲出了一点微凹的小坑。她不由地闭了闭眼，生出一种嫌恶感。嫌恶感中又杂着一种说不清的感受。西屋里没有便具，他不在屋里面方便，就算是不错了。齐雅真自己也奇怪，怎么想起来为他开脱的。

按习惯的星期天生活，她把粥锅烧在炉子上便提着菜篮上街。菜场并不远，就在县府街边。她颇有兴致地转了转，多买了一些菜。临回头，还光顾了一下小吃铺，买了几根油条。以前一个人吃饭，她没心思烧菜。和丈夫小孩生活在一起时，也往往是丈夫做饭菜。她觉得家务事中充溢着琐碎的俗气。

他还是那么躺着。她走近他的时候，他才睁开眼来，好像是刚刚醒来，眼盯着她，眼中呆板混浊无所谓的神情。

"你该起来吃早饭了。"说了这话,齐雅真回身往堂屋走。她盛粥时,听到他的声息,只见他一条腿立着,一条腿弯曲地晃着,双手撑着一张小凳,身子一跳一跳地出西屋门。他手撑着凳子抬起头来看她,那模样和神情很像一条瘸了腿的狗。

小山子在桌前坐下来,伸手就去端碗。齐雅真说:"你该去洗个脸。"他没应声,已经捧起碗喝起粥来。"你该去洗个脸。"齐雅真没坐下来,又说了一句,手上抓着两双筷子。她实在看不惯他满脸眼屎和肮脏的吃饭模样。他已经把半碗粥吞下了肚,抬头朝她看了看,显得顺从地移身到脸盆那儿。她已为他准备了洗脸水。他重到桌前时额发有点湿漉漉的,那张圆脸显出一点好模样了。他长得不丑,只是他的肤色黑红,太像乡下人。除了眉毛有点倒翘外,他的脸相还是平和顺眼的。他的吃相却很难看。他又吃了两碗粥,并把她放在桌上的几根油条都拿过来吃了。

"你昨晚大概没吃东西吧?"齐雅真问。

"昨个你又没问我吃没吃。"

她觉得他很粗俗。他并没想掩饰他的粗俗。她发现自己竟然能面对这种粗俗而毫无嫌恶,相反,觉得这就是野性的表现。

整个上午,齐雅真都在忙着洗和烧。小山子就坐在桌边上。他把凳子移过了,背靠着墙,双手撑着凳沿,那条腿一直环曲着。她觉得他在发呆,注意看他时,发现他的眼正对着她,依然是那般神情。

他又饱餐了一顿,吃完了,把碗一推,又是那么坐着。齐雅真想,现在他应该回答她的问题了。她在他的面前坐下来。

"我说,你可以告诉我你的一些事了吧?"齐雅真尽量显得若无其事地。

小山子移过眼光来看着她,还是他那副神情。

"你怎么会到这里来的?"

"昨个上半天我到城里的。"说开了头,他就不显得沉默了。"我想做一件事……我转啊转,转了老半天,就在城里转。快到晚了,后来……没想到有个小家伙叫起来……我一跑,跑坏了。小家伙的哥哥来抓我。我就跑,跑到好远,也已经把他们甩开了,没想到就撞到了路边上的一根水泥管子……我就赶快钻进了小弄堂。"小山子说着,脸上露出一点说惊险故事的神情。"我还跑,爬过小土山,我是想往城外头跑的,实在是疼,看到你的后窗户开的,就爬进来了。"

"你是不是偷了小家伙的东西?"

"小家伙在吃一包袋子好看的东西。大概他哥哥以为我偷了他什么东西。其实,小家伙身上有什么好偷的?最多一点压岁钱。一点压岁钱我还看不上眼呢。"小山子说得很真诚,那神气不像是在说假。

"那么,你到底偷了什么?"

小山子眼盯着她,又不作声了。她也盯着他。他扭动了一下身子。她突然觉得有点恼火。

"你是不是想回家?"

他摇摇头。他的脸上显出一点乞求的神情。她半垂着眼皮,不搭理他。

"我……村上人没有了东西,就找我。明明东西不是我拿的,也找我。明明有的东西我都看不上眼,也找我……那天我跟小辣子说我想的事，她先答应得好好的，后来小辣子没出来，她肯定会告诉家里的。"

小山子好像说得很清楚，听来又是含糊不清。他好像承认了他是偷东西的，又似乎一直没承认。

"你是不是没有父母？"

"他们都在家里。"

"都是亲的？你妈妈是不是你的后妈？"

"后妈？……不是。我阿娘就是我阿娘。"

"那么……"齐雅真觉得有点扫兴似的，"你什么事情不能做？为什么要偷东西？世界上最不要脸的事就是偷东西了。人活着就是要让人看得起，活得堂堂正正。只有你能看不起人家，绝不让人家看不起你。"

"你们城里人东西多。什么东西都有，钱也多，我看就是不公平。城里人东西多钱多，就能看不起没得东西的。乡下人没得东西没得钱就让人看不起。不公平。我就想公平公平。没得的人拿有得的人，我认为就是公平。说偷不偷都是有得的人说的。听阿爹阿娘说文化大革命这个样那个样，那个时候我还小……前两年我要学本事，跑到少林寺去，想去拜师傅学功夫，有了功夫说话就硬，可是他们不收我。"

小山子说说有劲了，好像很有道理似的。他显出自信来，话里还夹着一些对嘛就是嘛。齐雅真听了很好笑，似乎世上每个人都有他的道理，连这个乡下的看上去没读几年书的人，一说起来，也是道理连篇。不过眼前的小山子看上去还不到二十岁的模样，几年前就能一个人跑到嵩山少林寺去，确实有一股粗野的力量。

"那么,是不是我有房子住,你没有房子;我有床睡,你没有床;我有吃的,你没有吃的;我腿好的,你的腿伤了,这也都是不公平的?我给你房子住,给你床睡,给你吃的,给你包扎伤口都是我应该的,这样才公平?"齐雅真带笑地问。

小山子又不再说话。如果说他脸上的表情是呆板,却又显着一种倔强。他眼盯着她,眼珠黑黑的,似乎闪着亮。齐雅真不由偏了偏眼。

一个下午又过去了,小山子一直坐着靠着桌边的墙,面朝着门外,像是看着河水和田野,又像是什么也没看。他那呆板又自在的样子,让齐雅真有点恼火。他似乎什么也不会干,她让他开一个铁罐子,他把扳子和罐子抓在手上笨拙地翻转了一会儿,又原封不动地放在了桌上。

一个居然什么也不会干的乡下小伙子。"那么你究竟能干什么?"齐雅真不免说。

黄昏时,齐雅真外出买了一次作料。回来便听到房里有播音员的声音。一进门她就发现他已经开了收音机,声音开得大大的。他坐在那儿看着,眼光专注,一副心安理得的样子。齐雅真不免又有些恼火,问了他一句:"你怎么开电视机的?"他没应声,只顾盯着电视屏幕。齐雅真走过去,一下子关了电视开关,他这才移眼看她,眼光中似乎带着一点不满。

"你明天早上就该走了。我明天要上班,你不能一个人在家里。"齐雅真说得很简单,含着不放心他的意思。她也用眼盯着他。

他愣愣的,好大一会依然不作声。后来,他说:"我、没得走……城里人会……你和城里人不、不一个样子……我不会忘了你的……"

他说得结结巴巴，屋里昏暗迷蒙，他低着头，她看不清他的神情是不是要哭。他抬起脸朝着她，他呆板混浊的眼中带着乞怜的神色。

这时暮色完完全全透进了屋子，齐雅真打开了电视机。

齐雅真上班的时候，她把门反锁了。她骑着车走在县府街上，街面上流动着凉凉的风。她的心情很好。昨晚她又问了他一些话，他都是有问必答地应着。应得简单，但是老实话。他不再用眼盯着她，而是老垂着头，像一条被驯服了的动物。她已知道他家有姐弟三个，他是唯一的男孩子。他读过书，读初中没读完退了学。她猜想他功课很差，是个不求上进、好玩而愚笨的学生。愚笨使他做小偷，也使他具有一种忍耐力。齐雅真还是第一次听一个农家青年说农家的事，听得津津有味。平时机关里的人说张家长李家短，她总觉得俗气。她想到其实自己也好打听，有一种与生俱来的想知道别人生活的欲望。她在心里不住地给他的话做判断。她发现虽只有一天一夜，她已经完全清楚了面前这个农家青年。而和她生活在一起十来年的丈夫以及自己生的儿子，也没有这么清楚。

她居然也对他说到了她少年时的一些事。说到在中专学校里，有个男同学怎么笨拙地向她表示好感，把一封情书放在她的抽屉里。她顺手把那封情书塞进旁边一个女同学的抽屉。那时她看不上他，认为他只够配得上她旁边那个脸上多有雀斑的姑娘。后来他们两个真的恋爱上并公开化了。听说他们后来很相爱，他分配在省城，当了省级机关的一个头头。这件事一直存在她心里，她连丈夫也没说过。没想到就对这个小山子说了。听她说这一段故事时，小山子脸上表情依旧，还是木呆呆的，只是眼神带了点好奇。他能懂什么呢？大概就是因为他不懂，她才会对他吐露出来的吧，不由自己说时也感到有一种酸酸的感觉。齐雅真不由叹了一口气。

现在这个偷儿小山子，已经很驯服很老实地待在她的屋里，也许她叫他去干任何事，他都会为她去干的。

齐雅真在机关里搞的是工会的文化宣传。她的办公室就她一个人。领导她的工会主席，兼着机关副书记的职务。他在她的办公室里有一张办公桌，另外，作为副书记，他有自己单独一间办公室，他在那儿办公。齐雅真的办公室很清静。每次有事，头儿总是召她到他的办公室去。那个办公室总是热热闹闹的。头儿是个五十来岁爱说笑的中年人，常常引得女秘书嘻嘻哈哈的。齐雅真感到她们笑得很俗气。头儿对她也总是微笑，但从来都很尊重她。她也是那样对待他。

这天上午，头儿通知她开一个会。有关宣传方面的会，同时谈到了治安。以前她对治安问题从不感兴趣，这次她要了那个新到的治安材料，回到办公室，关着门看了一遍。上面列举了好几个案件，有偷的也有抢的，有重的也有轻的。

齐雅真看材料时，突然生出一种恐慌来，似乎她根本就没想到有治安惩治这一方面。

齐雅真下班早早回了家，回到那所房子时，脚步带快了。她开开门来，堂屋是空的。小山子没像她想象的那样靠墙坐在桌子边。她过去推开掩着的西屋的门，钢丝床上散乱地摊着被褥。她突然觉得松了一口气，一种莫名的紧张消失了，同时她又感到心中一阵空空落落的。就在凳子上坐下时,她隐约听到什么动静,急忙起身走到里间东屋,门开着,她一眼就看到小山子正坐在床下的踏板上,屁股下垫着她的一双绒面拖鞋。他的背靠着床沿,旁边梳妆台的抽屉好像没有关紧。他的脸朝向了她,眼神依然是呆板而无所谓的。

"你……你给我……起来。"齐雅真指着他说。

小山子不动身子,冲着她一笑。

"你……滚出去!"齐雅真发火了。

小山子这才懒懒地撑着踏板,抬起身来,就手按着身前的小凳子,又像一条狗似的,用三条腿跳着出门来。他在桌边坐下来,嘴里咕哝着:"床踏板像田埂,坐得舒服。"

齐雅真突然觉得她发不起火来了。她朝他看了一会,尽量口气严肃地说:"小山子,你告诉我,你到底偷了什么东西?"

"我没拿你的东西。"小山子很有理地说。

"我问你,你在城里到底作了什么案?"小山子用眼盯着她。他还是习惯地动动身子,没有应声。

"城南个体户黄大胖家的抽屉是不是你撬的?"

他望着她,没有作声。

"住火云巷的卫生局刘局长家的钱是不是你偷的?"

他还是那副盯着她望着的木呆呆的神情,一声不吭地。

齐雅真不由笑了笑,说:"你总不能老住在我这里。我也不知到底养了个怎么样的人。你还是离开这里吧,回家去吧。"

齐雅真说了,就去做饭,不再搭理他。偶尔偷偷地瞥他一眼,见他一动不动地靠墙坐着,阴影在他脸上敷着一层柔和的不怎么和谐的色彩。那条伤腿依然环曲着。她出门倒水回头,曾发现他的那只脚在地上踮了一下。鸡连皮,狗接骨,这个农家小伙子的恢复力真强。

烧好了,端上了桌,他们对坐着,默默地吃完了一顿饭。她只要抬头时,就看到他的眼中带着看起来是乞怜的神色。她不去理会他。吃完饭,她几次开开门去看看天色。在她第三次从门口转身来时,她看到他面对着她,没等她开口,也没等她走近,他伸手到自己的西装口袋里去摸索着。那儿她曾发现总是鼓鼓囊囊的,只是没在意。他从口袋里掏出一个布裹着的一团东西,把它放在了桌上。虽然隔着布,桌上还是响了一声。不用打开布,从外形上,她也一眼看出来,那是一把手枪,小型的手枪。

他偷的是手枪!

齐雅真过了一个心惊肉跳的夜晚。清晨起来,她发现小山子还是那么躺着,睡得很安稳的样子。她走近他时,他一下子抬起眼来,望着她。她不知他究竟是不是真的睡着。她突然感到眼前这个农家青年是不是真像他外表那般木呆呆的。要说他像动物,那他是个危险的动物。她第一次感到了他的危险。

"起来吃早饭吧。"齐雅真说。

他默默地跟她出来。他扶着伤腿,不再撑凳子,一跳一跳地,间或环曲的腿踮上一踮。就着榨菜他们吃了早饭。天色还早,只有远远的田野上,农人悠悠的说话声,小船从河面通过的吱呀声。

"你走吧。"齐雅真说。

小山子又朝墙上靠着,木木地不应声。

"你还是走吧……"齐雅真提高了一点声音;"……你听到

没有?"

小山子动动身子,像是坐坐舒服。"我不走。"他说。

"我不管你腿好腿坏,"齐雅真语调尽量显得冷冷的,"你必须走。我晚上会带同事到家中来。"

他似乎露出了一点笑,无所谓的笑。

"你真的不怕人把你抓走?"他的笑使她恼火,又有点泄气。

"你不会带人来的。"小山子木呆呆的样子,像是在说呆话。他的眼中还跳闪着笑意。"你早就晓得我是做什么的。我也没瞒你。是你把我藏在家里两三天了。我被抓起来,你也逃不掉。你是个窝藏犯。窝藏犯也有罪,也要倒霉的。"

小山子说着一口使他讨厌的苏北话。脸上一副心安理得的模样。好像临溺水时,准备拉一个人陪下去。

齐雅真带着愤怒地看着眼前的小山子。他简直是个无赖了。她不知说什么好。"你、你这个……!我有什么对不起你的地方?你难道就要这么住下去?一直住下去?"她想声音发威,但有点软。

"等我腿好了,我就会走。"小山子显得口齿伶俐地说。

齐雅真没再看他,提个包就出门走了。到了机关,看门打扫的老头带点诧异地看看她,她才发现离上班时间还早。她努力朝他笑笑,上楼进了自己的办公室。她把门关上了,一个人想了一会。思维是紊乱的,还没转出对这桩事的记忆和恼怒来。慢慢地她才把思想拔起来,慢慢地她的判断才到她的身上。她想到她应该去告发,但是他的带有威胁的话和他的神情那么清晰地显现着。她该怎么去报告?公安局的人肯定会问:他怎么会在你家的?怎么会在你家几天的?她该怎么回答?倘若她不说明白的话,他被抓去后,肯定会添油加醋地说出一切来。只要是个明眼的公安人员，就会相信他的话是真实的。她确实是窝藏了他。她是个窝藏犯。倘若她把一切都先向公安人员交代了，她不知将受到怎样的盘查，而且她也弄不清那个小山子是不是在白天会躲起来。扑了空的公安人员会怎样想她，她的口供已经成了她无法洗刷的罪证。一个女人留宿了一个男贼在家中三个夜晚，她不知外面将会怎样传言，人们将会用怎样的眼光来看她。不！不！她恼怒地喊着。她这时突然觉得她根本是看错了这个叫小山子的，也许他还不叫小山子。他表情木呆，也许心中滑得很。就像那些看上去老实的卖菜的乡下人，都有着精明的扣秤办法。她觉得自己给粘上了，粘陷到了一个无法自拔的泥涡中，要沉没下去。

办公室的门开了，站在门口的同事带着疑问的眼光问她："什么事？你在叫什么？"

"没、没叫什么啊。"她努力自然地说。同事又朝她看看，摇摇头走开了。

这天下班，齐雅真迟迟没有离开机关。看门的老头关门前到各办公室来查看，她对他说就走就走。齐雅真出了门，也不想往哪儿走，不知不觉就走到了她的旧居。有几张邻居熟面孔看她，她才有点醒神。就听说她原来的丈夫快要和那个胖姑娘结婚了。说结婚说结婚，拖了这许久还没结婚。她自搬出去后，从不到这儿来。就是看儿子，也直接到学校去。上了小学的儿子，见到她有点陌生样，她朝他伸手，他只是拘谨地向她移步。有一次她看他在和同学打打闹闹，一见她，便显得规矩地站着。她叫他，他才应了一声。她觉得他越来越像他父亲了。八年的婚姻对她来说，几乎留下的只是一片空白。

她仰了仰头,三楼那挂着柳叶印花绿窗帘的就是她原来的家。那个绿窗帘依旧,看来丈夫还没定下结婚。旧家的一种温暖的气息传入她的感觉中,一时她不禁有点恼怒,是丈夫他破坏了这一切,使她走到了这一步。她很快地离开了。

她觉得无处可去。离婚后,她讨厌听到议论,和所有的朋友几乎都断了来往。她娘家在邻县,父母早已去世,她和嫂子不大相合。无油无盐不吃冬瓜,无爹无娘也就不回娘家。她突然又想到她童年时的家,一时许许多多的感受都涌上心来,这些感受自她上中专离开家后,再没有过。

她在街边的小摊吃了一碗馄饨。她还是第一次吃小摊的食物。原来她总觉得那碗不知是哪个脏男人吃过的,并且又不消毒,十分不卫生的。吃完了馄饨,她在街面上溜达,溜过来溜过去。她听着自己中跟皮鞋的底子敲击着水泥路面。在东月桥头,她站了一会,护城河就从她那两间旧房门口拐进城来,水色乌乌的,摇曳着几条长长的一串串的暗黄灯光,拉长了,又缩下去。她回转身来,向着路口,慢慢地有一个高个子的小伙子靠近她,像要和她搭讪。她木然地问了一句:"你想干什么?"那个小伙子学着电影上的动作摆摆手,回头走了,嘴里咕了一声:"原来是一个正经的老大妈。"

他把她看成是什么人了?齐雅真这才想到,小县城里也有了南城大城市称为"拉三"的女人。她看看表,发现时间已经很晚了,街面上几乎看不到人,卖馄饨的小摊贩也已收摊回家了。她一个女子独身在街上,难怪要被人误解了。

她朝县府街尽头走去,已是万籁俱寂,只有她鞋跟在水泥地上的敲击声。她突然觉得自己心里并没有害怕的感觉。相反她的心中充满了丰富复杂的感受，自离开学校以来，她还没有这么多的感受过。

门虚掩着。她推开门里面黑洞洞的。她在开门声的余音中站着，目光适应了一下黑暗。她朝西房间看去，朦胧的一个窗影下，钢丝床上朦胧的有点看惯了的小山子仰着睡觉的模样。她看了看炉边竖着的火钳，她轻轻地走过去，举起火钳，再轻轻走到钢丝床边朝他举起来，狠狠地朝下一击……一些暴力的念头在她心里翻了翻。后来她走进了东间自己的房里去。

她醒了。是凭习惯醒的。她睡得太少，知觉还未完全醒来。她懵里懵懂地穿上开衫，把长裤套上腿，站到踏板上束着裤腰，一边对着梳妆台镜默然望着。这一切都是无意识的动作。突然她的意识一激灵，她从梳妆台的镜子上看到了他的身影。他仿佛突然地出现在镜面上的。他身子靠着床框，伤腿微微地跷着。他就那么站在那里，就像一个电影里的人物，得意地吊儿郎当地看着她。她惊了一惊，不由看看门。她昨晚竟然忘了插门销。但门是关着的。他不是从门进来的。他不知不觉站到了她的背后，仿佛是从地下钻出来的。她朝他转过身去的时候，才想到他是从隔墙上翻下来的。他带着伤腿，一点声息也没有地翻过来了。毕竟翻墙钻壁是他的本行。同时她想到自己的手还停在裤腰上，她加紧扣着裤扣。

就这一瞬间，他已经走近来。他的脸就靠近她的脸了。他脸上的神情还是木呆呆的。靠近了看，他那黑里透红的肤色有点转白，长长的汗毛更清晰了。他的窄额上刻着一条断裂的纹。他的眼中混浊的眼白和乌黑的眼珠之间，闪着一种叫她吃惊的光彩。他不再有伤腿的样子，动作敏捷得像一头狼似的。他的手已经抓住了她扣扣子的手，另一只手便揽到了她的背上，他的身子都压到了她的身上。"你……到底想干什么？"她想叫问，但声音干枯地出不了口。她只是本能地、凶猛地挣扎着。一下子他所有的力量都压到了她的身上，似乎不管死活无论如何要和她一起倒下去。她反抗着。她的手被他粗胖胖的手攥住了，她用脚蹬着，本能地去蹬他的伤腿。他并不退缩，把腿贴着她的腿，很沉重地压下去。其实只有十几秒钟，她的身子支撑不住了。倒下去的时候，她想着要倒到床上去，然而他却揪紧她，压着她倒在了床踏板上。他那么有力，根本不像她第一眼看到的还是未成年的孩子的感觉。她一直没停地挣扎，她的挣扎像是激奋着他，使他显得更有力。而她的挣扎又使自己更加无力。在有力和无力的落差中，他越来越强，她越来越弱。她要想叫出来，但她忍着，依然挣扎着。她的全身感受都在兴奋地挣扎着。直到后来，他不动了，她也无力地不动了。她这才感到她的身背底下很硌，肩腰处硌着她的一只塑料底的绒面拖鞋，踏板上的几颗沙粒，硌着她背下部的皮肤。这两天她都忘了打扫和整理家里了。

小山子坐起来，就在踏板的脚头，脸朝她，眼盯着她的脸。他的眼中依然是木呆呆的无所谓的神色。她想蜷起身来，她想用脚蹬他，但一时她还感到无力。

"你瘦瘦巴巴的，一比小辣子就全是瘦排骨了。"他咕哝着。

"你这个猪狗！你这个畜生！你这个猪狗不如、畜生不如的东西！你这个中山狼！你这个杀千刀的中山狼！你这个乡下贼骨头！没得好死的贼骨头！……"齐雅真突然有力地一连声地骂起来。她也弄不清哪来的那么多的肮脏话。那些俗气妇女平时哭骂的话都涌到了她的嘴外,夹杂着本地苏北话和他听不懂的书本话语,都混在了一起。她只顾骂着,骂得很痛快,骂得很解气。

"我把你留在家里,给你包扎,给你吃饭,给你床睡,给你庇护……我作了什么孽,弄你这个忘恩负义的家伙,倒来对我做这种下流事,要晓得这样,你就该拖着个断腿,躺在大街上给人抓了去……"慢慢地,她开始数落起来,泪流满面,许许多多委屈伤心一齐涌上心头。

"你少跟我来卖乖!我早晓得你这种城里女人!你哪里是给我治伤啊,你把我就像狗一样待。痛得我要死!当时我就想把你打在地上,来这么一下子的……你还把我像狗一样吆来吆去。我就在踏板上坐一坐,也好像操了你一样。……你其实把我当乡下的猪,当乡下的狗。你一个人孤单,拿我开心,你当我不知道啊?你有什么了不起?衣裳穿得格正正,城里人样子一本正经的,脱光了瘦巴巴的,真不如乡下人小辣子……"小山子脸上没有表情,眼盯着她,说得恶狠狠的。他的一只手抬起来,在她身上面半尺高的地方,有点神经质地移动着,像要伸下来再揪住她。使她有点胆战心惊的。她的肉体到心灵还从来没有这么震荡过,她觉得自己有一种虚脱的感觉。

"快起来!这样好看啊?"小山子说。语调中没有猥亵的意思,像是斥责着她。她坐起来,去整理自己的身子。她的嘴里不由地骂着:"你个中山狼!你个忘恩负义的小人!你个……"

"别唠叨了不歇,快弄早饭吃。你昨个晚上不回家来,就想饿死我,对不对?我就猜你不是好心。"他又斥责着她。

齐雅真发现自己在他眼中变成了一个唠叨无用的长舌妇。她不声响了，起身出去。炉子是熄的，她把炉子拎出去除死灰。死煤在炉里夹不出来，她用劲拉，两个死煤结在了一起，怎么也拉不动。她不声不响地只顾拉着。煤饼最后夹碎了，灰蓬上来，蓬得她满脸满头都是。她想到也许就是昨天没有回来烧饭，才有了他今天的报复行动。星期天聊天时，他曾经说到过，在家里他有母亲和姐妹，他从来就没烧过饭菜，也从来没接触过煤炉。她本来并没想到昨晚要饿他，她根本没想到他吃饭的问题。她觉得有点冤枉。

"别老是烧粥，烧泡饭的。城里人有钱还是抠，清水光汤的粥有什么吃头。买几根油条去，我就喜欢吃油条。"

炉子生着了，齐雅真扇着火，烟冒上来，摇曳着，呛得她有点咳嗽。小山子扶着门沿，嘴里说着。他的伤腿依然环曲着。她想到刚才一刻他的腿那么有力，真怀疑他的伤是不是装的。现在他环着腿的模样，似乎是他的一种习惯动作。

"进去，你进屋里去。"她冲着他说，声音轻轻，随后又看了看四周。

那边田里有人挑着水桶担子，吱呀吱呀的可辨。护城河在前面尽头处，变开阔了，有两条渔船靠向着湖间小块芦丛的滩心。

"我不怕，你怕什么？你不就想有人来抓我么？"小山子一副无所谓的样子。她不清楚他的话中含没含着嘲讽。他依然站着，好像还往外靠出了一点。齐雅真不由有些心烦意乱，她丢下扇子，任炉子冒着烟。她进门来，去提菜篮，一边轻声说："你别在门口站着。别在那里。"

说着她就出门买油条去了。

这天齐雅真上班迟到了。她急匆匆地走向自己的办公室时，发现一个个办公室的门都是关着的。她想难不成她又来早了？她在办公室坐下想了一会，听到走廊上有上厕所的人的说话声，这才想到星期三正是机关惯例的政治学习。她又匆匆地到会议室去。所有人的眼都盯向她。她努力地笑了一下。机关工作多少年，她还从来没有迟到过。每次学习她都坐在中间一圈的位置上，读文件读报都是她的事，她总是说的普通话，又是搞文化宣传的，读文件读报是当然的。齐雅真在门口的位置上坐下来，心神不宁地坐着。他们的眼光似乎老盯着她。她不敢去理自己的头发，出门的时候她整理过，但她总觉得那里是乱的。她努力使自己静下心来，去听当中那个读县委文件的声音。读了一段，声音停下来，副书记转身朝齐雅真笑着说："还是你来读吧。"

齐雅真有点吃了一惊。她也不知自己为什么吃惊。她有点不自然地扬一下头，随后站起来，往当中去。眼看着前面，还踩到了一个人的脚。她就像一个在人群面前腼腆的步子也不自然的姑娘。他们都望着她，那么多的眼睛，使她很想躲起来。

她坐下来读文件。她把一字一字的普通话咬得很准。她自己也觉得读得抑扬顿挫的。会议室里特别静，没有往常那种听读报的议论声。

学习结束，回到自己的办公室，摆在办公桌上的是一个准备开大会贴在墙上的条幅。她舔了笔，蘸了墨，一笔一笔地写着。中专的时候，她的毛笔字曾参加过书法展览。也正因为机关头儿看中了她的字，才把她从基层调到办公室里来，搞文化宣传。她知道，与她一起和在她后面进机关的人，后面都有一点家庭以及社会的背景。

齐雅真觉得自己今天的字写得特别有力。

她不去想早晨那件事。那事在她脑中形成了一个兴奋点，思维一触及，她的心便会一哆嗦。那样屈辱的事，她居然承受下来了。她想她应该跳到护城河里去，她从前接受的传统文化都是这样表现的。但跳河的念头只是程式化地一闪念，远远地漂浮着，就消逝了。她没有了赶快赶他走的想法。对于自己，她已经承受过了，她怕他出去，无论是被抓住，还是没被抓住，他都会把事情说出去的，这才是她恐惧的。

现在她很怕他会离开那旧房子。她希望很快到下班的时间，去看看他还在不在。思想一触及他的形象，她就有一种说不出的感受。她想赶开他的形象，然而他的形象却那么真切。他的神经质的手，他环曲着的腿，他圆圆的长着汗毛的脸，他的眼白混浊眼珠墨黑的眼，以及他一切静的和动的，在她的身心中都涌满了。她凭感觉感受到他的形象，凭理智感受到自己的被伤害。

和丈夫结婚了多年，并有了孩子，她都没有感到丈夫进入了她的身心。她是独立的，不辱的。丈夫有外遇的事也只是在外部刺伤了她，而她用离婚维护了自己的自尊。

齐雅真提前了一点下班。她到商店里转了一转，犹犹疑疑地看了一回，却是很快地买下了一套男式内外衣裤。她第一次买服装没有挑拣。

小山子依然坐在朝门的桌边的凳上，靠着墙，眼盯着她。齐雅真看到他的脚下有好几个烟头，桌边上也是一片灰白的烟灰，屋里充溢着一股烟味。齐雅真想说什么没的说。她没想到他还抽烟。前两天大概他是避着她抽,她看到西窗下有烟蒂,并没在意。他靠近她时,她曾嗅到过他身上的气味。她想到不沾烟酒的原来的丈夫身上总是干干净净的。

"你去买一瓶酒,再给我带两包烟来。"饭菜上桌时,小山子这么对她说。

"不。"齐雅真说。

"关在你这个破房子里,就像坐牢一样。还不如去坐牢呢。坐牢还有几个人能说说话。"

齐雅真骑了自行车出去,骑到县府街尽头近郊的个体户售货亭里,买来了一小瓶低度酒和两包烟。

喝了一点酒的小山子,脸越发地黑红。他把那条好腿环起来,踩在凳沿上,在碗里挑啊挑的,吃得很高兴,又不时地眼盯着她,一副乡下男人做主的样子。

现在她觉得在他面前,没有任何自尊感。她也想不到要有自尊。这个罪犯!这个无赖!这个短命鬼!她在心中这么咒骂他。

"你少喝一点。"齐雅真说。

"女人就喜欢管男人,小辣子也是,要我不要这样,要我不要那样……"

"你少提你那个小辣子。"

小山子看看她,不声响了。齐雅真也喝了几口酒,她想自己喝得醉醉的。她没看他,她怕看到他带点笑笑的眼神。

"女人怎么啦?你不是老提乡下人、城里人的吗?城里人不就是比乡下人多拿一点工资?现在乡下人自由了,想种田就种田,不想种可以到处窜。城里人得每天上班,靠工资发不了财。发财的倒有乡下人。你说对乡下人天生不公平，男人对女人就公平么？男人胡作非为，倒霉的最后都是女人。男人可以到处自吹，女人就被人骂破鞋。你也讲什么公平，女人公平么？不比你们乡下人更倒霉么？"齐雅真突然说开了，明知对眼前这个乡下小伙子说不清楚。

"男人和女人是天生的。不像乡下人和城里人。"小山子说。

"天生个屁！乡下人和城里人不也是生就的？"齐雅真不自觉地模仿着他的苏北话。这两天，她和他说话的时候，常会自然地带出几句她讨厌的苏北话来。她似乎说得很流利。

"我不服气自己是个乡下人，你也不服气你是个女人。不过乡下人拼命能做个城里人，我就能做，只要住到城里就是个城里人。城里乡下是人划的，人划的就有不公平。男人和女人是天生的，天生的没有什么不公平。你个女人不会装个家伙就成男人吧？"小山子笑起来，脸上的神情不再是木呆呆的。他显得很快活的样子。齐雅真头发着晕，她很想把面前的酒一下子泼到他的脸上，然后也笑起来。

吃过了，收拾了，齐雅真从包里拿出那套衣裤，放在小山子面前。小山子用手触触服装，然后拿起那套夹克式的外套。

"有了今个早上的事，就晓得给我买衣裳了。还是新式的。"小山子说。

"洗个澡，换上去……我都嫌你在我面前，闻着就是一股臭味。"

齐雅真在长盆里倒了水。小山子把缚在腿上的两根树枝解了下来，甩在了一边。他脱衣服的时候，齐雅真转身出门去。

"做什么要走？……"小山子在她后面说。齐雅真没有停脚步。

屋子里有泼水声。齐雅真在护城河堤上，慢慢地移着步子。堤边破碎的水泥石丛中，长着青青的草，顶上开着球状的花。河对岸飘过来一股菜花的香气，和着潮湿的带有城市气味的河水气息。她真想跳到河里去。她撸下一把垂着的柳树叶，连枝条拉下了一段。她把它转着舞了舞，随后把它折成了一个小笼，那还是她少女时的手艺。日复一日，年复一年，中专毕业，分配工作，结婚成家，生活的背景仿佛固定着凝定了。就是离婚也是旋在这琐碎的、严肃的、计较的、烦心的生活背景之上的。背景之上是她那种固定的凝定的沉静雅致的女人形象。现在她觉得从内到外她的一切都扭歪破裂着，感觉说不清是痛还是快。

有人走到她的身后。齐雅真这才醒悟过来。"洗好了？"她随口说着，回过头来。突然她发现眼前站着的不是环曲着腿的小山子，而是她原来的丈夫。他朝她笑着，有点诧异地问："你说的是什么？"

他还是原来和她生活在一起时常见的模样，脸上笑啊笑的，那种总是注意着她反应的笑。他的五官都很端正，肤色白净，手指修长。听人说这是讨女人喜欢的，她却觉得他缺乏男子气。眼前他的相貌和神情是夫妻生活的几年中，她所看惯的。然而迎着月色和折射过来的灯光，她蓦然间感觉有一种深刻的陌生感。他的形象仿佛真正是浮着的。

"你从……哪儿来？"她说。

"我从……"他想说"我从来处来"。这是他刚从书上看来的一句禅语，但他没有这样说。他用手往后指着说："我从那边过来，这里好像没有路。我到房子……远远地就看到你在这儿。我一眼就看到了你。"他说了一通。平常生活在一起时，也总是他说得多。

"你来……干什么？"齐雅真朝前走着，似是散着步。她的语气是软和的。

"他们说的……你昨天去我……去家里的。我想你大概有什么事要找我的。"

齐雅真很想说：我有什么事要找你！但她换了一句话："我想看看小峰的。"小峰是他们的儿子。她又很快地接着说："你大概要结婚了吧？……我也听说的……我还以为你来是告诉我这件事呢。"

他不作声了。朝她看的时候，他的眼光略略偏开了些。她比他小两岁，但和她生活在一起时，他总觉得她像是长他好多。他和她肌肤相亲好多年，并且有着一个孩子，但他总觉得她和他隔着一层，她显得是在他的上面。现在她带有一点微笑地站在他面前，他感到她的神情中还带有一种柔弱的不自然。这是他从来没感到过的。

"到你屋里去坐坐……我还没来过呢。"

"不！"她应得很干脆。随即又匆匆地说："你……干什么不早点和她结婚呢？你不是早就和她有关系了么？"

这是他们反目离婚的话题。当初带着多少紧张和冲突，现在她嘴里说出来，似乎带着打趣和调侃。这也是他第一次觉察到。

"她像个小女孩。我告诉你，是真的。和你……她像个小孩……"他在表白着什么。

"既然她是小孩，你就要好好待她。"齐雅真又带笑地说。她已经走到小路的尽头，拐过去就是县府街了。她的房子被树荫遮住了,这时她站停下来。

他不知她为什么老要提到她,似乎是旧结未解,又似乎是开他玩笑。她越发显得不像她了。

"你真的……没事么?"他问。有人告诉他,昨晚她在家门口徘徊了好长时间。

"我有什么事!"她似乎有点恼怒,她的口气又像过去那样干巴。他没再说什么。后来,他就告别走了。

"还有人来找你啊?他是哪一个?"齐雅真进门的时候,只见堂屋中的一盆水。她去东屋看了看,回头才发现小山子又坐回了他原来的位置,这么问着她。她想到他其实是恐慌的,并不像他嘴里说得那么硬气。

"水也不倒,我看你腿动起来倒是很快的。"齐雅真说。

"你讲清楚是哪一个。"小山子追问着。

齐雅真真想说一声"公安局的"。不过她还是应着说:"我原来的丈夫。"

"你原来还有丈夫?"小山子似乎不信。

"我不但有丈夫,还有孩子。"说这句话的时候,齐雅真突然感到有一股委屈涌上心来。是丈夫他造了孽,是他使她到了目前的这种失去保护的处境,而刚才她竟对他那么软和,她连自己也说不清为什么。

小山子伸过手来抓住她,攥得她手腕很疼。他带点怀疑又带点好奇地催问着她以前的事。齐雅真显得勉强地说开了头,慢慢地说了下去。她像是觉得有一种委屈要倒出来,她把和丈夫对象、结婚、生孩子，到最后她丈夫搞女人，后来离婚的过程一五一十地说了出来。这件事她从来就没对任何人说过，也没想到会对人说的。说时依然带着一点怨恨。

"城里女人就是气量小，你男人这点事也要离婚啊？换我看你个正经样子，也会去重找一个。这又算什么？现在你不是也和别的男的有关系了吗？"

"那是你强迫我的。"齐雅真申辩着。

"我阿爹说过：十个女人九个肯，就是嘴上不答应。"小山子又一次显得口齿伶俐。

齐雅真觉得他满嘴俗气，不想再说话。在外面倒水时，她又在黑暗里站了一会。小山子的话还刺着她，使她生出一种悲愤感，但这种悲愤感是虚浮的。她有点不敢正视自己的内心。对小山子的强暴，她一直挣扎的，但挣扎中好几次她都想停下来。她的内心是想停下来。那种生理上的欲望让她感到羞愧，比肉体的受辱更使她羞愧。和丈夫多少年的夫妻生活中，她都没有过这种欲望。

她从来对丈夫就很淡，那么丈夫对外的生理欲望也是正常的。"我是屈从的！"

她朝自己内心狠狠地叫。

"你又到哪儿去？"进门的时候，小山子又一把攥住她。

"我哪里是你的囚犯啊？"见他心虚，齐雅真不由声音提高了，"我一天都在外头，要对你怎样，早就对你怎么了……你丢手，你的手真……你这个野人！你还要对我怎么？"说出口来，她好像在表白。

他还是攥着她，他的眼光盯着她，他的口气变得恶狠狠的：

"城里人靠不住。城里有点文化的女人不能相信,嘴上说的和心里想的没得一样的。你不要以为我是个呆子。我看得出来,你心里一直看不起我。你在心里说我是小偷,说我是贼骨头。你心里还是假正经。你认为比我高,比我了不得,认为我偷东西不要脸……"他的声音就响在她的耳边,使她感到不安。齐雅真一个劲地摇着头说:"我不会,不会,那么我说什么你才相信呢?"

"你也去偷一回。明天你也去偷一样东西来。"小山子说。

走廊里没有人。齐雅真尽量放慢脚步,走到兼着工会主席的副书记的办公室去。他的门关着。她的脚步顿了一顿,一瞬间她很想回头,然而她的手已旋动了把手。屋里没有人。她清楚屋里没有人。刚才她听到副书记送人在走廊上的说话声。她又从窗口看到他和一个人出门。这是一个乡办企业的女会计,到机关来过几次,齐雅真认识她。她看到副书记把她送到了楼下的大门外。她也就一下子起身,到了副书记的办公室。他的办公桌上放着他上下班用的手提包。

她走上前去。这一刻她感到突然一阵紧张。她对那包生着一种急切的心理,想把它到手,又害怕到手的感觉。她的心在往外跳,她想停住但她还是伸手一把抓住了它。它的把手有点断,她把它抓得很紧,以致断裂的地方硌着了她的手。这时她就不想松手了,一种拎走它的冲动激动着她。她慌乱地用一张报纸裹着它。报纸的折叠声特别响地刺着她的耳膜。她把那包捏在手上,脸上带着点笑,轻步地走回到自己的办公室去。一进办公室,她就赶忙地掩上门,她对着包看了看,想了想,随后把包塞进了副书记在她办公室的那张办公桌的最下一层抽屉。这张办公桌每天上班搞卫生都要擦一下，面上干净，抽屉里积了许多灰。她关上抽屉，坐回到自己座位上时，突然一阵晕眩。她居然拿了来。她真的偷了。刚才到最后一刻，她一直没拿定主意，她只是在脑中"偷"了好几遍。

她见到那个女会计来时，就想到他会送到楼下，每次他都会去送。他说话声在走廊时，去拿包的念头就不可遏止地涌了上来。从三楼下面上来，要有好一刻时间，而从她办公室到他的办公室并没有几步路。她去他的办公室是常事。她也知道他的包里不会有什么值钱的东西，最多是笔记本和几个文件。唯一害怕的是有人突然出现在走廊，看着她拿着包，那么她可以说藏包和工会主席开个玩笑。虽然她从来不开玩笑，但和领导开一次，大概不会引人注意。这一切念头几乎在几秒钟内都想定了，并立刻付诸了行动。竟然神不知鬼不觉地成功了。坐下以后，她想到：她想定的一切，是不可能出差错的，简直像惯偷的计划，那么在行。

她没坐一忽儿，就大开着门，随后出门到走廊。这时突然有人在她后面拍了她一下肩，她几乎惊得心都跳了出来。回头见是刚分配来的女打字员。听说她后面的背景很大。她见什么人都自来熟，这个机关里也就她和齐雅真不避说笑。

"你怎么急慌慌的？"打扮入时的女打字员说。

"我去……"她抬起手指了指，"去卫生间。"她觉得她的口齿都不清了。她的头晕着，脸色肯定是变了，她的眼望着她，努力现着笑。

"官急不如屎急。"她口没遮拦地说。

齐雅真这才心定了定。

女厕所在二楼和三楼的楼梯转角处。在卫生间待了一刻,她听到楼梯上有脚步声。她听得出那是副书记上楼来。她便起身,就在卫生间的门口的龙头上洗手,还伸出头来朝副书记一笑。这也是她的安排。"做贼是容易的。"从卫生间出来时,她心里想着。

重回办公室,齐雅真提起笔来,静下心把帖上的字一个个地描摹好。听觉却在走廊上,知觉却在那边一张办公桌的下层抽屉。

一时走神,办公室的门推开了。是副书记。她有点慌乱地一笑。"你找我……有事?"副书记只是看她一眼,眼光移开去,在自己的办公桌上多停了停,嘴里支吾一声,又退出办公室去了。齐雅真有点疲乏地坐下来,她记忆着刚才自己的表情心有点悬虚着。她清楚,他有好多个包,单单开会发的包就有好多,并不会在乎这么一个破包。但他好像找得很急,别人不清楚,她明白他很着急,她熟悉他的神情。也许有什么重要文件?那么他为什么不开口问她?她也没听到走廊上传来他问别人的声音。她在心理上是准备了回答他的问话的。

中午下班,机关大楼里都走空了。齐雅真照例去机关食堂吃饭,再回到办公室休息。她突然有一种迫不及待的欲望想看看她偷来的包。她关上门,上了锁,又拉上了窗帘。一切安排停当,她去开抽屉拿出包来,蹲着身翻着那个包。她忽然翻到了里面一个鼓鼓囊囊的信封,打开信封,里面赫然是一叠人民币,还夹有一张纸条。条上写着一行简单的字:"托人带上两千元。谢谢你办成的事。有什么需要办的,尽管开口。"条上没有署名。

两千元!办一件事得的贿赂是两千元!齐雅真把钱塞回信封,关上抽屉,坐回位置。这个机关有权,也曾有人托她帮忙过,请找书记主任通通路子，话中带有酬劳不少的含意。"我从不干这事。"她一口回绝了。她曾有意注意过机关的头头，书记主任股长，一个个脸上的神态和说话的调子，都是一本正经的。而兼了工会主席的副书记是一点小人情也拒收的。根本不像小山子，她一眼就认定他是个偷儿。现在她明白副书记失了包，为什么没有声张了。

齐雅真突然觉得心安定下来，不再忐忑不安。

小山子打开这只黑手提包，把里面的笔记本，文件材料，眼镜盒，钢笔，还有一把雨伞都拿出来。他把三折伞打开来，又收起来，玩弄了一会。伞上印着"南城会议纪念"的红字。

后来，他把雨伞抓在手上，朝齐雅真说："你想糊弄我。没得一样东西要钱买的。你是问人借来的，是借了来糊弄我的。"

"我是……偷的。"齐雅真认真地争辩着。她有点气愤。明明她是做了一回小偷，是为他而做了一回小偷，那么提心吊胆，那么处心积虑地偷了一回，居然他不认可。她后悔自己应该想到如此这般去借一个包来的，却白白地承受了那么多的紧张和痛苦。当时去偷的念头完全主宰了她。

"不，我不相信！你以为我是好骗的吗？"小山子坚持说。

他站起来，把手里的东西都摔到了地上。他站起的时候，动作敏捷，没有一点受伤的样子。齐雅真不作声了，顿时一种胜于偷包时的绝望攫住了她。他的头在逼近她，她觉得自己的内在都在他的面前垮了。她只想向这个乡下小伙子表白，只想屈从他，无条件地屈从他。她甚至没有去想：以后他会怎么样，自己又会怎么样。没有过去，也没有未来，不管过去，也不管未来。她顺应一种屈从他的欲望。

"你放过我吧。不要再折磨我了。"她乞求地低声说着,"我永远不会把你说出去。……你要钱,我可以给你。"她想到了被藏起的副书记受贿的钱。她想着要把它交给他。

"我最看不惯你城里有文化女人的样子,把我当小娃儿待,当乡下瘪三看。我就要看到你和我一样……我不要你的臭钱。你不是有钱的城里人。你就是那种嘴上一套心里一套了不得的样子。我就要拿走你那种样子。"

他的圆圆胖胖的手,又一把攥紧她。她无力反抗他。后来,他在她的耳边说:"我有办法让你相信的。"他眼白混浊眼珠墨黑的眼中似乎闪出一种快活的神情来。

第二天是星期五。齐雅真上班迎面碰到了副书记,他笑笑的,一副根本没事的样。齐雅真想到他也许并不在乎两千元钱,但他应该是在乎那张纸条的。他也许认为那张纸条说明不了什么,他也就若无其事了。人承受内心的灾难,都会外表平静而自我安慰。别人看她齐雅真,也是看不出任何变化的吧。

下午,齐雅真正在起草一份报告,掩着的门推开了。她把手头上的一句话写完了,露出习惯应客的神情抬起头来,她看到了小山子。他就站在她的桌子面前。他穿着那件她为他买的灰夹克衫,一条腿微微有点环曲,脸上露着熟稔的笑意,眼中闪着那种快活的神色。

"你怎么……?"

看着在她办公室出现的小山子,齐雅真顿时有一种隔距感和陌生感。穿着灰夹克的小山子的黑红的脸,说不出的土气,特别是那不知天高地厚的乡下人神情,使人心中泛起难以忍受的厌恶感。

齐雅真紧张地看看门外走廊的一片空白，那儿窗子显得特别的亮。

"你滚出去！"她想叫出来，声音卡在了喉咙口。

他没听到她的声音，也没在意她的神情。他说："我不能让你糊弄。我要亲眼看见你偷一次。……我在走廊里看到那边背朝外打字的女的，旁边墙上挂着一个好看的小包。我猜那里头肯定有不肯白给人的好东西。你去把它偷来。我就相信你了。你把那个包给我，我就……走了……"

他说话的时候，她站起来，靠近他。他说"走了"，没说完。她根本没听清他后面说的是什么。突然，那支手枪就抓到了她的手上。她就用枪顶着他的衣服，使劲扣动了几下扳机。几声很沉闷的枪声。她跳开去。她看到他站着，一时神情没变地站着，呆板的脸上依然闪着一点快活。他的胸口有深深的酱色从衣裳里往外化开来。随后，他的身子转了一转，倒了下去。他的眼还睁着，还是那般盯着她。他的嘴动着，还在说着什么。她这才听到他的话，好像说的是："……你杀不死我的。"

暮色浮起来。又快到中央台的新闻联播的时候了。齐雅真习惯地打开电视机。屏幕上忽闪了几下，显出的照例是小县电视台的新闻。播音员咬着带有小县口音的普通话，报着县领导的活动情况。齐雅真一走神，看到那里面有一个十分面熟的女人形象，半垂着眼，露着一点木然的笑。一时她又恍惚了一下。那是自己。她凭知觉知道那是自己。她总算看清自己的神情了。她上了电视。她曾有过上电视的幻想。然而对着电视上自己的形象，她在发怔。她自己的脸就像一面镜子,也露着电视形象的那种笑。电视里报道着特别新闻,正报到她的名字"……齐雅真临危不惧,与歹徒做了英勇的搏斗。她夺过他手中的枪,迅速击毙了这个持枪作案的歹徒。据公安人员调查的结果,此歹徒正是上星期六盗枪案的罪犯……"

一字一句齐雅真都听入了耳,但并没听入心中。播音员念到齐雅真的名字,她听着有点疏远,像是说着一个假的自己。下午的事,她后来一直是迷迷糊糊的,都在感觉中,又都没入到心中。恍惚间,她一直握紧着那把手枪,有许多人要到办公室来,都被拦在了门口。进来的只有头头,还进来过公安人员,还有带着照相机和背着摄像机的人。她只是木木地迎着人,现着习惯的笑。她在回答什么,她也只清楚自己在回答。有点慌乱有点结巴地回答着。她记得副书记在旁边陪着她。他大概以为包也是这个家伙偷的,这时他显得很安心。还有人问她什么。副书记拦着说:让她安静一下吧。都说让她安静一下吧。乱到下班时间,有机关的人送她回来。走到县府街尽头,当看到旧房时,护城河的风吹得她激灵一下,她的知觉从浅层沉到了深层。她坚持不让他们送到屋里。她说根本用不着人陪她。她站着,神色坚定地。两个陪的人对看看,表情说不清是意外还是敬佩。

回到屋里,她习惯地烧饭弄菜。她让自己忙个不停。恍恍惚惚间,小山子仿佛还坐在那张桌边的凳子上,背靠着墙,环曲着一条腿,望着她在堂屋里走来走去。

直到端饭菜上桌,开开电视,她的神智才慢慢恢复。小山子死了。他终于死了。他被她打死了。他使她成了破鞋,成了小偷,也成了英雄。她想她现在应该是如释重负,她想她应该庆贺,他与她同在的六天只如一场噩梦，现在梦已醒了，他带给她的一切都成了过去。

她的思绪活动起来，她把整个的事件都记起来。事后她几乎是出乎本能地用受了刺激而木然的神情来掩饰了自己。她没有任何的破绽，她想不出自己有什么破绽。不会有人怀疑她和他有什么关系。他持枪作案，反被枪打死，这是最恰当不过的解释。她拒绝回答怎么夺枪的，那混乱的一刻，谁还能记得清？

现在他死了。她不必再恐惧什么。他无法再指派她去干什么。她不用怕成为窝藏犯、盗窃犯和被奸污者。她成了英雄。明天，将会有记者采访她，将作长篇的报道。机关将会总结她的材料，评她为先进。县政法委将会表彰她，把她作为与罪犯斗争的模范。

她陷于了幻想的沉思中，突然神思一激灵，她本能地跳起来。他换下来的内外衣裤还在钢丝床底下。而那只从副书记那儿偷来的包和东西，还藏在她的床底下。她迅速地活动起来。她把包和衣服都拿了出来。她拆了钢丝床。她打扫了房间。一切做完以后，她又重新检查了一遍房间。她在床角发现了他的烟头。她在床踏板上发现了几根毛发。她在后窗口发现了一点深色的痕迹，那大概是他的血印。她有点绝望地到处翻找着，回忆他六天中在她周围可能到过的地方，和可能留下的东西。越是寻找，她就越觉得恐惧。六天中，她没感到什么恐惧，也许那些恐惧都潜伏着，似乎一下子都冒了出来。她深深地嗅着小山子遗留下来的气味，满屋子仿佛都充溢着他的气味，还有西窗外的他的气味。天要下雨了，气味都闷着，她突然感到外面黑得很。黑暗之中她仿佛觉得有人窥伺着她的住所，就像堂屋里小山子盯着她的眼光。她不敢开窗开门。最后她熄了灯,坐在床踏板上,那个黑提包和他的衣服就在她的身边。她怕去触碰它。她又似乎死死地抓住它。她不知怎么处置它。把它丢到河里,她怕它会浮上来,被人捞着;把它埋在后面小土山上,她怕土松可疑,被人无意中挖出来;把它烧了,她怕火光和烟气会把人引来。外面到处都是眼光,那些眼光正盯着她。她绝望地攥紧着它,只想着要把它藏到一个永不见光的,深深的,深深的,深不见底的深处……

镜中三十

张晋中开开门来,木栅栏围着的小院子里,几朵不知名的花开得特别好,是因为昨夜的那一场细雨吗?他喜欢水,但他感觉身体内有火,冲击着浑身的细胞都活跃起来。这是年轻的感觉,他三十岁,正意气风发。

隔壁院落里,小竹椅上坐着的那位大爷朝他看一眼,大爷独自在那里摆着象棋,像是在研究着一个残局。院门外一个小女孩正抬着头,顺着她的眼光看去,是木栅栏上站着一只小黄雀。小黄雀东张西望的,嘴里发着啾啾声。小女孩蹑手蹑脚地靠近时,那小黄雀扑簌一声,便飞到空中去了。

张晋中走出院门,向下几节台阶,是江边道,一条穿城之江就在他的前面。张晋中生活在这中等城市,已经有几年了。相对他出生的故城来说,这是一座小城。当初他决定在这所房子居住,便是因为临江。眼前的江中正行着一条白帆船,船借着帆,帆借着风,行得很快。

平时,张晋中出门,周围的情景看在眼中,却入不了心,现在,他的感觉仿佛都张开了。是不是因为身后的屋里多着了一条生命?

那是一条小狗。小狗机灵得很,看它伏在他给它布置的窝里睡觉,只要他坐下的椅子动一下,它就一忽落跑到门边等着,等他带它出门去玩。而只要门铃声一响,它就会警觉地叫上两声,一旦见着了人，它便围着来人的脚转上好几圈，摇着尾巴，亲热得很。

几天前，那所房子里还只有他独自一人。妻子去了国外，他很快地与她离了，他不喜欢拖拖拉拉的，他还年轻，也不喜欢虚假过日子。社会上特别在大城市里，有不少对夫妻各行各的，互不影响。并非他还有着传统的夫妻观，他要让自己没有负担。割断数年中的恩爱，走就走了，离就离了，断就断了，夫妻间男女接触与贴近的感觉，一下子都解脱掉，他舍得。其实不舍得又如何？她去了遥远的地方，她的气息都随她而去，他嗅不到，感觉不到，连着就成了一种遗思的负担。

他可以随心所欲地接触新的女性，再要有那样的贴近无拘无束的接近，多少年积累的，不过他与他的妻子也似乎少了那种感觉，总似乎在感觉中想象中的间隔总也存在，他说不清的，要想从另一个人那里得到，他也试着了，很快以后就开始，但他还是找不到与妻子当初的感觉，他试过了多次以后，也就慢了下来，去感受那种知觉，品着那种有距离的感觉亲近，总有一些话没有说出来，总有那一种心里的感觉没有达到。

他与小狗对视的时候，感觉到只有它与自己有着最纯粹的交流，没有其他念头掺杂其中。它单纯地亲他，单纯地看着他，单纯地对他轻摇尾巴。他也是，注视它，抚摸它，搂抱它，是单纯的喜爱。没有其他人和物可以同样的。它对他是真正的近，而其他的人与事都是隔着距离的。

这感受也许是以后记忆中才有的，带着了将来的念头。当时人生三十的他，能否意识到这样的感受？

他与那条狗对视着，存在过这样的记忆镜头是不应该错的。对视了有多少秒钟？它的眼眸乌黑的，滚圆的，亮亮的，一点都不闪动的，含有着一种勃勃生气，含有着对主人亲近好意。

它还不是属于他的，它是她的，那个女孩的。女孩是这个地方的说法，这里的人称未婚的女性叫女孩。其实他也不知道真正的她是不是已婚。但他感觉中她应是女孩，文学语言称姑娘。她出现时，旁边没有男孩。男孩是指没有专属女性的男人。

这只萨摩耶，除了黑眼黑鼻黑嘴唇，浑身上下都是雪白的毛，称它为雪球。那白毛如在黑暗中会有点泛着白亮，像涂上的一层莹莹的白光。它有时会跑到他的前面来，像是看穿了他的下一步的动作，有时像是毫不知情地看着他。她对他说，它是在琢磨，人究竟是怎么样的动物。而他对她说，他怕它做出什么事来，是撕物，还是拆家。他的话是双关的，他怕的是她，有时感觉它与她是合为一体的。

封丽君是个让人迷惑的女孩。

他那时还是一个喜欢凡事琢磨，特别是琢磨迷惑之事的年轻人。他三十岁，已经经历了许多的事。他出生于大城市，偏有一种大城市排斥感，他喜欢安静，在安静中却总有爆发的念头。对人和事，老是发现着梦幻般的联想。人是什么？不知道从哪里来到哪里去，是众多念头的组合。他有这一个突然浮起来的念头，正是想着了她，她仿佛就是在众多念头组合起来的一个形象。

大城市的念头浮现出来，跟着便是另一个念头：他为什么排斥大城市。他高考选取了外地中等城市的大学，大学毕业后，他不想回大城市去，而是到了中等偏下一点的城市来，他对自己说，他是喜欢这座城市的古老与安静。其实，他年轻的内心是容易躁动与不安的，他除了在单位上班，还与大学所在的城市做着一点生意。那是他在大学时便做着的生意，其中还有前妻留下的生意。他做的生意不大，与他展示的想象不合，他也明白，商业经营是大城市的标志，只有在大城市才能显现出力量来，他一直触及着那种力量，却又似乎害怕着那种力量。是不是还因为他在大城市的童年，多有痛苦，那里的人与景有着挤压他的感觉。也许需要再有十多年二十多年时间，他历经了青年、中年岁月，历经了无数的事件与情感，他才能够正视那大城市的力量。任由那大城市的喧嚣，和那一串串纷杂的形象，在奔涌的念头中浮现。

在他感觉中，与小狗合为一体的这个让人迷惑的女孩，她赤着一双脚，也许她是穿着一双无跟的鞋，城市里开始流行女孩穿如拖鞋的无跟鞋上街。后来那双红色无跟鞋在跳舞中间踢到了一边，被慢慢围来的观众踩在脚下了。在那个场合下，她被人包围着，围的仿佛就是她的一双光脚。

在她旁边有没有一条小狗。他弄不清。在此以前，他根本对狗没有兴趣，这座城市也对狗没有兴趣，这座城市里的人，话题从不触及狗，也许有，便是如何烹调狗肉。

那一天，他从单位出来，情绪不好。单位并没有特别针对他的事，但他总觉得憋气，仿佛在他的头上，有着一张如雾似的网，一点点往下压着他内在之火的气网。一个小头儿便颐指气使的，一伙同事总窃窃私语着。那网看不见摸不着，但盖着他，遮着他，罩着他。他有点后悔上大学到了一座小城，也后悔毕业工作又找了一座小城，小城天生格局小，人的眼界也小。他到了小城，气度也小了。

他在单位回家的路上，看到了街头的表演。街头表演的一般都是不上台盘的小班子，三四个人组织起来，往往以情色来挑逗人。他不怎么喜欢看这样的表演，如果这还能算得上表演的话。但他却被她跳的舞蹈吸引了。

她跳着的，像是一种飞天的舞蹈。首先扑进眼帘来的，是她腿后抬时，那球状的脚后跟，圆润润的，乳嫩嫩的，它摇曳着，盘旋着，颤动着，滚动着。感觉她的身子站着没动，而那滚圆的颤动行去已在万里之外，径直旋转进了他的心底，落在那感觉之深处。四周呼啸着野地粗放的风，无尽的天地间，恍若只存一株莲花，在虚空中间旋转与浮动，白得那么孤洁。他仿佛置身于一处熟悉的境地，却不知什么时候到过的，所见陌生却又在意识深处有所印证。旋转的滚圆，如花，如轮，如上浮的球，如下降的月。脚跟翻转过来的时候，脚踝两边是两个小型的嵌入式圆球，仿佛是后跟展出来的两个翅膀，依然是那般的滚圆，乳白中含着微微的红，越发显得润，显得嫩，显得层色浓浓。

有人叫好，那叫好的声音：哇、哎、呀、噢，一连串的，带着赞叹和呼喊，也夹有些许不怀好意的调笑。她进入兴奋状态，身态完全展开来，她脱了鞋，别人看到的是她脱飞了鞋，而他看到的却是脚从鞋中解脱出来，那双脚也是圆圆的，每一只脚趾都是圆圆的，白得清亮。那是他内心的感觉。别人也许看到的是情色，那也没有什么不对，确是一种入骨的情色。他眼中的形象，是一串串滚圆洁白的色彩，在盘旋向上，在跳跃升空。

她的两条腿自空间拉直了，朝上伸成一条直线。张晋中看到盘旋着的滚圆的球，或聚或散，摇摇颤颤。

仿佛无尽的色彩滤掉了，只有他内心中窜着一团火，在火色的尖顶上是一团雪球。

多少年中,他知道艺术,但从没进过剧院,那种艺术的高雅离他远远的。以后多少岁月中,他也没有艺术的感觉。他也并不知道他正欣赏着什么艺术,只有满满的感觉中,具有着的情色风采。

然而这种艺术的幻象很快就被破灭了。人群外挤进来几个穿制服的,把女孩围上了。张晋中注意到那个走在前面的中年男人,伸着手,声音尖尖地发着指令。张晋中感觉见过他,在不大的城市片区里,见一个常在街面上走的人,并非难得。张晋中是从他脸上一处浅浅的红痕认得他。他们是城管队,就听队员称他为俞队。城管队认定这里在进行色情表演。也许本来表演的那几个人是有色情成分,她表演的时候,他们还握着帽子向观者讨钱。见到城管的车到时,便有人早早地打个呼哨,那些收了钱的人就跑了。而正好是她在表演得尽兴的时候,于是就被围了。

刚才舞蹈的女孩,头发还有点散乱,脸上有点微汗津津的。张晋中这才注意到她有点狼狈,她赤着脚,开过来的城管车上,有一盆不知从哪里收到的鱼盆,车停得急,鱼盆倾斜泼落下来的水,溅在地上成了污水,弄脏了那滚圆的脚。她一双脚站在地上,鞋不知被谁顺了去了,点点的污黑,沾在那洁白之上。

张晋中不由自主地往女孩靠近一点,却被一个城管队员推了一把,他站稳了身子,内心里的火便往上冲,便更跨前一步,他就站到那个俞队的面前了。

她不就跳个舞嘛,何必如此?

他与俞队对了一下眼。如此情景,俞队想是经历多了,打量张晋中一下,说:看你也是一个机关中的人,应该有自觉维护城市秩序的意识。

张晋中说：秩序不能随便扼制人的自由。

你是在犯错误。

错误吗？不就是一个女孩跳了一段独自表演的舞。

他对俞队大声争辩起来。后来，他都忘了他所辩护的是什么了，似乎反复说着的是自由。他本来就有的压抑之感爆发出来，像要一下子冲破那心中的雾网。

城管队有什么权力干涉别人跳舞！

俞队掏出一个袖套来，那上面印着联合执法队的红字。看样子，从他的口袋里还能掏出需要证明他权力的任何东西来。

你当然是执法者，也不能随便抓人，这应该是一个自由的社会。

俞队挥挥手，张晋中此时看清了眼前的俞队，他脸上那一处浅浅的痕，远看是红，近看是浅浅的黑，初看有点苍老，看多了，便让人有点悚悚的。仿佛是在叹息，或是在无奈。

本来只是想表不平的，慢慢地已经变成了意气相争。张晋中心中有火，对面的俞队，也升起了火。张晋中明显感觉，俞队的怒气并不在跳舞的姑娘身上，而完全针对了自己。公开场合中，替人出头的人往往结果承受最大，特别是有权力者，面子最重要，当街受到冲撞，自不会轻易罢休。因为有权力者，对治下只有不屑与冷酷，而对出头顶撞者，有的则是痛恨与愤怒。

后来，张晋中想走也走不了，说是警车马上就到。张晋中显得满不在乎地站住了，这才发现他身边是那个跳舞的女孩，她的头发散乱了一点，大概是刚才的尽兴表演尽兴所致，她的一只脚有点慌乱似的压在另一只脚上。张晋中的心也是紊乱的，却在她的眼光中静下来。他这才发现自己刚才的话，很不合社会规范，本来他是不可能这么说话的，如此出头露面也是第一回。他看到她的眼低垂下去，仿佛是不堪重负。听她说，她与那些收钱的人不是一伙的。她的话城管队会不会相信？张晋中也有点狐疑。也许她街头表演只会被驱散，现在他的出头并没有帮到她，而他们都会被送进公安局。

他们站着的时候，天上飘下来丝丝细雨点。她仰起面，像是承受着雨气，她的眼中有一汪清光，仿佛还与刚才的表演接着气，盘旋滚动。

那天晚上，月光很好，有微微的风引动着水的流动声。张晋中找这一处房子住下，就是因为这里是城市中的傍江之地。虽然有时会感觉房子里有湿气，有时会感觉被子上一层潮气，但他还是喜欢这里。他童年时看得最早的便是《聊斋》，他内心有一种与古人相通的文人气。那是一种现时社会不同的味道，让他总也跟不上时代的变化。

这时候有人敲门，开了门，便见着白天在街边跳舞的姑娘的一张脸。他不知道她如何找到了他的住所。

白天被警车带进公安局后，虽然妨碍执法的有点罪名，但在局里，只有人问了问情况，让他写了经过，又让他在格子间里等了一段时间，后来训了他几句，就让他出来了。没再见姑娘，也没再见那个俞队。人出了局，张晋中还是感觉那里面的气息附着他的身子，像是给他涂了一层犯罪的色彩，虽不明显，却是一层抹不去，丢不开的色彩。只要随警车进了那个门，在人们的眼神中，他与周围便有着了无形的隔隙。

他对她的来访并不热情。他的屋子里，自妻子离婚远去后，来过姑娘，但没有到过不请自来的姑娘。她是来感谢他的？为此她到处寻了来？他想到他并没有给她什么帮助。他还多少有点后悔，不该为她说什么，她的那种舞蹈正有着世纪末的疯狂。而俞队有着的就是发威的权力，而用权是这个社会中正常的表现。他自找麻烦。他一直认为自己经历不少，是个智士，这次所做像个不开眼的愤青，而做得一点没有意义。

她说：我找你有点事。

她像与一个熟人说话。半开门时，先露出的是她的一个头脸，她的身子还隐在了门后面，接着便是她带有请求的声音。

他有点不高兴，先是觉得她过于自然熟，他与她并不熟。接着心里想：难道她以为他是一个专门帮人烦事情的？然而，没等他说话，门边便出现了那条萨摩耶狗。

有许多的感觉是毫无来由的，做出的决定也是毫无来由的，回头来看，仿佛这便是缘。与这条狗相处，结果是他喜欢它，觉得人生没有它，是少了一段情感，少了一段经历，少了与一个生命相对的感觉。

它是一条她偶遇的狗。黑夜里，它在草丛中闪着白影，无拘无束地咬着草叶。它用眼看她，只一眼就让她觉得对它有着责任。她不知这是谁家丢失的狗，或者是从天上落下来的。她说这话的时候，张晋中发现她说话有点怪异，好在这样的话语并不多，只是她的一种说话的习惯。

知道你是好人，请你养一下这条失主的狗。

张晋中一瞬间的意识便是：拒绝。还没待他开口，那条狗却像认定他为主人,在他面前睁着一双乌黑的眼睛,并抬起双前腿爬到他的身上来,个头正好抵到他的两腿前,鼻子就靠到他的小弟弟上,还一边亲昵地揉搓着,一边嗅着。

她笑着说:它是雌的。

他转过身子,想叫她把狗牵开,又不甘心让她感觉他是怕狗。他并无对动物的慈悲感,但他从书中看到的,还有对西方世界了解到的,人们都对狗有着友好的历史。他一时不知如何应答。他有点恼怒,自找了个麻烦,还带来另一个麻烦,硬要堆到他身上来。他的情绪还在积累中。被称为老好人的脾气好,是负面情绪一开始不会发作,积累到后来便会有大爆发。

只是暂时养一养吧。求你了。

她说得可怜巴巴的,还合着双掌。像对那狗有着无限的爱,让人感觉她为了它什么都愿意做的。而在他酝酿婉言推辞时,她却一下子转过身去,走了,走进了门外的黑暗中,一下子消失了。留下的那条狗,此时静下来,坐在他面前的地板上,一脸无辜地看着他,两只眼睛晶黑晶黑的闪亮着。

她走了,他都想不起她的模样,却又总是在小狗的动态中,感觉着她的做派。仿佛小狗便是她留在他身边的形体。有时,小狗想得到什么,还会抬起两个爪子来,像是她合掌求人的形象。

他静下心来想着她的时候,小狗趴伏在他的脚边,望着他。仿佛是依着了他,赖着了他,认定了他是它的主人。他起身去,它便站起来,一步不落地跟着他。他只有坐下来,凝视着它,不免一串念头浮起:它就这么跟着了他。他并没有想要它。是她带来的。为什么要听她的。由着她给他带来的它。它肯定要吃的。它会要住的。它躺在地板上,会不会受凉。她什么也没有关照,什么也没说,就丢下了它,丢下一个生命……

想到生命,张晋中越发觉得自己的担子重了。此时它爬起来,爪子挠挠他的手臂,接着爬到他膝上来,整个身子伏在了他的身上。

她又凭什么让他来承受这个负担?他与她并不相熟。他实在是多事。他并不是个多事的人,有时候还特别厌烦麻烦。因为喜欢宁静,喜欢安分,才会在这样的城市工作,在这样的地区生活。可今天一遇上她,便落下两件事来,一件事让他进了公安局,一件事让他可能有了长期的负担。莫非他怕是感觉浅层的,而内心还喜欢事的?

毕竟他还年轻,还有着一颗躁动的心。

他想着了要为它准备吃的,但他根本不知道它要吃什么。他还需要一根狗绳,他发现它身上裹着一根烂项圈,和半截绳子。一定是它在外面已经好长时间,项圈和狗绳朽了。靠近着的时候,能嗅到一点狗骚与杂物的气息。天冷还算好,它毛长不怕冷,要在大热天里,它如何过得去,身子肯定是臭了。他是不是该给它洗个澡,仲春天还冷,洗了澡后,它的毛怎么干,是不是该用个电吹风帮它吹干。好在看上去,它依然有着还算干净的身子,虽然有些地方的毛发黄了。它伏在地板上的时候,扭转头用嘴去舔自己的毛,它会自己打理自己,这一点与独立生活的他相近。一切皆有缘法,无法把它赶出屋子去,他只能接受。

好吧,就把它安顿下来吧。既来之,则安之。他做了第一个亲近的动作,抓住了它前脚的爪子,把它抬起来。它用后爪站着,跳舞般的移动着身子。

有一层感觉浮上来,她的影子在跳动,又像她在朝他合掌似的。

接近两千年的世纪末,张晋中有时仿佛看到自己的身体里透着火光。一方面他觉得是得了世纪末的病,呼应着外在狂热的情感。另一方面,他觉得增添了力量。三十而立,他已经立着了,立久了又有些摇晃。一切都显得奇怪与突兀。互联网的运用,多少说不准是不是异性的异性进入了交流圈,迅速热切的话语,便如那天她飞天的舞蹈,有着疯狂的影色。

从二十到三十,重要的年轻十年中,他觉得自己变得苍老了。他成了婚,接着又离婚了,不能说他草率,说爱吧,似乎远着,说不喜欢吧,也不存在。仿佛是一个梦,他更有梦感,妻子之所以成为妻子,像是糊里糊涂走进他的生活,又糊里糊涂牵他走出封闭小圈子,他曾迫不及待要与她结合,他期望能通过合成一体来融出人生新天地,他抱得那么紧,以致她总想挣脱着,她站开来,看着他,眼光有点冷清。让他心中有撕裂的痛感。这生活的一重重,仿佛压得早了。他们各有生活的习惯,无法因合体所融合。而婚后,他发现他在大学中独立生活时,所能做的生意,所能拓展的事业,许多都是她的力量在起作用。毕业时他离开了大学所在的城市,对那个城市,他并没有多少留恋,但与结婚一样,也是匆忙做的决定,决定时似乎非得如此,后来回想时,也只是不成熟的延续,而一步步,把生活撕裂,后果也是无可挽回。虽然说起来他们是好合好散,但妻子,现在要称作前妻的她,也许对他恨在心里,离了后,再没有给过他一点信息。

她去了哪儿?听说她是出国去了?她换一个国度,满目新的色彩与满耳新的声音,也许旧的一切就都丢弃了。他换的城市不远,似乎还是旧的样子，还是那般有着压在心头的力量。他无法做到掸掸身子，一切旧尘也就没有了。到他再回视时，发现那种力量都堆积在了心里，在念头中有着了分量。

共同生活的日子里，多是埋怨。唯有年轻身体上的需要，所带着的快乐，却也有着难叙的不协调，明明就在眼前，却也有无可奈何，却也含有着求而不得的苦。

有时望着天空，童年阁楼上恍若飞的感觉，时间久了会觉得曾经在念头里的事，仿佛都是真实的了。这也妨碍着夫妻合体时的感觉。究竟还能不能有飞的感觉，一切也未可知。他是学电子学的，清楚电视的显影，以往的人不可想象，而眼前电脑的采用，早一代的人无法感受。过到下一世纪，还会有多大的变化？还有多少不可能的变成了可能？

他在街头与执法队冲突被关进警察局的事，在单位里传开来，他不去解释。他单位的性质是事业编制，所干的似乎是不为外人所道的工作，名称为八四七七防治队，应该多是有文化的人，却似乎比社会还婆婆妈妈的，而一个小官的队长却把规章弄得像网一样，那罩着的氛围让人透不过气来。只有对着雪球的时候，他才注意力集中。它咧嘴笑嘻嘻的模样，让他想到与人交往还不如与狗交往来得安静，又有着生气。

晚春，江岸边的芦苇尖尖的叶，从嫩绿到青绿，风起处，绿波共水色微漾。那天，她突然敲了他的门，进来便说，她快饿死了。她穿着一件旧紫色的衣服，薄薄地裹在身上，让人感觉有点凉意。她拿着他自做的煎饼包酸菜条子，狼吞虎咽的。他会做煎饼包酸菜也是妻子的指点，原来总是妻子在做，妻子不在了，而他却延续了做煎饼的习惯。人离了，习惯却永久地留着了。

她大口大口吃东西，旁无顾及。是不是四方流浪表演形成的习惯？张晋中想到自己也是个外飘流浪者，当然还不像她居无定所。把整个煎饼都吞咽下肚后，她这才注意到小狗，雪球见她不像路上遇到人会迎着，一旦有人停下讲话，就会扑上去亲热。它似乎不认识她了，但见她在招呼，它跑过来，低着头在她面前转了一圈，在她前面趴下来，斜着眼看她。

她说：这就是我牵来的狗吧，一下子长这么多？它还会长。会掉毛，掉得你一屋子的毛。

她说话习惯乱七八糟的。

她说：我在网上发了一个启事，问谁丢了狗，早先没人应。眼下养狗热了，一下子好多人来领，听说一条狗要好多钱。

张晋中想到她是来要狗的。早先他一直想着什么时候她来领狗去，但这段时间下来，他与雪球有了感情，一下子要是没有了狗，他会想它。他也没想到自己会舍不得一条狗。

明明她说它只是她捡来的，可他却感觉她就是它的主人，它像她，甚至她与它是一体的，他也不知道自己如何会有这样的感觉。她把它说成一条无主的狗，说得那么破绽重重。

他就问她：你要多少钱吧。

她看了他一会儿，说：没想到你会是个爱狗的人，看来我的判断还没有错，你内心中有一种与动物共同的本性。

听她的意思，仿佛说他有动物性。他也能理解，并没觉得冒犯，人本来是一种高等动物嘛。他对她的说话渐渐摸着了一些规律，所以笑看着她。

你的笑里面有一种邪恶的东西。她仿佛又说到了动物性。

我叫封丽君。我知道你的名字，你也没问过我的名字，想来就是把我当陌生人，一直当陌生人的那种。

她很快说到她并非是表演队里的人，那次表演是她临时起意，觉得好玩。大家都求好玩嘛。她进了警察局就申明了。那个俞队说她不该当街表演，街是人民的街，不是个人自由的地方。自由，你才会说那个词。

她说，听到他说到这个词时，她就觉得要坏了。自由有一层光晕，不是随便说的。她只是好玩，想着了玩。自由只是关起门在家里说，在外面说，让人觉得层次高分量重。往往层次高分量重的，倒起霉来就也不得了。

他觉得有点莫名其妙。她对自由这个词的理解，也是乱七八糟。不过他有时也会有这种感觉，细想想，自由这个词那个场合确实有不适宜处，说得好像不自由似的，让人觉得别扭。他本无什么不自由。他要什么自由？他有工作的自由，也有不工作的自由。他有买什么的自由，也有不买什么的自由。他有请人吃东西的自由，也有不请人吃东西的自由。而凡事本来就是相对的，自由也一样，他没有杀人放火的自由。那么，他是自由的吗？他又觉得他自由了吗？他也不知道自由在哪里。应该在哪里。

我是最自由的。她说，在这个世界上，跑来跑去，跳来跳去，什么地方都去。我知道你从大城市来，我才对你说，你那个出生的城市，我嗅得到那里城中河的水臭。和你一样，我喜欢不大的城市，这里有清静。不过这里的俞队，大城市里少有，那里更多的讲规矩。只有不开明的地方，才有要压在人头上的威风，必须我让你有才有，我让你能才能。

张晋中越听她说话，越有疑问，却越不想问。她应该是到过许多的地方，她是从哪里来的？她怎么知道自己的来路？而此时，他听她说到那城市间的相比，也是比得一塌糊涂，奇里八怪。

开始，他对她有点不喜欢。他确实不喜欢这样的女人，要在原来的学校或者在现时的单位，他不会接近她，会觉得这样的女人是个三八。是个人来疯的女人。缺少了女人味的矜持。只是离了婚后，他与女性独处一室的时间总也嫌少。她是个女孩，一个自由自在的女性，她身上充满着自由的气息，让他男人的感觉得到慰藉。他用不着拒绝她的到来，且她还是善言的，替他排去了一些寂寞，度过那无可奈何的春光时分。

他想到他是孤寂的日子长了，也就不在意对方是怎样的女性了。她靠近他的时候，他的内在里还会生出些想要亲近的渴望。她说话时，会毫不在意地用手来推推他。她的手生得团团的，近里看却显细长，色泽白净，让他心生快感。

她来了，他什么也不做，只是看着她说话。

雪球仿佛原来怕她带走它，离她远远的。后来好像听懂了他们的话，不会将它给人。她叫它，它就过来了。她和它很快就混在了一起，她举左手，它便举右前爪，她换了右手，它也就举左前爪，她把手伸过去，它也伸过爪来。

像是她在照镜子，而镜子里的是一只狗。

多少年以后回看，她是奇怪的神秘的。当时认为她就是一个街上认识的流浪女，是世纪末飘来的怪物。让他觉得社会是发展了，这个中小城市也有了变化,这让他有遗憾,也有兴奋。

那时他的心躁动不安。他怀疑是把她在记忆中神秘化了。她有着巫女的色彩,仿佛是远古穿越而来。

或者在想象中,她穿着一条斜边的裙子光着脚。一直是赤着脚的模样。

那些天,她常来,总是在晚上出现。她的话题围绕着他,像是给他算命,也不叫算命。他不可能相信她,报什么生辰八字之类的让她算。她也不需要他任何提示,也不需要他说什么话。她也不靠任何数字和工具。她只是眼盯着他,一时眼光如清澈的水,凉冽的水,直透进他皮肤,透到他的肌体里,恍若他的内心里有什么画面在她眼前展开。她便说着他的过去,说着他的性格,说着他的遭遇,说不准她是在估计,还是在判断,抑或是在作预言。她有话绕来绕去的,简化了看,还是有说准了的。她那语调又像是某个电影里看到过的吉卜赛女郎。

她那像是自成一体的封氏理论,说到底还是那种旧时代的陈词俗语,集合了世纪末众多颓伤的预测,又掺着了一点所谓科学的调调。那段时间,街头摊子上,互联网的网页中正有着肆无忌惮的表现。

张晋中听得多的是权啊钱啊还有女人啊。是不是她的脑子里有着的就是这个。他并不信,但由着她说。她说得那么理直气壮。

她说到他的童年根本没有享受,痛苦不少。说着的时候,仿佛想要抬起手来抚抚他。张晋中木木然然的心中有所触动,不由不信她一分半分的。

她说一个人活着,享受多少自有前定。把享受划作一百分的话，其中女人占着不小的分数。当然人有福厚福薄，每个人盛享受物的体积不一样，就像狗的块头大，猫的块头小。但他们都有一百分的享受。前面的享受太多了，后来的享受就少了。所以，有的人享受在前面，有的人享受在后面。享受在后面的，小的时候都是苦。享受在前面的，晚年都是难。相比起来，还是后面享受的好，先苦后甜。有的人苦吃多了，越发觉得甜，甜上加甜。从小就在甜里泡，人也不上进了，到后来所托靠的消失了，没有了，也就只有了苦，苦上加苦。

无伤不奇，有病为贵。她嘴里喃喃地说着。她还是会说到钱，钱是福所托。街头女大概都是用钱来衡量贵贱的。有的人少时苦没有享受到分，晚年的时候，权有了，钱有了，享受的分花不了，自然享受女人。女人的享受比钱还重，有的人钱多了，都存了银行，还享受不到。只有女人是实实在在的享受。享受的女人也有分少的分多的，享受一个漂亮女人，享受一个好女人肯定要花不少分的。特别是老婆，因为老婆日日生活在身边，享受时时获得，享受一辈子。一个真正的好老婆就高占五十分。

她说，你是有女人缘的。享受女人这方面，你是福厚的大块头。后来会享受越来越多。我就看到你这一点。

他说，你看上的是这一点？

她狠狠地盯他一眼，只顾自己说下去：你享受女人的福厚，身上就会有那种引动女人的气息出来。那是你身体里享受的分数在起作用。你有多少享受指标，你就会散发出多少这样的气息出来，热腾腾的呢。

他还是第一次听到这样的算命词汇。本来同一套迷信的东西，也会有不同的说道。而由她来解释，用她的语言表述，更带着特有的神秘，更具独特性。更显着乱七八糟的色彩。

比如说皇帝吧，出生就是皇子，住宫殿大厦，花园亭阁，从小就享受，女人有三宫六院，七十二妃。对他来说，他的福底子厚。穷人盛享受的是一个瓦罐，他盛享受的是一大瓷缸。但他的享受也只有一百分。女人对他来说享受的分数就小了，因为他不可能太多享受女人，女人随他要随他挑，没有追求，也就没有享受。所以皇帝没爱情，倘要是过于享受女人了，也就败了国家，败了他的后半生。皇帝过宠了哪个女人，像杨贵妃啊，妲己什么的，到后来把江山都丢了。就是享受过头了，享受的一百分用完了。

享受不能过，要节省着用。她说到了他：你是好享受，将来会有钱，但不可能钱太多，要是图钱多，便会有倒霉事。因为你享受最厚的是女人缘。

我是有过老婆，但现在却是一个人，冷冷清清的。张晋中笑着插话。

你真的已有老婆？她嘴里啧啧着，不知是不是她没算到。抑或是老婆是一个异数。她说到老婆时语调总带羡慕。也许在她的深层意识中，她一生闯荡社会，做老婆是她可望不可即的？

离了。他说。

她朝他望了一会。后来说，一个老婆要费掉好多享受的，你有老婆的时间不长，所以还有大把享受女人的分数。她的口气中似乎带着安慰。

我看你还年轻嘛，还幼小嘛。你竟然有过老婆了……

她也承认了她有看不出来的。但她还是继续说下去，依然说得

镜中三十　　125

理直气壮。

后来，她与他接触就不带矜持。也许是因为他有过老婆了。在她的语境中，享受老婆的分是高厚的，相比之下，享受一般女人的分就不算什么了。

她有许多不同常态的话语。

也许是荒诞的，也许有着至理。

女人不矜持，便是心许了，男女的结合也就自然了，许给了男人使用享受的分。

与她交合，张晋中有如同听她说话的感觉，俗到极处的痛快。奇怪的她不让他亲吻，就是他使劲嘴压到了她嘴上，她的嘴始终也不张开一丝一毫。偏偏她的下面由着他自由放肆，所触之处，柔软。所纵之处，温润。柔软之至。温润之至。她腿高举，脚悬在空中，串串滚圆在旋动，在跳跃。他很想细细抚摸一下。他转头看脚的时候，她便有点警觉，他伸手过去，还没触及，她却像怕痒似的，脚飞快地缩了回去。他回手改成抚摸脸，她懒洋洋地惬意地睁眼看着他。她的眼眸黑亮亮的，就像他吃饭时，蹲坐在他前面睁眼微笑地看着他的雪球。于是他给她总结为：下面可以进，上面不可以进；上面可以摸，下面不可以摸。

事毕，他问她：如此享受，我花去了几分？

就那一刻，你心里还是端着，还是杂着，还是放不开，你还不会使用享受。

你教我啊。

各有各的缘法，无法教的。我教你，那一刻把心放空了。你也做不到。

就在那一刻，你还立了禁区，你叫我如何心放空。

没有了禁区，你就能心放空了？你要是心放空了，哪管何处来，何处去。禁区也就不在了。

你到底从哪里来？

迈茵德星球。

他身心松快，顺着胡扯开去：迈茵德星球在哪里？

在太阳系外，在银河系外……一直远到你内心深处。

扯够了，她起身来，也不穿衣服，光着身子往卫生间去。她光身凸胸凸臀的样子让他有一点心的刺痛感。他就跟着她去。卫生间在旧房高顶，向上几节楼梯的阁子楼上。这阁楼改造成的卫生间，很有特点，是当初张晋中定此房子居住的重要原因。

她站在镜子前，看着镜子里的形象说：这就是你看到的我的模样？

她的声音里似乎有点失望怅然。她光身的模样有着别致的让人动心的味道。张晋中过去接触的女人，妻子与其他情人都不差。但她还是有她独特的与众不同的味道，他也说不清那种味道从哪里来。他并不觉得她怎么漂亮，日后，他想起来的时候，对她那凸胸凸臀的模样，和镜子里的形象，却还是那么鲜明。还有她的性爱中的禁区，特别是她不给接触到脚与踝，让她舞蹈时那盘旋着滚圆白皙的色彩越发鲜亮。

那段时间，张晋中心情有着转机。前段时间他做什么都不顺，她给他带来了旺运。他觉得自身内在的火都成了旺火。

以前他曾想过要离开这里，但现在他不会。他有了一条狗，雪球有时会跑到他跟前，小鼻子微微晃动一下，可爱之至。其实对一条狗的态度，是他在这三十岁的生日来临时的一次震动。他进入三十了，这个世界快进入新纪了，两重本来没有关系的事拧在了一起。隐隐地撼动着内在根处。

恍惚一下，许多正常的东西都变得不正常了，而许多不正常的东西变得正常了。

他连着大学所在的城市做的生意，这段时间也有起色。这是单位里不知道的。除了上班，他不与单位的人有联系，不想引动他们注意。改制的说法开始有，但什么时候还不知。他是在一种公有的制度中，但他做的生意在制度外，纯属私有。做生意辛苦，有时什么都没有，几个月一点没赚到，有时又会赚上一大笔。所赚的钱的数目，要是让单位的人知道的话，让那些谈一点奖金小数目而津津有味的人，自然会心生妒忌。张晋中心里想着，自己快乐。他是白天社会主义，晚上资本主义。事业单位属铁饭碗，但张晋中端在手里，总觉得端得有点摇晃，他还年轻，一切都在定与不定之中。且不管这些，一天天过下去。在单位他不声不响，但出去谈生意，他谈笑风生，很有风度。

虽然张晋中生活在中等城市里，但他的眼界完全是大城市的，除了做生意，他学的电子，在这座城市里，他是最早用电脑的那一批人，也是最早上互联网的那一批人。

南街上有一个小吃铺子，就在江边道旁，上十几级台阶。石阶总有点湿漉漉的，像是倒了面汤泔水。张晋中遛狗的时候总从那里走，走到店铺门口，也就会进去吃一碗云吞面。那是童年在大城市时最喜欢吃的，这家店铺的牌子上，就写着他故城风味。其实所谓故城风味，只是招牌而已，他知道女店主与他故城一点关系都没有的。张晋中有时会想到，没有关系的地方都挂他故城的名号，用以招人。而他生于故城，长于故城，又何必从那城市里出来？

店铺女主人三十多岁，并不因为挂故城风味的牌子，而让自己做大城市装扮，但她解了那带点油腻的围裙后，容貌穿着还显得整齐。所谓云吞面，是面条里掺着了馄饨。其实正宗的云吞面还是南方城市传来的。挂故城风味的牌子，是因为张晋中故城在周围城市的影响大。不管怎么说，张晋中吃着云吞面，自然会想到，他童年时在家所在的弄堂口街边的小吃店，那里的云吞面真好吃，他难得积攒了零用钱才能去吃上一碗。碗上面漂着黄黄的油圈与绿绿的葱花，这与他正吃着的云吞面是相近的。

小吃店名号为"开一天"，听女老板说，取这个店名原想开一天的小吃店试试，这么一试，就开下来了。张晋中却以为，这俗实的店名，其实很是含有雅意的。

张晋中常来"开一天"小吃店，另一原因是女老板喜欢狗。特别是张晋中牵了狗来，她便与他多有搭话。女老板说她也曾养过狗，说那条也是白狗，脱毛季节，店里地上落着白毛，顾客嫌弃，怕毛落到碗里，其实狗毛岂能飞飘到碗里呢？她还是把它送乡下去了。女老板说到狗的时候，那对狗的感觉，让张晋中有着熟悉感。

要说女老板也是不易，她没伙计，什么都是她一个人忙碌。张晋中觉得那里清静，也是出去散步时在河边必走的路，有了狗，雪球喜欢走这一条路，顺河道，到小吃店铺下面，就往台上爬，开始嗅那湿湿的石上水渍。这狗，就是有些讨厌处，一旦出了门，东闻闻西嗅嗅的，有时会在某一处很脏的地方，转着圈子不停地嗅，

镜中三十

一准便是哪条公狗尿之处。张晋中认为他的狗应该是高贵的。它有时确实显得很神气，吃过了鸡脯肉，吃过了蛋黄，吃过了蔬菜，一般的饭食也就不再光顾，味道差一点的饼干，放进它嘴里都会吐出来。但它有时却会显得贱样，特别是出门在外，什么骨头渣子，什么烂花叶子，它都会用舌头舔了往嘴里嚼。张晋中想把那些破东西从它嘴里拉出来，他越抢，它越吞咽得快。它吃食的时候，有护食的习惯，都不允许他抚摸它，嘴里会发出低低的犬吠音。

每到此时，张晋中觉得它毕竟是狗，再想，它也是可怜，他吐出来的骨头，它却啃得起劲。再想，他以为骨头是无味的硬物，但它也许觉得滋味丰厚，甘之如饴。并没有感觉可怜，相反是享受的。人意识中的可怜是相对的，他从生意上赚的那点钱，也许从大老板眼里看来，赚得辛苦也赚得可怜吧。

到了小吃店里，雪球欢喜起来，在女老板脚边转来转去。女老板会给它丢一个碗，放着有滋味的残肴。在家里，他一吃饭的时候，它便蹲坐在他的身边，两只眼睛乌亮亮地望着他，还伸着舌头张着嘴。

它度过了一个发情期，倒不见它往公狗身边跑，多少显着矜持，却是公狗见了它，像是嗅到了特殊的气息，不管老小都会远远地跑过来，围着它腚后转。他有一次发现它后腿肚的毛上有点鲜红。没见它在家里的地方滴过经血。它是爱干净的，大概连同着大小便，都在外面草地上解决了。

在那一年的那段时间，张晋中感觉自己对女人，也似乎散发着特别的气息。且不说封丽君的到来，有一次他去小吃店想吃一碗夜宵，店外面没人，他叫了一声，没回音，见里面有点动静，掀门帘里去,就见女老板正对着里面在整衣。掀门帘时他哎了一声,她就转过身来,用书上的话说,露着了半边的酥胸,笑吟吟的,也没见她匆促地掩盖。那一处白亮一闪。张晋中也不是毛头小伙子了,只是低了眼说,想吃一碗云吞面。慢慢地退下身去。女老板出来时又围了围裙,用抹布擦他面前的桌子,与他搭话,像没有过刚才一回事。

那一眼花去了多少享受的分,张晋中不知道。但他知道那意味是什么。他还年轻,要比她小好几岁,他有姑娘来往。这个时期男女还不如后来那么开放,但传统的观念,男女在一起,总是男人赚便宜,往往是不赚白不赚。但张晋中还是有所顾忌,女老板到底有没有男人,有没有孩子,是不是在乡下有个家。他并没有嫌弃的意思,他也明白,他与她就有欢好,也是一时,用不着他考虑很多,但那些念头还会让他有负重感,欲望与意念相连,他喜欢很纯的肉体感觉。他对女老板在心理上有着了另一层的尊重与亲近。同时,他也意识到了自己与雪球一样,散发着某种气息,走在路上,总有女人会多看他一眼,特别是那种年龄适中的女性,眼光中意味会长一点。

有一天,张晋中在"开一天"小吃店,看到一个端坐着的姑娘,她身板挺直,神情端庄。张晋中在这座城市里,难得见到如此仪态的姑娘,他是不是喜欢类似的姑娘?不是。他是不是讨厌类似的姑娘?也不是。

用封丽君的话说,女人端庄的样子就是假模假式,男人会娶来做老婆。想起来,他的前妻人前也显端庄,有时对着他,也是端庄模样。他确实把她娶作老婆了,只是他也渴望面对他一个人时,会是另一个模样,特别是在床上。他的渴望没有满足,是不是他们离婚的原因?

封丽君什么时候都不是端庄的样子,所以她不可能成为妻子。封丽君在床上说过这样的话。封丽君与他在床上讨论各种男女之事,比如男人碰女人,就是占便宜。本来都是两个肉体,有什么便宜不便宜?女人端着一个架子,被男人一碰,便是吃了亏,男人是好意,为什么要愤怒呢?哪一天放下了架子,却一下子什么都可行了,是不是只可吃大亏而不可吃小亏?比如在什么状态下,什么部位最能让女人兴奋,女人怎么样的叫声表现最为酣畅,这是张晋中接触到的女人中,独一无二的。

封丽君漂泊不定,有一段时间不见人影了,离开时也没有打一个招呼。

在小吃店端庄坐着的她与女老板同宗,隔代隔得远了,算来还是同姓姐妹。女老板姓宋,姑娘名叫宋明清。

张晋中与宋明清由女老板介绍认识,后来又在小吃店见过几次。宋明清给张晋中留下的一个鲜明印象是:她一时不知说什么话,便会额头上沁出汗来。他们在一起谈的是文艺书,姑娘看书,中国古代四大名著她都读了,这合着张晋中的爱好。有两天他们谈的是《水浒》,宋明清对宋江颇有见解,谈到宋江的招安投降,也是身份使然。这是女性很少谈及的,是不是因为他们都姓宋?她不愿意谈武松,更不愿意谈西门庆,张晋中提到那本以西门庆为主角的《金瓶梅》,她听到便是一副鄙夷的神情。他问她看过没有,她顿了一下,随后摇着头。张晋中便给她谈书中表现的古代市井生活,男女的依附关系,几房妻妾的相处逻辑……显然,她欣赏他的博学,能从一本书中谈及那么多方面。偶尔张晋中的话题也会触及多妻的性爱,此话题即点即止,她不声不响地听着,越发显出端庄来。

夏天的一次雨后,张晋中去宋明清的单位看她,说有什么事,其实就想看看她不坐在"开一天"小吃店里会是什么模样。宋明清在市里最大的一家国企当团委书记,他看到在一个大操场上,她正指挥着一群女工排练群体节目。他从她的身边走过去,带着有点故作的笑意。她扭脸蓦然看到他,一下子整个的脸红起来,仿佛燃着了火烧云。他还是第一次看到女人那样地红脸,而是为了他。那一刻他很想把她带回他的房子里,与她议定终身。

后来,有小吃店聊天时,他故意逗问她为什么脸红。她轻轻地说了一声:你的味道真好闻噢。

张晋中知道有男女互闻味道来定对象,往往美女甘心找丑男,乃是味道更胜于模样。张晋中慢慢从女人那里懂得自己,他一直对自己没有什么自信,特别是在异性面前。他与宋明清交往几个月,就因为她的那一句话,让他觉得她内心是率真的,哪怕她表情显得有点假,她也是假得很率真,她天生以为女人的那种假才是最好的。

他明白了为什么她会一次次地跑过来,坐在小吃店里等他。她不与他电话聊天,就是想见着他,闻到他。虽然他没有拒绝她,但他对她并没有上心,他习惯对所有于他有好感的女人都抱有谢意,总是来者不拒。他也想过如果找了这个姑娘,他的生活会变得平静。他知道她有着背景,有着依靠,有着当地人脉很宽的家庭。听说小吃店女老板开业的事,就是经她亲属帮忙的。小吃店女老板常会提到社会上要有人,有关系才能办事。就此女老板很想撮合他们,而成为一个媒人。媒人在这个城市里,也是植入在社会关系网中的。

张晋中也就把话题转到现实生活中来。宋明清说道，她会被培养成为一个女干部。这合着张晋中的想象。成为女干部的她，需要有一个丈夫，一个有文化知识的丈夫，一个有生活情趣的丈夫，但不能有花心，以影响她的生活。她对他有所选择的：他读了不少书，他一直是孤身生活，也许他是有过老婆，但他的年龄适合，对女人反而是懂得的。她倒不是单纯凭选择找男人，更重要的是他的气息使她有所迷惑。而她也到了该有男人的年龄了，她该有一个家，一个能让他红脸的丈夫。

那段时间宋明清确实有意于他。张晋中却无意确定，也许他还没有真正地考虑过她。他接触的女人不少，并非见一个扑一个，也就因为接触女人多了，他对女人有着了冷静的观察，对方的长处与短处都看得清楚，所以，往往有喜欢但不迷恋，毕竟他已有过一次婚史了。因为张晋中接触女性都不深入，也不同出同进，所以，人家都不知他有那么多的女友，假如宋明清知道的话，会是怎么样的想法呢？会不会认为他是一个浪荡子？更认为他是一个西门庆呢？

张晋中从单位回来的时候，不乘公交车辆，沿着河边道走，走到"开一天"小吃店下面，拾级向上，到小吃店要一碗云吞面。有时会看到宋明清坐在那里，他邀她一起吃面，她说吃过了。张晋中想到，他与她在小吃店那么多次了，还没有一次一起吃过东西。她是不是不想让他看到她的吃相，还是她感觉中还没到让他请客的程度？张晋中能意识到，男女之间一起吃吃喝喝，并不说明什么，但男女之间连一般的吃喝都没有，所维系的便很薄弱了。

张晋中吃面时，宋明清便与歇下来的女老板说一会儿话。张晋中也会参与一两句,熟了,他的话中会带着了玩笑。宋明清只是听他说,有时会皱皱眉,并不应他。

这一天,小吃店里有两个顾客聊天时,争论了起来,无非是一个对社会的不公平有所不满,一个认为相比二十年前,日子好多了,社会在发展,有问题是正常的,不要要求太高。张晋中不由插了一句嘴说,社会发展自然让人要求高了,如果社会发展了,人们对社会的要求还留在原地,那么这个社会发展又有什么意义?

张晋中并不喜欢评议社会,互联网上有关左右的争论,皆是匿名,他都不参加。但对现实的看法,在他内心积累久了,一时忍不住,也就冒了出来。他的话也不尽然是他完全的想法。另外,那个说问题正常不能要求过高的年长者,尽占道德高地的口气,也让张晋中听得不舒服。

那年长者看他一眼,不想与他说话,只当没听到。宋明清却说:别说了,在宋姐店里争论,多不好。

张晋中一旦说话,意犹未尽,年轻人的火正欲发出,如被宋明清泼了一盆水,心里不快,想说什么没说。

后来想想,宋明清是因为与他关系近了,才会开口制止他,如果是刚认识的话,不可能如此表现。只是张晋中感觉女人指责的口气总是相近,如果将来他与她处于一个家庭中,那么童年时后母给他的感受,还有结婚后前妻给他的感受,是不是又回来了。

张晋中突然想到了狗,雪球是从不会对他的做法提出异议的。与宋明清会面,雪球一次还没在场过。它也是他的一个家庭成员,宋明清看到它时会有怎样的反应?

张晋中对收拾桌子的女老板说:宋姐你案桌上的残骨别倒,我带回去，洗洗，给它填个肚子。

宋明清果然张了嘴：你养狗？

张晋中说：一条舶来的萨摩耶，你是不是怕狗？

他说出口了，期待着她的回答。有时候，对女人最好的了解，便在看她面对事件的反应。如果她说，我喜欢狗，你带我去看看你的狗。那么张晋中也许无法拒绝，而提前把她带进家门。那样他与她的关系自然前进了一步。

她说：我不怕狗。只是不喜欢狗。

他说：养养就有感情了。我本来也不喜欢。

养的人会喜欢，只是狗会弄脏环境，养狗的人往往顾不上周围的环境。

张晋中张了张嘴，没再说。她说得没错。他也揣度过别人的心理，一个不喜欢狗的人，却不得不面对一条狗的时候，要让他接受现实，他有可能勉强，也可能拒绝，这都是正常的。出于宋明清的角度，她大概根本没有想到，他会有一条狗。那么张晋中自然要考虑，他假如与她一起生活，那条狗怎么办？养狗本来只是一件小事，张晋中突然发现，有时候一件小事也会变得很大，大到穿越到银河系之外更远的地方去。

江城之秋，道上有飘飘的落叶，被风刮到脚边来，发着壳壳的声息。清秋之季，水光映着天光，明亮亮的，街面上也给人清清明明的感觉。

这天，张晋中到小吃店来吃云吞面。单位里有了食堂，他已经很少下班往这里来。单位的食堂有补贴，也方便，只是食堂的厨师对人有亲疏，张晋中总觉得厨师的口气有点冷，似乎装给他的碗里比别人少了些，张晋中并不在意吃多吃少，只是感觉与单位整个的氛围是相同的，让他气闷。单位的时间表越发紧起来，出进要登记。而他工作所做的事越发虚浮。他想着该离开那里了，他生意上所赚，早已越过单位的收入，他在单位里为了一点工资而干熬。只是社会上看重人有固定工作，要不就成了无业游民。生活需要稳定，稳定便形成习惯。

女老板并不计较他来多来少，难得见到他更热情些，她告诉他：宋明清居然当了官，还是个大官，虽是个副职，要放在以前，是个县老爷了。

她终于当官了，张晋中还记得她说到可能会当官的事。她大概也好久不来了，也许她来过几次没见到他，是灰心了。也许她有了那么高的位置，自然眼光也抬高了。她在另一个层次，会青睐另一层人，一点好闻的味道又算得上什么。

他并没有什么遗憾的。或许哪一天，她视察到他的单位里去，会笑着与他打一下招呼。她不会再红脸了吧。

张晋中身体里有火，这火让牙疼起来，进一步感觉到上面有闷气的网罩着，他进入了一个低潮，所有的人都往上升，而只有他越往下落。

女人不只是与享受的分连着，有的时候，也会与痛苦连在一起。享受以后接着痛苦。那么，痛苦的容量也是一百分吧，可能痛苦的容量要比享受大，因为人生的痛苦总是大于享受。他总在消耗着痛苦的分。总也消耗没个完。

这种念头，让他在享受的时候，有着一种警觉，让他在痛苦的时候，又有着一点宽解。

单位的队长把张晋中找到办公室去，说是单位要创收，成立了一个下属经营部门，调他去这个部门搞营销。队长笑着对他说，知道你原来没什么事做，在单位里也闷得慌，现在就让你发挥所长了。

要说张晋中没什么事做，也对，要说张晋中在单位气闷，也对。只是张晋中想干的事，单位并不给他做，而绝大部分单位的人都人浮于事，又如何单单把他发配到下面去？张晋中听明白了队长的话意，单位是知道了他外面做生意的事。事业单位本来就不允许搞经营，他是做一件不是正大光明的事，如果赚到了钱，需要进贡给他本来的部门发福利，如果赚不到呢？张晋中本来在这个单位便窝着火，一天天地忍着，也许是他太忍得太多了，才会有如此往低层发配的决定。张晋中忍不住了，起身说了三个字：我辞职。转身便出了防治所。

张晋中胸中的火燃烧着，一种麻麻的苦味在嘴里。一时眼前的天地都灰暗，是那把火烧毁的。

多少年，他一直自以为立着，一下子破了。而立之年，他却没立着，让自己摇晃起来。不过不破不立，他是在破，他还是要尽快立。

他决定办一家自己的公司，做完各种准备，执照却一直拿不下来。他跑一座座大楼，候着一个个窗口。这才发现，他原来在单位属底层，但好歹是在机关，人须高看一眼，而现在他是个体户，不再享受干部待遇。

从大楼的第一个窗口看进去，只见几个人在聊天，过些时间，有人来把表拿去给坐办公桌前的头儿看，那头儿扭过脸来，张晋中看到的像是俞队的面孔，赶快缩了身子。

结果是表退了回来，发到另一处大楼的另一个窗口，他便接着一张张填表，去一个个的窗口。十几个窗口下来，他不敢再朝里望，怕见着坐办公桌的还会是俞队的模样。到最后一个窗口的时候，他鼓着劲把头从窗口伸进去，看到坐办公桌的正是俞队的模样，还是那张脸上带着了一块暗红斑迹。他很严肃地看着张晋中，微微地皱着眉，仿佛看到了一个故意捣蛋的人。

他不想再去另一个大楼的另一个窗口了。女老板说需要找一找人，也许找一下宋明清就行。张晋中当然不可能去找她，在他的感觉中，宋明清的脸和俞队的脸融在了一块。后来，女老板告诉他，她曾对宋明清说了一下他的事。宋明清说知道了。

就这么过了一段时间，这段时间似乎过得很慢。特别是他不上班了，很多的时候是陪着雪球叫闹。后来，他找到了直接与钱打交道的事，进入了股市。这也称作投资，他只需要坐在电脑前，把钱投进买卖中去，接着看K线慢慢地动，高一天低一天地震荡，也牵着了他的心荡啊荡。一时也不升多少也不降多少，他只是找了一点事做。

那一天，K线绿了一截，张晋中算一算，所损失比他一笔生意还要多。他以往做生意，投进去总有收获，而往电脑的曲线中投进去，就由他人做主了，由谁做主？他不知道。

他牵着雪球出去吃一碗云吞面，女老板不像以前那样对待他和狗了，没给雪球残肴的碗，也不怎么过来与他闲话。也难怪，随着城市发展，这片地方热闹了一些，旁边开了几家店，来小吃店的顾客多了，桌上有喝酒的人。女老板不再单纯做小吃，还会切些熟卤菜，做点热小炒。喝酒的多是二十岁出头的年轻人，相比之下，张晋中显得老了,有人仿着韩流,称他为大叔。

他拉着雪球,在小吃店的一个角落的空桌候面。女老板端面过来时对他说,他的事,她又问过了宋明清了。宋明清说要按章程来办,她也是不能越过章程的。

他的事,张晋中并不希望女老板找宋明清,女老板是一番好意,他自然不好说什么。张晋中清楚,宋明清与他都没确定过恋爱关系,两人连手都没拉过,这样的交往,什么也算不上,托她办事,也许会让她觉得厌恶。在他的意识中,她的形象正退远去,已经记不清她的脸,过去觉得她的下巴有点方,如男人的国字脸。现在的记忆中,她的脸越发显得方正。

公司迟迟没有批下来,也许他们清楚不过是个皮包公司。不过眼下社会,一下子所添的公司,又有多少不是皮包公司?都传说,扔一块砖头,会砸倒几个公司经理。

感受痛苦慢慢地钝刀似的割。人生是苦。人生承受着的苦总也有量,一百分的痛苦盘子,以分为算,大无可计。只能以厘、毫为算,他每天会消耗多少毫?也许只是零点零零多毫吧。他承载苦的盘子到底有多大?封丽君说过他一生自刑,也许这些苦的感受,只是他心之念,不断刑自己吧。

祸福相依,苦乐轮回。几日绵绵秋雨一过,天青云淡,秋高气爽。以前他买的股票经过一段时间的低位盘整,突然K线向上窜冒,他一下子挣了不少。不但原来失落的回来了,还开始有收入了。别的股票还显一般,偏偏他买的那几只都发力抬高了。仿佛时来运来。他不再在意报公司送上去的表,那做生意的钱都该把握时机进股市。有几天他仿佛能摸到股钱伸动的脉搏,隔天预估,哪只股票会涨，会涨到哪个价位，第二天，果然那股票就升到那一处。

出门去，在江边道上，遇上个脸熟的穿着税务制服的人。张晋中去税务局时并没见过他，却见他迎上来招呼，突然想起来，他姓林，是原来他大学所在城市税务局的，他的前妻带他去税务局时，介绍过这位林税务官。林税务官告诉张晋中，他娶了这座城市的女人做老婆，好些年两地分居，最近经过努力，终于调到这座城市的税务局了。林税务官还告诉张晋中，他的公司办下来了。税务局下个月就会来与他谈收税免税的事。

张晋中觉得所压着的一下子塌了一大块，身子顿时轻松了不少，周围的空气也清新了不少。

后来林税务官对他说：你上面有人吧？路子很宽呢。

张晋中也懂世故，笑笑。一个念头浮过：是谁呢？

不可能是宋明清吧。听说她已经是市领导的儿媳妇了。在这座城市里，他也就只认识这么个人物。

这天张晋中来到"开一天"小吃店，女老板也对他说：听说你上面有人。

张晋中说：我认识的官，真的只有宋明清。

她不算什么，听说为你说话的是从京城里来的。是个京中高官的子女。还是个女的。

那几天雪球顽皮得厉害，平时不声不响的，那几天叫了好几次，还跳起来，像是要从他的碗里抢肉排骨。张晋中想到，这可不是什么好习惯，吼了它几声，要在以往它就老实了。可张晋中吃完饭收桌子时，它咬住了抹布就是不松口，还用眼朝他斜着，能看到它黑眼眸边的一片眼白，其中似乎还带着调皮的笑。

它知道我来了。封丽君进门来就说。

张晋中似乎也知道她到了市里。这一天他特别迷信，闭着眼在念头里想了几只股票，把可用资金都投到这几只股票上去，果然几只股票都大涨了。他觉得，他不用做任何事，也不用开什么公司，只需把钱堆到股上，只要那K线往上直升一段，所赚到的，便是开什么公司、做什么生意都难达到的。

封丽君只顾在逗狗玩，玩那个很简单的照镜子般的游戏。只有她与它会玩得这么投入与高兴。雪球一边照她的口令做着，一边摇着尾巴。她也在晃着身子，似乎有一条隐形的尾巴在摇动。

张晋中看到她，便有念头窜出来：他们所说的京城里大官的子女便是她。她是不是高官的子女他不清楚，但他们指的那个女人一准是她。如果是她的话，她在做什么大生意呢。做生意的都知道，只要是高干子弟做生意，哪条路子都是通的，一张条子过去，拿地拿贷拿项目，都不在话下。最赚钱的便是这戴白手套的一类人。

张晋中不由心中在想：京城的高官中有姓封的吗？

你是高官的子女？他也不像是在问。因为她回答什么，他都不会吃惊。

她却没应他这个问题，只是说，既然他们问我在市里有什么亲戚朋友，我也就为你说了点话。

她知道他想做公司？他当面并没有告诉过她，她离开的这段日子，他们也没通过电话。他脱离了单位，她知道了？他办公司上表没批，她也知道了？

不过用不着我说的，这个市里的领导一直在抓扩大公司数量的大事，每次开会都提要给投资放宽路，要开路不要堵路。封丽君说着官家文件上的话，说得也很顺溜的。想来在那里面转了一圈子了。

她留下来过夜，说不想去安排好的宾馆了，还是这里自由。她说到了自由，还笑。她南腔北调的，看来是走了不少地方。

她蹲靠在床沿上对他大谈特谈，她不再与他说命运，她知道他办公司做生意，便谈的是从商之经。她天方夜谭式地说到了一条快速大富之道：你有一万元，于是立一个公司名目，像你报的朝阳公司一样……你用九千元去投到一个管钱放钱的官家手里，就能借来十万元。你再用九万元投到高一级管钱放钱的官家手里，自然就能拿到一百万的钱，管它是不是贷款。你再把九十万投出去，投到你需要打通的官家手里，就能撑出一千万的资金，这其中可能是批的商业用地，可能是批的紧俏物资。到你能动用一个亿的资金再投出去的话，你就不用再计较赚多赚少了，你就不用再在意说好说坏了。你就是高高在上的大款巨富，你做什么都会有人帮你疏通，你不用怕会破产，因为许多的人都不让你破产。他们会保护你，他们会给你开绿灯，你只需坐好车，住别墅，在大饭店里请客。

多少年后，电视屏幕上，播出一个个贪官的家中被搜出成亿现金的镜头，张晋中才想到她曾说的贿赂经，也许是真实的，是一条可行的路。只是她说的时候，他听来如同她先前说的算命经，听之由之，只觉她的说话中夹着怪诞，她说的话总有点怪诞的意味，像他有时内心中窜出来的一点怪诞的念头。

她依然不让他亲上面摸下面，用手抚摸着他的身子，像是找着什么感觉。到后来，她也就野起来，他本还以为她在外成了淑女，到底是被称作高官子女的。她还是一头自由的流浪狗。而他却是不自由的，就算是解脱了单位，办一个公司还受着束缚，就算在股票上可以自由收投，但他只是在K线上做点可怜的运动，深受着K线的影响。

你梦到过我的吧。

事后，她望着身下的他，她的眼光清澈如水。

张晋中不记得自己的梦，恍惚间似乎有梦见过白狗，睁开眼来，发现是雪球爬上了床，正咧着嘴晶亮的眼眸对着他。

她说要在市里住些日子。她为什么要来？这里是不是只有他与她有关系？张晋中不想问她，仿佛一问就确定了她存在的局限。张晋中在许多年后的量子理论中，看到了薛定谔的猫的理论才清楚，他当时没有询问她是对的。她是自由的，那自由之界一旦确定就塌陷固定了。她就存在于她出现形象的那一刻，在此之外，她的自由有无限可能。他的内心中也不希望确定她，他毫无理由地认为，他的念头与她的存在一样，不应有确定的界限。

张晋中去税务局找林税务官问公司营业税之事。这段时期，他的股票越发做得好，仿佛能随心所欲地做高。他根本不用做什么生意，用当地的话说，不用去苦钱。但他还是想行虚时，抓着点实在的东西。往往他觉得自由的同时，便失去了一点实在感。他还是一个实在的躯体，只有在具体消耗痛苦的实事中，他才觉得踏实。他在股票的交易中，一分钟中能赚几百元，但他到商店里去，买完了东西，还会静静地等着店主慢吞吞的一元钱的找零。

林税务官见了他，便拉他到一个空间去说话，谈的是封丽君，仿佛这个名字是他们联系的重点。林税务官说，这个高官的子女，真放得开。他说了一些她的琐事，好像这些日子里，她在本地有了很大的影响，她身上的琐事都成为了话题。林税务官说她不把任何官员放在眼里，她似乎根本不懂得一个人阶层的高低。官员约她见面都见不上，约定的时间老会迟到，见了面也都是她在信口说话。然而，她却会让那个给她开车的司机睡上一次。那个司机出来后，到处说得很得意。而她也毫不隐讳，回答别人所问时，说那个司机很尽职的。男女之间的事没什么负担的，司机也清楚。在别人眼里，她实在是一个奇葩。

林税务官说得随便，是不是也清楚张晋中与封丽君之间的事。张晋中听来没有怀疑，他看的名人传记中，此类的事不足为奇。她是自由的。也许她确实没有当回事。不过，他与她呢？多少时候，他会想到她，虽然他有过妻子与其他女人，但她的话语与情态，在他的记忆的念头中，印象深深。但她呢，是不是也只把他当作一个交往尽职的人？

有人传话，市长要招待她，她提到了张晋中。市长说，也是个投资者，请他一起来。张晋中没有去，他独自在家的时候，想到她在招待的场合，不知又会说出什么新鲜的话题，把市长弄得很高兴。她会不会在那个场合举足跳舞呢？

后来的一天，她打电话给他。她的声音在电话里，有点湿漉漉的。他们还是第一次没见着面传听声音。她的声音是熟悉的，又是陌生的，声音里好像有点兴奋。她说她知道他，也是个怪人，比她还怪。她说：你不适合在这里，还不如到大城市去，回去吧。

他想：她大概是要到大城市里去转悠了。

他问她：你到底是不是高干子女？

她依然没回答他，只是开心地笑了笑。说：高干子女有什么好的吗，能有你说的自由吗？

镜中三十　145

当然是越到高处越自由。

越到高处越不自由，盯着眼睛多了，有时看起来自由，但总有一天，会不自由的。作为人，都不可能有自由。只是到高处，你赚钱的路就宽了，你在此地可能为赚十万百万努力，到高处，那十万百万你就根本看不上眼，钱数可能只是一个数字。你还是回大城市去吧。

她又笑了笑。她在电话里所说，不同于当着面说的，显得实在客观。让他怀疑是不是她本人在说话。她电话中第一句：我是封丽君……也不像她说话的口气。

正常的讨论让他感觉不正常，而过去她乱七八糟的说话，他却是感觉正常的。

房外秋风正劲，风把黄叶吹落在窗玻璃上，发着细细的壳壳声。

她最后又关照了他一句：你用你现在的钱回大城市买一套房。

开开门来，看到房角的栅栏处，堆满了落叶。大城市里不会有这样的情景吧。现时的大城市里都是高楼了，他童年生活过的弄堂里，那小阁楼都不在了吧。

他的心境却还是留恋着眼下的城市，说不上是喜欢。总没有大城市的挤与堵。他喜欢有行动的宽松度。

张晋中的生活又恢复了平静，但这平静是他期待的，可一旦在平静之中，他又会觉得心中摇晃。少年在大城市里，他总跑出弄堂到郊外去，一个月会有一次，走很远的路，走到乡间阡陌上。现居的中等城市离开城郊不远，他却去得不多。有时出差乘车，才贪婪地看四野苗草青青。城市也在一天天地拓宽，张晋中有时会想，他身下的城市会不会有一天也变得像一条条伸展着马路的巨兽，吞没着所到的一切。而互联网的发展，又让人蜷缩到家中。

他心里的那股年轻的火，总是在燃烧着。

在他以后看来，这是他很短的一段平静生活，最合乎他想象的生活。他有生意做，是在上升的时期，以前经济与人事给他的压力，轻松了不少。没有那种刻骨痛苦的记忆。他赚到的钱数也在不断上升。然而，人的渴望还在。他期待将来赚更多的钱，设想有一个女人会等着他。他有时走遍城市，想看到一个自由自在的女人，文静的，目不斜视的，年轻的，还带点情趣的，面对来人的眼光，抱微微含着的善意，意味深长，明澈的眸子，还有裸露出来的洁白的肌肤。

她走在路上，手微微拂动处，仿佛有花绕转，无形的花骨，淡淡的清香，神情中还带有无拘无束的期望。想到这个的时候，他的心中便有针刺般的细疼。人生真是苦，便是这憧憬的感觉也带着疼痛。

他一条条街地走。过去上班时光，他有工作，还要忙家务，现在他大部分时间可以无目的地活动。

在街上，他偶然看到年轻还嫩的单身女孩，他报以微笑，对方却视而不见。他是一位有过婚姻史的男人，也许对女人天生有敏感，他不适宜做她们的男伴了。很多的时候，他看到貌美清秀的女孩身边，却有一个与其相近年龄的俗不可耐的男子。那男子不知体味体音体贴体察为何物，依然能引她笑容嫣然。他突然觉得他快老了，应该缩到他的年龄圈子里，去找一个能持家能慰藉的女了。

他似乎就这么走着，走着，走到岁末，走到天寒地冻。人生也走老了，幻想也走没了。

他回来的时候还会到"开一天"处吃一碗云吞面，感觉滋味不如以前了。他意识到自己的心态有问题，仿佛以前都是好的。女老板在给自己的小吃店门上装挂灯箱，城管新规定，城市里的店铺，都要挂同样式的灯箱。然而女老板并无怨言，喜滋滋地忙碌着，毕竟灯箱敞亮吉祥。她请了市里的一位书法家写了招牌，招牌书法隐在灯箱里失去了雅致，不过一般人并不在意。

女老板告诉张晋中，宋明清已正式结婚，婚庆场面不大，但也排了好多桌。那时对官员要求的条款一直都有，但根本没人过问，似乎就是从那时候开始放松了，条款只成了印在纸上的死物。世纪末的感受让人都放开来，特别是官员放开了，除非对上做面子工程，对下不再遮遮掩掩。

出得小吃店的门来，见地上丢了一株黄菊花，花片萎了，却还干净，是新掉下来的。

从小吃店到家中，这段路不长，他走了很长时间，似乎在怀念一个人，在怀念一件事，在怀念一段记忆。

他觉得他是苍老了，却还只是而立的年龄。他到底是老了还是年轻？他所经历的，他所承受的，他所获得的，他所失落的，都让他有一种苍老的感觉。这种苍老的感觉从那一刻起，似乎一直跟着他。他有点漂漂浮浮，有点游游荡荡，他也不知道为什么，似乎感觉到有什么要逼近来。

这种感觉影响了他，他做的生意冷清，还不及他在防治所上班时做得多。他在股票上有过的感应没有了，在上上下下震荡中，总是失落了一些。他不知买什么为好，买到的就会跌，而卖了的便会涨。

接下去，股票K线直坠而下。盘面一片绿，上升的曲线成了向下的直线。他清楚地知道他的钱在很快地消失，他明白那是股灾，也是他内心在塌陷。他以前忙碌所赚的都丢失了，像盲目进入了一个黑暗的空洞中。只几天，一下子从高楼上跌到底层，似乎能看到底层地板之下，是空空荡荡没有底的空洞。

终于，他恢复了一点神知。他又有着某种感应，能感觉到哪几只股票会跌多少，于是那一天那几只股票便跌到了那儿。他只能开着电脑，听任那一条条绿色的直线下坠，似乎麻木着，不知道应该把它们割肉卖掉。

他多少年的努力是白干了，回到原点上。他发现那只是他做的一个游戏，原来是红线上升的游戏，到后来变成了绿线下坠的游戏。游戏的方向变了。他先前的获得感，本来只是游戏中的虚幻感觉。而在这游戏中，他投进的时间、精力与金钱都化于缥缥缈缈之间了。

他有点迷糊地走出房子，路上遇到了林税务官。林税务官告诉他，他调到了办公室去了，当了科长。林税务官笑的时候总有一种苦相，眼眯眉皱，脸上像是一个苦字。林税务官悄悄地对张晋中说：你结交的那个姓封的女人，是个骗子，她的高干子女身份是假的，只有这个小城市，才看不穿简单的骗局。而一旦到大城市，就被揭穿了。有人调查到这里来，听说她根本没说过自己是高干子女，确实这里的人也从没听她说过自己是高干子女。看她简单，却是个高手啊。

后来呢？他问。

林税务官说：好像关了些日子。

后来呢？张晋中再问。

后来就不知道了。林税务官想走了,又停下来,看着张晋中:后来呢,正想问你呢,你和她走得近,她对你说过她的身份了么?听说她是个街头跳舞演杂的。

张晋中便离开了林税务官。她不是高干子女,也不是街边杂舞的,她到底是什么?他不清楚,也不想弄清楚。只听她说过她是从迈茵德星球来的。如果如此说出来,那比高干子女更可笑。他想着她被关在里面的样子,是不是比第一次见她时更让人怜惜。他会如何做?在故城,他是连见面的机会也没有,更轮不到让他说话。

她离开的这段时间,他几乎没有想到过她。是不是因为她是高干子女,就不再存念了。张晋中是个客观现实的人,对不为自己的东西,他不作他想。所以在绿线中丢失的数字,他清楚不是自己的了,不是自己的回想后悔都没用。他也不会跳楼或者割腕。所求不得,人生便是苦。享受的一百分,痛苦的一百分。只是不知道自己这个享受的盘子有多大,也不知道自己吃苦的盘子有多大。他一生自刑,既是一生,怕是眼下承受的苦根本算不了多少分。其实用这一套说法来解释与比喻,根本是没有意义的。因为享受与痛苦是计算不来的东西,无法量化,就像一段时间官员可能贪腐的数字一样。

接下来,对张晋中来说最现实的消息,便是城市里不准养狗了,来了一个全城打狗运动。张晋中不在单位里,消息知道得迟,他出去遛狗,发现所有的路人都眼盯着雪球,那眼神是奇怪:居然还有这样的活物。张晋中弄不明白这是民间的运动,还是官方的运动,是自下而上的还是自上而下的。

张晋中把雪球藏在家中,想等风头过去。历史的经验是,凡风头自会过去。这天,在小吃店吃云吞面时,女老板悄悄地问他:你的狗怎么办?弄走了没有?

张晋中这才听说,这次打狗运动有市里的红头文件下来。听说新来的市长,有一次晚上出去视察,踩到了狗屎上,偏偏这位市长小时候被狗咬过。市长把俞队叫来训了一顿,从城市的卫生,谈到西方资产阶级思潮的表现。于是市里成立了专门的打狗队,见狗就打。听说还要立法,养狗有罪。那么狗关在家里养也不行了。打狗运动将发展到禁狗运动。

张晋中清楚一个运动到下一个运动的趋向性。女老板说,人家都把狗送到乡下的亲友家去了。张晋中没有任何乡下的熟人。他回到家中,立刻关了房门,看着雪球。它似乎能嗅到门外的危险,这些天都是很乖的,一声不响地伏在地板上。它本来在有外出便便的需要时,会在房间里走来走去,有时会用爪子来挠张晋中,还会尖尖地叫上两声。现在它所做的,便是偎到张晋中身边,柔软的身子趴在他的膝上。张晋中坐在座椅上,轻轻搂着它,慢慢地抚着它身上松茸茸的毛。有时听到外面的车喇叭声,似乎他与它都有点紧张。它会竖起耳朵来。他的听觉也竖了起来。他只是抚着它,不知他还能和它在一起多久。一种真切的苦叫作爱别离,不只是指人,还有物。他别离的东西太多了,而它是一个生命,形同一个亲人。他不知它的结果是什么,它会到哪儿去,会不会就此死在打狗队的打狗棒下。它浑身是血地伏倒在他的面前,眼睁着黑而无光的眸子。他没想过它会离他而去,它会不再出现在他的眼前,他无法再触碰到它,无法再听到它的声息。这一苦那么现实,竟比他的那些过世的亲人还要沉重。

由此触及了生死。本来狗的寿命是短，只有十多年之生。养它的时候就知道，但他没往心里去。它总会早他而去的。无可奈何处，只能想，人也总是要去的。在，是变化的；去，是必然的。

他想到逃离这座城市。然而这里的房子，这里的公司，这里的一切，无法一时离开。况且他又能到哪儿去？出行处处都是未知数。他和狗一起流浪，牵着一条狗到一个陌生的城市去，有旅店会接受带狗的人居住吗？会有人相信他丢开一切，只是为了一条狗？

他也无法把它丢弃到乡下去，也许它会跟着他的车回来，也许它会嗅着气息找回来，他听过这样的例子。那么它进入城市的道路，也许就会被打狗队发现，于是一命呜呼。

雪球似乎感受到他的想法，伸出它的前爪来要和他"握手"。他握着它的前爪轻轻地摇着，嘴里轻轻说：你好你好你好！它皱着的眉头松开了，微微张了嘴像是在微笑。都称萨摩耶是微笑的天使，它张嘴的微笑是那么地与人亲近。他放下前爪，去握它下面的后爪，它一蹬腿避开了。

张晋中很少出门，总和它在一起时，看着它的眼睛。非得办事买东西时，看它跟到门边，像是和他告别，便有点悲哀地出门。终于有一天，他开了门回家，看到屋里的空间似乎膨胀开来，空荡荡的一片。它不在了。他推开卫生间门与卧室门，它依然不在。它肯定不在了，他每次回家的时候，一听到门的声息，不管是多么轻，它都听得到，都会在门口迎着。似乎它在他离开的时间里，一直守着门口的。

一时他想它是自己开了门出去，英雄就义般迎着打狗队去了，不再让他烦恼。接着他想到是打狗队闯进门来，带走了它。他知道，这一切只是他的幻想，它不可能开门出去，打狗队也无法开锁进门。

桌上放着一把门钥匙。突然有个念头钻到他脑中来，他是给过封丽君一把钥匙的。什么时候给封丽君钥匙的，他一点都记不得了。反正给钥匙的印象，仿佛是一下子进入脑中的，给雪球的离开提供了合理性。她来过，她带着狗狗离开了。这当然是最好的结果。她带走了它，她把她的影子带走了。

恍惚她和它的出现，都只是他一时的幻想，并不曾真正存在过。

而后几十年过去了。他近老的时候，用了他折腾了二三十年赚的钱，回到他的故城，回到那座大城市，买了高楼上的一套住房。他的人生仿佛走了一个圈，走回到起点。中间过程丰富，开过公司办过厂，也曾被小城称作是模范实业家。那些都仿佛是虚的。一切为了什么？如有以钱为目标的话，以故城的一套房为结果，他早二三十年回来便能买上。结果没什么不同，不过是延期了，无谓地折腾了。

高楼的周边，生活设施一应俱全，有菜场，有卫生院，有超市，有百货公司。大城市就是方便，不想烧饭可以叫外卖，遇上急事可以找保安。他就在这里养老了。就是赚再多的钱也没什么用了。人到老年，过去的许多事都忘了，眼下要记的事也记不住。过去想忘的，不用去记。过去深记的，眼下忆来也不真。年轻时曾有过的勃勃英气，连同做过的荒唐的事，痛苦的事，享受的事，都在恍恍惚惚间。不管是享受的一百分，还是痛苦的一百分，也不管盛分的盘再大再小，都快到盘底了。嘴里缺少了牙，哪怕是一碗稀

镜中三十　　153

粥，也是一种享受了。

　　大城市的夜晚，他习惯坐在阳台上，从落地玻璃窗中，看下面城市到处跳闪的霓虹灯，彩色成片。偶尔会想到女人，他一生中有过不少女人，他都记不得她们的名字了，只有生动的形象依稀随着念头浮现，有时会记起她们的姓，就按自己的年龄来记女人，他在哪一个年龄上接触哪一个女人。虽然他一生中女人不少，但他在一个时间中只专注一个女人。肉体交往从不脚踩两条船，相对是一心一意的。三十的那一年，他的女人姓封，他在记忆中便称她为封三十。封三十留给他的记忆不少。因为还连着一条狗。那条雪白毛乌亮眸的狗狗。他的觉睡得少了，梦也是稀薄的。有一天后半夜里，他在梦中看到了它，狗狗雪球，形象鲜明地在他身前跑来跑去，又在他面前停住，坐下，用乌亮亮的眼眸看着他，咧嘴微笑着伸出前爪来要与他"握手"。虽然在梦中，却比真实还要真实。也就一恍惚，它消失了，同时一个声音出现了，是她的声音，如一个念头钻进他的脑中来。在一片黑暗中，她的声音那么清晰：你到镜子里来看我！

　　他翻身起床，也不让自己思考，去卫生间，推开门，亮了灯，他看到梳妆台上一面宽到整片墙的镜子里，是一张头发稀疏胡楂花白额纹如刻的面孔。

情之轮

繁华故城的一个角落。一条弯曲的碎石街。插进去一条巷子。巷子边上一座过街楼。穿过过街楼是一条弄堂。窄窄的弄堂一直延伸到河边。弄堂两横里一排排的旧式瓦房。高高低低的带有老虎天窗两层瓦房。瓦房之间夹着一条条支弄。

支弄是青砖铺的地,后来逐渐都成了水泥地。铺水泥的时候,从各家门槛上搭出长木板,人像是走在独木浮桥上,从这家前门到那家后门,穿来穿去走着之形。

前门宽宽,两扇木门关起来用门闩插上。门开开来,墙隔板前摆着吃饭的桌子,围着两三张长条凳。一个大大圆圆眼睛的少女,坐在房门口择菜。一颗颗毛豆从她的手中滚到白瓷盆里去。她穿着一条宽松的长裤,裤腿拉上去,她的双肘压在腿上,她露出的腿肚白净白净的。

我默默地看着她。我坐在后门口。风从弄堂里流过来,轻翻着我手中的书。我坐在后窗口,我的双腿在床上蜷着。我低头看书。她眼垂落着。我一直看着她。我看着她低着头。我想她知道我一直看着她。她的眼垂落在一点上,静静地垂落着,嘴抿着。偶尔她抬起脸来,看一眼支弄口上。她的侧面脸没有表情。她的表情也让我清楚，她知道我一直看着她。

她的眼朝向我的时候，我和她的眼神凝定了一下。很短。也很长。她的眼睛圆圆大大，眼珠黑黑亮亮。

我从记忆中看她的角度，也是斜着的角度。她静静地低着头。知道我看着她的神情。我看到她圆圆大大的眼睛和略瘦显平的脸。

很长时间，我一直想写出我以往真实的情爱史。我用感觉的眼去看心里留下的记忆。我清楚，印象已在封存的记忆库里褪变。不管我是不是常去翻看，它总在褪变着。褪变的速度愈慢。印象四周的背景愈发模糊。单那一条支弄，对于我来说，在那个年代，在那时的社会，在远离市中心的下层地段，在那背景影响下的人的活动，以及照射它之上的光与色，都具有着特定的、浑然一体的自我。包括我能记得的支弄里的人所说的那特有的苏北口音的话。我是苏南人，我受那话的影响很深，以致我日后生活不定多次迁徙，依然夹着那口音，自然那口音也已变了调。

我清楚，记忆的印象无法确定下来。想到确定下来的并非是真实的印象，还要打些文字描绘的折扣和表现需要的折扣，我便迟迟动不了笔。同时，让我犹豫的是，同样我的记忆也还在流动着。我的一个朋友曾撰文说：艺术就是"凝现着"，表现出来的只能是一瞬间的印象。他说的是飞矢不动的道理。另外，随着我自身生活的变化，心境的改变，再去感觉记忆中的印象，那印象自然改变着。许多自传体的作品，都显现着一种夸耀。也许艺术正是一种夸耀。而我却希求着时光的一层层剥落，显现出那真实的感受和真实的印象。我明知那是徒然的。一切不可避免地要受落笔时心境的左右。

在落笔以后的将来，再重新翻看记忆的心库，再读落笔时的表现，也许又会有大不同的感受。正因如此，我越来越觉得落笔的困惑，同时也感到无可奈何的落笔的渴望。

在对那个叫英的少女的记忆之前，我曾对班上的一个女同学关注过。那还是初中一年级。一群情欲将萌或初萌的中学生，都有同一的单纯可笑的假正经。男女界线划得泾渭分明。班上有一段时间悄悄地流传着我说的一句话：我将来肯定要找一个漂亮的女的结婚。流传面之广，大概只有我一个人蒙在鼓里。以致所有的女同学都对我侧目而视，所有的男同学经常对我起哄，而我却不知为了什么。我承受着一种瘟疫般的隔离，如同当时阶级划分的隔离。后来我还是想不起我是否说过这样的话。我想我应该会那么说的。正是隔绝使我对女性生出朦胧的情欲来。我默默地偷偷地老是心神不宁地用眼角去看那个女同学的身影。中午午休的时候，我伏在课桌上，从两手缝去看她。她坐下来时，用手拉一下裙子，裙子里忽闪露出她的肌肤，使我心跳得厉害。我回到家里，把我的名字和她的名字并排写在纸上。我用火柴点着了纸，烧成了灰。我伸出手掌，伸到窗外，让风把掌中的黑灰吹开去，吹得飘飘扬扬。窗下斜角的门口也许正有着一双大圆的眼睛注视着我。我记不清究竟那是不是我最早情欲的萌动。我甚至记不清那个女同学的名字了。我只记得她的个子矮矮小小的，她的颧骨高高，眼鼻挤得很近。从后来记忆的印象来看，她长得一点也不漂亮。很长一段时间，我弄不明白女性美丑的区分。

我的中学生活实际上只有大半年，大的社会运动就来了。以后一年多的时间，我都在家里沉湎在书中。家的住房是租的。胖胖的房东老太太独身住在楼底下，墙板壁上糊着旧报纸。楼上板壁隔着两家租户。隔壁那一边住着一对老夫妻和他们的女儿。父亲说那女儿是领来的。不知为什么，我觉得那姑娘不好看。她天天经过我家房间的门下楼梯去。我从来不注意她。我只记得她个头高。她读的是高中。那时，对高一级的女生，我就不把她们当女性去注意了。

　　有几个月，我家从只有几个平方米的居室搬出去，搬到一间新楼的房里去，就是那种很常见的水泥楼房。那是"抢"住的。称之为公房的那些楼房正空着，搬进去的住户宣传自己的行动为抢房革命行动。抢房革命行动多了就形成了抢房革命运动。新公房里几乎每日都有抢房与反抢房的大辩论。那些日子也淡忘了。记得旧日隔板同住的姑娘，也抢搬到同一层楼上。就在楼门前过道上，进行过一次大辩论。人与人挤紧了，我被挤到了墙角。我身后是同一朝向的那个姑娘。我肩背上是一种前所未有的极柔极软的感觉。她一动不动。我听任自己被往后挤紧。她只是一动不动。人群散时，我回房间。我不敢去看她。似乎听到她在后面长长地一声喘息。我怕是我把她挤得太紧了。我也有所怀疑，那一声叹息是不是后来我加进记忆中的。

　　我和她同乘一辆车到区里去，参加抢房运动的大会。车也挤，这一次是她站在我身侧。她挤着我。我顶着座椅背。她伸手抓把手时抓着我的手背。从开始到下车一直抓着。我也有所怀疑，我那时的个子还未能够到车杆把手的。但我记得她抓着我的手。她的手比我的大。

抢房革命行动转化为抢房反革命行动。我家就搬回了旧居，依然向胖老太太交房租。姑娘家没有搬回。回到旧居里，我才开始许多带有情欲的回忆想象。从极柔极软的感受延化开来。每次想象，我都忽视她的脸和整个身体的形象，只留下那一份感觉。

英少女坐在后门斜角的形象，是若干年之后，可能是在我结婚后的记忆中凝定的。有关英少女形象的周围前后，都像在摄影光圈焦距之外一样显得模糊。青少年时情感的外部记忆是紊乱的。看到一些把少年情感写得清晰动人的作品，我就露出微笑。我清楚那些作品是如何虚构出来的。外部印象的紊乱正与我内心紊乱相同。前楼搬来一户眼睛有点斜睨的女人。她带着一个幼小的女儿。她在建筑队的男人经常外出。她下班回家就拉着小女儿串门。她经常用手捏捏我的脸，说我脸白得像牛奶。她的男人回家后，薄薄的板壁那边的动静便十分烦恼人。我脸上由此冒出许多青春痘来。我经常照着镜子去捏它们。我相信，它映着我内心中不堪的丑恶。

英少女形象凝定之前，那一个早晨，我在生煤炉，用扇子扇着炉门，青烟摇曳着散在巷子里。她从后门口进来，穿过板隔的壁弄，从我身边走过去。她倚在隔壁人家的门口，身子侧着朝向着我。隔壁人家住的是一个拉三轮车的老头，常和老太用浓重的苏北口音争闹。她在那儿站了好一会。我能感到她的眼光。一瞬间中，我突然想到：她是为了我。她站在那儿就是为了我。这一知觉令我兴奋。事后，我反复想着她的举动，她和拉三轮车老头家没有任何来往，拉三轮车家对她没有任何吸引力。那么，她站在他家的门口不是为了我，又是为了什么？这一发现，使我把眼光投向她。一旦

情之轮

知觉，她的形象入我心中。我"看"她的时候，她的形象就长久地凝定了。以后的经验往返重复，女性对我的倾慕，总在我无动于衷时。一旦我有动于衷，我很少有把握主动权的能力。用二十年以后的话说：我极力想得到呼应，一旦我投入，我就失去了主动。

当时，我的脸上正不断地冒着丑恶的青春痘。我自惭形秽。有好些日子，我遮着自己的脸去朝向她。有好些日子，我又躲着偷偷地看她。我想她是知道了我的主动。她不必穿过楼下的板巷，她只是静静地坐在她家的门口。

我都记不得和英少女说过什么话了。要说过什么，那也是一些简短的无聊的话。在小说中编出一些简单无聊的对话，能表现出少年爱情的单纯清新的美。

但我不想破坏真实。在我以后独身生活时，有一段时间，我曾怀疑那朦胧的爱，觉得那只是少男少女的一种互相吸引。想到她那时可能还在读小学，最多是刚进中学吧。一切举动自然是幼稚的。我不相信那是爱。然而与女性具有了实质性的接触后，往往使我生出失望来。失望的时候，我又觉得朦胧单纯的爱才是真正的美。

英少女对我说的话都是简短的，带着赞颂。赞颂我的聪明。在前后几条支弄里，都知道我的聪明。下棋打牌，小技小巧，我显得聪明外露。她赞颂的词是"贼"。在支弄里的苏北话"贼"的意思就是聪明。我没赞颂过她。我是不敢。学校里班上女同学压抑我的力量太强，以致我见到女性，就有点张口结舌。这影响我一生对女性总感觉有一种距离，一种生疏。同时轻易把对象偶像化。一旦有女性之爱便受宠若惊，便变主动为被动。

英少女在支弄里大声说话，操着苏北口音。她的话其实很俗。人生的经历多了，回忆起来，对单纯少女的话，觉得有一种朴实的感受。她有一个哥哥，很粗宽的身材。很宠英。他们的岁数相差不大。他常和她说笑。有一次，他对她发了火，她躲支楼上去哭。她贴着楼上矮矮的木栅窗，把眼哭得红红的。她不看我。我却觉得她是朝向我哭的，我只用眼光默默地安抚着她。后来她哥哥去拉她，笑着拉她。她只管扭着身子。我觉得她挣扎的样子很好看。我有点嫉妒她的哥哥。

我已忘了矮小的穿裙子的女同学。偶尔一次复课时见到她，她老是在我面前走动，我却不再注意她。我和男同学粗声说笑，动手打闹。我感到她们都在看着我，看着满脸长着青春痘的我。在楼道的走廊上，有两个结伴的女同学迎面而过，我听到其中一个咕哝了一句什么。我知道她是针对我的。那是一种旧情绪的延续。我朝她看了一眼。我只是勇敢地迎着她看了一眼。那个女同学的眼光却退缩了。我觉得我长大了。是成人了。班上许多女同学都长大成人了。那个矮小的女同学还只是个女孩子。那时候我并不懂要看女性的胸脯。注意成熟女性的胸脯还是在后来。女孩子成不成熟，我是以感觉作为依据的，那依据自然并不可靠。

我长大了。我面临着上山下乡。那是我命运的必然。少时父亲指着我肩上的一颗黑痣，说那是扁担痣，长大要种田挑担的。那颗痣平平的，暗黑不亮，似乎是印在皮肤里。我从痣认识到下乡对于我来说，是一种宿命。宿命带来的是无奈。那以后，宿命的感觉时

情之轮

不时来缠扰我，二十年，它就有了一种习惯的力量，使我整个人生的基调都显着无奈。

十七岁。应该还虚龄十七岁的我，常常独自从支弄走到弄堂，从弄堂走到尽头。面前是半截墙似的水泥河堤。河堤边倒着煤灰、废纸和垃圾。河水溢着一股腥臭。我尽量放慢脚步。我慢慢地踱着步。当我意识到我踱步的时候，我的心就有一种悲怆。我自品这种悲怆，觉得悲怆使我与众不同。我便更加放慢脚步。我心有所待，而又无所待。只有一次，英少女从桥那边沿着堤走过来。我远远地看到她，我感觉她也看到我。那是一团熟悉的身影。我面朝前方，尽量放慢脚步踱过去。悲怆的感受就成了一种形式。她走到我身边的时候，我扭过了头，我面朝河中。我无所可见。我能见她低着眼略瘦显平的脸。我感觉到我与她之间流动着无言的悲怆。

到上山下乡时，我还从来没离开过故城，我还从来没乘过火车。我本应该分到边疆去的。我本应该去乘几天几夜火车的地方去的。父亲给家乡去了信。那里是我的血缘之根，是父亲常常提到的地方。经常有乡下的人到家中来，说是搭船来的。有一次，母亲给客人包馄饨，把她表脱下来放在一边，客人走后，表也就消失了。父亲赶到河边，船已开了。那印象一直在我的记忆中。我很不愿意去乡下，我似乎有一种不祥的预感。我父亲给我安排了这一走。似乎是匆忙地安排的。以后我曾多次埋怨过这一安排，但我的内心早已宿命地接受了它。我注定要到那个地方去的。围绕去与不去，家里人的态度，乡下人的态度，我的态度，我在这儿都省略了。写那个是不适宜的，会破坏这篇作品的调子。

我怀疑我是把踱步河堤从后面搬到了这里。其实插队后的第一年里,我回故城回了七次。七次在故城的时间比在乡村的时间要多得多。每次我都提着乡下的水产土产,吃力地挤着汽车,挤着火车。年底的时候,常常乘的是闷罐子棚车。那是一种运货的火车。我挑着满满的一担子,前面是大米后面是猪腿。那一次,扣在猪腿上的绳滑落了,站台上几乎只有我一个旅客,车就快开了,车上的人堵到了车门口,我使劲把一袋米托上车,又使劲把一条猪腿从高高的棚车踏板上拉上车。那一刻我想我应该是哭的,然而我只是满头满身是汗地庆幸着。

乡村生活的场景,在我以往的作品里,或者淡化,或者美化了的。我想只有经过了那些真实的场景,我才有堤边踱步的人生悲怆感。只是写作的习惯告诉我,我应该对英少女有一段告别的沉重。

乡村的太阳暖洋洋的。在城里,我从来对太阳没有这一点感受。乡村暖洋洋的太阳下面,青蝇嗡嗡地飞,草篱笆上爬着蓝色的小喇叭花,山墙边的一块土场上,靠桑树田边积着筛落的粗砻糠壳,猫在门口的青石上懒懒地睡。

一旦写到乡村景色,我就有一种习惯的笔调,其实那都是不真实的。我从来只沉湎于我的心中,我总是忽视外在的景色。到结婚成家以后,妻子还常常不留情面地纠正我对绿、蓝、青的色辨。

我初下乡时,一度住在堂兄家里,那是两间半被烟熏黑了的暗蒙蒙的旧瓦房。半间里还隔养着猪。整个房子里都充溢着猪屎味。我和堂侄睡一张床,很快我带去的一床被子上,就混有房子的气味与堂侄身上的体味。

情之轮

味道还不是主要的感受。我整天觉得饿。另外我深感寄人篱下。总是稀粥。几天中一顿胡萝卜饭，我满上一海碗后，不好意思再添。堂兄对我说，一碗有半斤多米。第一年我有定量每月四十斤米。堂兄的话使我感到那总是不够的。我越发忍着不敢多吃。

　　我穿得简单。我想成为一个乡下人。我还是被当作城里人。我被小看，也受注目。那一刻我觉得什么也不是。我无法再是城里人。城里人有工资，使乡下人仰着头看。我又无法是乡下人。他们都会干活。他们看我干活的样子便笑。我有所倚的是我有城里家中寄钱，我用这个支撑着我的生活。比我大两岁的堂侄深有远见地对我说：你手不能提篮，肩不能挑担，你不能靠小爷爷一辈子，你将来是要靠我们的。

　　说十七岁的少年，到一个陌生的从没到过的乡村，说举目无亲，说生活不惯，说干活累乏，说严炎冰寒，连同说存在的痛苦，说人生的悲凉。无论是抽象的，还是具体的，我都觉得意义不大，那不只属于我。自然有比我在城里更舒适，比我更年幼更柔弱的知青，走入这类处境中。那是一个社会的潮。那样的事，我们都已经听得多了。

　　有时我怀疑，我所遇到红娣的情节，也不只属于我。我有时会觉得，我，这个我是凭空浮来的。以前一切流动着的生活，都不只属于我。我只存在我意识到的这一瞬间。连这一瞬间的我，也是浮着的。

　　红娣叫我名字的那一瞬间，我确实是有浮着的感觉。

　　我从没和女孩子打过交道。学校班上的经历成了我性格的一部分。对女性，我内心压抑，有时自尊，有时又自卑。

红娣就站在斜对角她家的后门口。她站在青石门槛上。她斜着脸，朝向我，露着笑。在我以后记忆的印象中，她的笑便有一种女性自来熟的意味。自来熟的女性往往是不自重的。但她当时根本只能算是一个女孩。她才十四岁。她站在那里，梳着两条长辫子。她朝我笑。那笑是一种含有好玩的神情。纯粹是好玩。十四岁乡村女孩子的笑，很少有其他的意味。她的那一声叫，叫得很短促，很清脆。有一段时间，我曾经把她那一瞬间的形象重新梳理了一遍，我认为那是一个幼稚的女孩幼稚的举动。我尽量诋毁其中的情调，我尽量诋毁其中的美。然而我诋毁完了，依然还感受到其中的色彩。

十四岁的红娣，长着细高个子。她比英少女小一岁，个子要比英少女高。而在我的印象中，英是个少女，她却是个女孩。

对英少女的形象，我能描绘出个轮廓，对红娣的形象，我记忆模糊了。似乎她的眼也是细长的，下巴有点尖。多少年后，在我的梦里，总会出现她的模样，几乎从来没见过英少女。而醒着的我，却总是跳过红娣的那一段记忆，去凝定英少女的形象。

描写少年初恋的作品，往往都是少男少女，一见钟情，瞬间印象美如图画。那时我不懂美，后来我的心境改变，又不觉得那期间的美。当时的红娣还在读农中，她的皮肤不白，但走进城里，和城里姑娘的肤色没多少区别。这也只是我的想象，她从没和我一起进过城。

我站在堂兄家的房檐下，房檐矮矮的。她站在门槛前的青石台阶上。青石台阶有三四级。她家的房檐高高的，在那个年月，她家的房子是村上最高的瓦房。

　　她穿着一件深红的春秋衫，是灯芯绒布料。下面是蓝布大裤腿裤子。这多少已经掺入了我的虚构。当时我不可能注意她的穿着。她的两条辫子很长，一直挂到腰上。我是被她吸引了。我说过，当时我并不懂得女性的美。但她绝对是不难看的。对我紊乱的内心来说，红娣形象的出现，显现着一种单纯的色彩。另一方面，我立刻深切地感到，乡村女孩子全新的异性表现，完全没有城里学校女同学的假模假式。在这里，我在女性面前局促不安的形象可以改变，我受女同学鄙视的历史可以改写。我有一种解放式的喜悦。我本来就是一个喜欢很快接受女性主动表示的人。我总是投我以桃，报之以李的。

　　从她第一声叫我开始，我就想着要接近她。对接近女性，我常常暗下里生出一套想象的计划，梦一般的计划。待见到真切的人时，我才觉得我的计划是如何地不合实际，是如何地不现实。我便失去了勇气。几番谋蓄计划，几番丧失勇气，于是我把自己弄得痛苦不堪。

　　红娣使我想象的计划第一次得以实现。几乎是出乎意料的顺当。在一个春雨歇工的牌桌上，我轻易地以赢牌赢彩，用手指刮了她的鼻子。牌局便是一种计划。我顺着心意设局，不但让自己赢，还让她一个人输，以便我一次次地触及她的肌肤。牌桌上的几个人都不是对手，要不是有惩罚的刺激，我简直可以不费任何神思。刮她第三次鼻子时，我得寸进尺，嘻笑地变换了刮的手法，把鼻子那一段距离拉长到额上，把那一段时间放慢延长。随后我变刮为勾，从上嘴唇处滑上去。再下面我把手指悬在了她的眼前鼻前，慢镜头似的不往下去，于是受惩罚带有了受辱。她开始逃避，笑着晃着头，伸手去掩脸。惩罚也就变出情趣来。我有了进一步动作的正当理由。我得到同牌桌人的怂恿，那两根长辫便捏到了手中。不给不给，她笑着扭着身子。她的头到了我的怀中。我的手掌从下面抚过她整个的脸。我的手插在了她的手脸之间。不给不给，她依然晃着头。我的手指在她的鼻子上一松一紧地用力，口中数着数。刮鼻子变化成揿鼻头。女性的整个头和脸都在我的感觉中。坐回到桌前，我的心剧烈地在跳，我为我的算计的成功而笑。她伸手抓着牌，依然叫着：不给不给，我就是不给。

　　二十年以后，我走入中年的那个时代。大城市的学校里，初中生偷偷恋爱的，已经在学生之间成风。所谓偷偷地，也就是瞒着保守派的教师。许多开明的老师就是发现了，也是睁只眼闭只眼。西方的宣传自由连同性爱自由的带点色情的影视片，已经不可遏止。那些频频出现的男女肉体暴露并接触的镜头，已是寻常意味。一曾严肃正经的社会正无可奈何地听任把风气腐蚀掉。年轻的男女，只要有可能，便迫不及待地不加选择地接吻、抚摸、脱衣服、上床。二十来岁的年轻人的性爱史，值得对五十来岁的人夸耀。他们看到为刮两下鼻子而设陷阱的情节，会觉得不值一谈，会觉得可怜可笑。那种循序渐进的肉体接触，是多么令人不耐烦，令人无聊。

　　其实，就是在当时的年代，我也不止一次地听说过：那些群体插队的知青，特别是在偏僻村子里落户的知青点里，说说谈谈，搞搞玩玩，是平常的。男青年动不动便说"开"说"支"，开她，支她。一间土坯垒的大茅棚里，七八张床，挂着布满黑灰的帐子。帐子放下来，里面一对男女开啊支的，弄得支天雾地。其他床上单个儿的人照睡。忍受地听着那边床棚吱吱的动静声。而在城市的学生们，已感到将要插队的阴影，他们开始预支那些后来的乐趣。有一次我回城，借用一个朋友家，写我所谓的作品时，正听到朋友读高中的妹妹和她的几个女同学，就在板壁那边的床上，嘻嘻哈哈的。只听朋友的妹妹笑着叫着：我又不是他的屁股，你摸什么摸！

再推溯到上面一个时代。我在乡村的时候，常有隔着几里地或十几里地的老人，相见一处了，聊着陈年烂谷子的事，说到一个个熟人的名字，往往都在后面加注一句：努，和某某人姘着的喂。于是印象深刻地记忆起来。脸色深红带黑满是皱纹晒成硬皮的老头老太，坐在小竹椅上，说早年的风流事，是那么自然。那时我便想，男男女女之间，本也是互相吸引着的。女人同样充满着情欲。无所谓陷阱与猎人，无所谓被动与主动，无所谓需要与奉献。运气不好的是我与我以上十多年的那一辈人。被压抑了情欲的男人，和同样被压抑的情欲并显着假模假式假正经的女人，以致压抑成了习惯，成了天经地义。

社会的面目是正经的，社会舆论的惩罚形成了一种禁忌，使男女之间的事儿变得污秽可憎。然而那性爱自由的空气，依然偷偷地流动，暗暗地腐蚀着。根本的是我，是我自己，是我的性格和我的心理。我老实而胆小，我怯弱而无用。也就以一种小陷阱的得手而沾沾自喜。

如此叙述一番，我也就省略了许多后来同样设置陷阱的小情节。我一度认为，只有在那种小情小态的表现中，文学才显出柔和的美来。然而我清楚，在我落笔的时代中，人们对此已显得很不耐烦了。他们需要快的节奏，需要很快地知道结果。不是因为他们没有而需要，而是他们有的才需要。文学变成了一种认同的需要。我无可奈何。这使我常常在想，我整个作品的情节是应需要而虚构出来的。我的主体性变淡，同时，完全失去了对于自我记忆的价值。

　　我的父亲到乡下来。他刚获准能离开故城的住所。我记得我是和红娣一起去十里外的镇上去接父亲的。我和她有十里路单独相处的机会，但我记不得我说什么做什么了。也许我什么也没有做。她领着我，穿过田埂。她身形轻盈，笑语快步。天空一片湛蓝，田野一望无边。我充满着喜悦。虽然我还没有真正接近她，但我心里有这种感受：她是我的。

　　唯一使我不安的，是她和我同宗。她姓我同样的姓。她的祖辈和我的祖辈过去曾在一个祠堂祭祖。我心中有兄妹乱伦的禁忌。也许我和她已隔了五服。没有人在乎这一点。堂嫂已不止一次拿我和她开玩笑。她并不顾忌地笑着抗议，她根本不懂得假模假式，而我则显得一本正经。

　　父亲立刻有所察觉。父亲老了。那时父亲就老了。使我每一次离开城里，都怀有一种永别的恐惧。一路上父亲默默地让我和红娣有靠近的机会。父亲年轻的时候是风流的。这是我落身到乡村以后，落到他年轻时生活的乡村里，才确定的。关于父亲，我可以写一本书的。但我不会去写。古人写到父母的姓氏，往往会略去一两笔。我心中深爱我的父亲，我也就略去了父亲的态度。那一路上，我对与红娣同姓的顾忌，多少是消除了。

父亲的到来，使我有了一间自己的住所。父亲说，堂兄家现住的两间半瓦房，有一间半是祖上留给他的。这明白无误。村上年长的叔伯一辈的人，都能做证明。堂兄自然也清楚。堂兄说，他根本没想到。堂兄说，父亲离开这么多年，要没有他家来居住，房子早坍了。堂兄说，难怪村上的人笑他，说他为我插队起那么大的劲，最后是自己搬石头砸自己的脚。在乡村里，我才真正地懂得，世上的道理是各种各样的，听上去都是对的，确凿无异议的。父亲要回了一间房。他给了堂兄一笔钱，让他另搭了一间属于他自己的草屋。父亲找了一个瓦木匠来，把朝南的一面墙拆开，立了一扇门。并把那间窄窄的小屋隔成了两半。里间正好放一张床一个木柜一张凳子。外间放着饭桌又支起两眼的灶来。比起城里的家来，要亮堂宽敞得多。我感到满足和幸福。

下乡来的父亲出门便和人打招呼，到处有迎着他的笑脸。许多曾有宿怨的乡里人，也都和他笑嘻嘻地说着话。也许是几十年相隔的岁月，使那些宿怨都淡化了，另一方面，在城里不久还被批判的父亲，到了乡里，多少显出是衣锦荣归。虽然在堂兄嘴里，我多次听说过父亲在村里口碑不好的传闻。

我有了自己的房子。红娣和我单独相处的机会多了。许多细小的陷阱不再需要设置。父亲在的一段时间，红娣的到来不受拘束。只要有空，她就进门来，坐在灶前烧着火，用当地的土语和父亲说着话，同时带着调皮地用眼瞟瞟我。

没有多长时间，那个傍晚就到来了。父亲和镇街上的一个熟人下棋，两人对坐在前半间的桌前。隔着那堵半截墙，我和红娣坐在里间的床沿上。象棋子落在盘上的声音清晰可辨。他们沉在棋局中,一盘接着一盘地下。我记得那间房子是装了电灯的,然而我又清楚地记得,前后间的隔墙上,留着一个长方形的洞,那是放美孚煤油灯的。一盏灯可以照亮前后屋子。那时应该还没有装电灯,有两盏油灯,一盏在前面的象棋桌上,一盏在后间的木柜上。灯光暗暗的,朦胧的。前半间的注意力随眼光凝在象棋盘上,成为一个背景。隔着那堵半截墙,里面的一切动静都带有一种危险性。我引红娣在床沿上坐下,先是搭着她的肩,很快便把脸贴向她,并吻了她。那时还没有习惯称之为"吻"。这个字的流行是在十多年以后。在我那个乡村里的说法是"乖"。我乖了她的嘴。这很形象。其间含有我动作的完成和心理的满足。我当时还不知道十四岁的红娣,是不是已经是成人了。成熟对于一个少女来说,究竟何以为界?我记得后来有一次红娣蹲在地上,说她肚子疼,但给她治肚痛的药,她又不吃。父亲说她身上来了。我不知那是不是她的初潮。如果是的话,那么我第一次乖的只是一个女孩子的嘴。我不再记得那次亲吻有什么特殊的感觉。可以肯定那并不具有被文学书写滥了的初吻的醉人心魂。可能她还只是个女孩。她使着劲把头往下低。那时间我很紧张,一些感觉还游移在外间,一部分感觉则在心跳上。我的举动并不慌乱,而我的心很慌乱。我把嘴唇压着她的嘴唇,便是全部的动作。除了避开她的鼻,不可能有其他的动作。我听着她的呼吸声,感受着她呼到我脸上的热气。我想细细地感受,又顾忌着外间。我想我已经得到了,我把那一吻认定我已经得到了。我松开她。我把她的手按在我的胸口,我让她感觉我的心跳。我附着她的耳,我说:我现在……我会……我……她不作声。她一直不作声。她抬起眼来看看我。她的脸肯定是红红的。她没有什么表情。她似乎什么也没明白。我就把她丢在了屋子里间。我就一个人出门去。我想我得到了。我想我得到了而没有败露。

我跑到了村口。我跑进了田野。我爬到了村外的一个土丘上。我站在土丘的高处。村口那棵大树在夜色中开成了一个粗大的远远的剪影。星星还没有闪亮。只有西天一颗黄昏星孤独地凝在天幕上。我知道那叫太白金星。我望着那颗太白金星。我让我的心安静下来。我有点后怕。倘若她当时发出拒绝的声音或者举动，我又将如何？我知道我是怯弱的。我总不敢向女人伸出手去，我总只是在心里回旋着情。我总是把情焐过了，焐到发酸变质。我总是丧失机会。红娣是例外的一次。因为她是一个女孩。一个女孩子。我想她是吓怕了。后来我才知道，女人是从来不会吓怕的。只有怯弱的男人，没有吓怕的女人。女人的吓怕最多是在表面上，而男人的怯弱总是附在心间。

站在土丘上的我，脚下整个地延伸出去。遍野一片暗色。右肩的后方是一棵老树的剪影。遥远的天际一片淡淡的青色之上，一颗孤独的星闪着亮。

最早对着同班矮小的女同学涌动起来的想象，在乡村之夜完成。完成了一个初吻。我心里说，我得到了。我有了一个。我有了她。我有了一个属于我的女人。和我共秘密的有肉体接触的女人。我把和女性接触的一种占有感扩大了，神圣化了。我从来对女人都是害怕的，怯弱的。既渴望又害怕，既想得到却又逃避。红娣打破了异性的神秘。她是落在我嘴里的，很轻松地落下的。女孩子都同样有一种渴望。当时我不知道。我只认为红娣是独一无二的，我为这独一无二而沾沾自喜。后来又为这独一无二而烦恼不堪。再后来又为这独一无二而遗憾。

那时我对英少女已不再有奢望。应该说，乡村的我已经把英少女忘怀了。一段时间内，我一直把我与红娣之间的事称为初恋。一个城里下放的男孩与一个乡村的女孩之间的初恋。挺单纯，挺美，挺古典式的。因为它有了，不再是远远地默默地看着。后来我重新排我的初恋史时，我才把英少女从记忆中提出来，我用她来和红娣抗衡。我拒绝以单纯完成接触来排我的初恋。默默的，远远的，斜角的，似情非情的，那更具有一种美，更是古典式的美，柏拉图式的美，崇高的美。怯弱的我天生对这种美称颂。

只要有机会，我就搂抱着红娣，乖她的嘴。我不放松一切机会，去靠近她的身子，以加强我的得到感。这成了一种游戏，一种以接触为目的的游戏，一种幼稚的让人发腻的游戏，一种无聊而又无耻的游戏。我也清楚我的恬不知耻。只是这种耻辱的秘密只有她一个人知道，而她又是我得到了的，于是我心安理得。她有时会故意移开被接触的部位。她也参与了游戏。她本来就是个孩子，喜欢游戏的孩子。有时她装作不知，任由我去。那也因为她是个孩子。她有好玩的天性。

父亲不知。或者他装作不知。在他和我同住在乡村的日子里，我和红娣无所顾忌。对于红娣来说，她只是来。只是有空就从高瓦房里走出来，一直往里走，走到头，那儿就是我的门。她只是走到这个门里，剩下的就是让我变着法子地接触她。亲她，抚她，对她说着愚蠢而烦琐的话，让我做我想好要做的，允许我做的。只是我有所顾忌，有所禁忌。那些顾忌禁忌都在我心里，是属于我自己的事。

父亲离开了乡村，也许那是个年底。我和父亲一起回到了故城。每年春节我都在城里过。回到城里，我总有一种飘零感。那一年的春节，我的心很安宁。

我心中怀着一点秘密。我得到的感觉高于忧郁的飘零感。飘零感隐到了深处。上山下乡的潮还没有退，锣鼓在注定要下放的人家门口不停地敲，无处可躲，无处可避。转眼间一个城里人便成了乡下人，城里对他就是一种过去，一种高不可攀的存在。一个旧日猥琐的男同学，只要拿到了进入工矿单位的通知，便可以廉价地获得任何一个注定的下乡的女知青的倾许。倘有犹豫的话，那也肯定在城里户口的那一方。知青，插队，下乡，招工，等等，成了每家每户的共通的语言。一到春节，那些下乡的，去边疆的都回到了城里。有的就是串门的时间。用一种通用的语言，通用的方式，通用的歌曲，通用的悲哀。那时除夕夜爆竹响得很少，但常常半夜有大声地喧哗和叫嚷，那也是通用的。

我怀着我的秘密。我并不知道我所秘密的也是通用的。我的同学郁来向我吐诉他的秘密。他告诉我她的一切。她的母亲过去当过妓女，前不久又另嫁了。她几乎是个孤女。她美，她小巧，她可怜可爱，她使他陷入了情网。每次我去他那里，都是从她家把他叫出来。他满脸通红，神色惘然。他说他没有她，毋宁死。听他说着吻和爱的词，我感到惭愧。我觉得对红娣说吻和爱的词都不适宜。我还是对他说到红娣，说到吻和爱。原来那些词是通用的，秘密也是通用的。

我说我临走时，给了红娣一块漂亮的手帕。郁告诉我，她说那是不吉利的，预示着将来要流泪。郁临走时，给了她一把小银剑。我同样想到，那也是不吉利的，内含斩断情丝的预示。预示是通用的，预示的结果也是通用的。

英少女给我长大了的感觉。我从后门出去，眼总朝着斜角对门。只要支弄里有她的声音，我便移往窗口。从窗玻璃往下看。我想她知道我看她。她的声音烦恼着我。我对我自己说：我得到了。我有了红娣。但我的眼光依然移向她。在社会上形象定了型的我，被人认作是个老实的人，和风流沾不上边的人。只有我自己清楚：我的心中嘈杂而喧嚣，紊乱得五彩缤纷。

那一次，英少女到楼上来。她就站在我家的房门口。她是来收灭蚊药费的。她低着头，眼睛盯在纸上。我就站在门里面。我靠得她很近。我想我伸手就能碰到她。我心中涌动着一点什么。我险些要向她说出什么来。我心中涌动时是不计后果的，常常打破了多少时间拘谨忍耐形成的局面。我没找出话来，那机会我是失去了。我眼睁睁地看着那机会的失去。我说的是很无聊的话。我说：多少钱？你来收？你……她一直没抬起头。倘若她抬起头来朝我望一下，也许我便说出来了。我蒙眬地看着她的略平显长的脸。她的皮肤没有远看着那么白净。她的个子不高，并不小巧。我觉得她是个姑娘。红娣我不觉得是姑娘，只觉得她是个女孩，女孩子。

英少女往回走，到楼梯口抓扶手时，她的脸朝向了我。她肯定看到我是一种失落的样子。这样子我看不见。她眼中我是什么样子，我不知道。我无法知道。我只觉得失落。我对失落的我说：我已经得到了。我有了红娣。

支弄口的弄堂路边，横着一个长方体的水泥蓄水池。年代久了，水泥显着暗色。一排边的水管，接着五六个水龙头。整个弄堂的私房住户和租私房住户，都在这儿交水筹拎水。我在家，拎水是我的事。握紧着水桶把手，自来水冲入铅桶里，白亮的，散着颗颗粗大的水珠。

那个叫晶晶的姑娘，从弄堂尽头的河边过来拎水。她很美。我并不懂得女性的美，但我感到她美。她的美是标准的。无论她的嘴、鼻、眼五官，还是头发、身材、四肢都生得齐，匀称，没有一处可挑剔。她个子苗条，穿着大方。她把水筹交给收筹的老太，叫一声阿姨。脸上是微微的笑。一边等着水，一边和老太说上几句话。等水满了，拎水而去。身子不斜，手臂长长地拎直了，依然步态端庄。我靠着她装水。她扭头看我一下，眼光和我直直的眼相碰，脸上还是微微的笑。没有羞涩，没有嫌恶，没有任何矫作的表情。

我凝视着她的美。她的美滤人心魄。我一直不知道她究竟住在河边的哪一条支弄里，从哪一个门进去。我不想用眼光去跟踪她。她的美对于我来说，自然而遥远。少年时代的我，有许许多多大胆的幻想，常常沉湎于内心的虚构中。

少年的我有许许多多的渴望，虽然只是个下了乡的知青，但认定自己将来能实现幻想。而数十年以后，在社会上立了足并有了地位的我,却深切地感受到自己所能得到的是极有限的,几乎是规定了的,宿命的。许许多多的渴望中能叹为观止。当时唯有对拎水的晶晶姑娘的美,我不敢存有幻想的念头。我怕亵渎她的美。她拎着水走过去,衣衫拂拂,身形轻盈,水在桶里闪着亮。多少年以后,我有机会见到各种漂亮的女性,只要我接近了,同时我就会发现她们的不美之处。唯有晶晶姑娘给我留下了自然完整的美,滤净着我紊乱而悲哀的心境。

英少女站在老虎天窗口。我恍惚听到她的声音。她大概是和楼下的母亲说着什么。那扇老虎天窗平时总是闭着的。窗口常常晒着鞋子和干果。她齐胸露在窗口。她脚下是一张方凳。我在两张床之间摆我的棋谱。时而捏一个棋子放在盘上。她的眼和我对视了一下,她低下头去。我的眼朝向棋盘。我依然"看"着她露在天窗口。她整个身子融在一片明亮的阳光中。她手拿着毛线。她的心思似乎都在毛线上,和我的眼光一直停在棋盘上一样。我隔了好长一段时间再朝老虎天窗口看一眼,她依然那样站着。我不动身子。我不知半个身子露在天窗口的她,是否能看到我的上半身,是否能看到我面前的棋盘。我只是不动,我想着最好我和她就这么永远地相对着。那时间确实像是凝定了。渐渐地,我感到了内心难耐的悲哀和无望的怅然。我希望她立刻就离开,让那老虎天窗口依旧是习惯地闭着的模样。

终于,她收拢了毛线针,一只手握着,斜下身子。我看着她的动作。她的上半个身子倾斜着,也许先是扶着凳子,于是她就在老虎天窗口消失了。我不知她是否朝我看过一眼。她显得从容不迫,像是做完了她该做的事,斜下身子去了。我便趴在床上,倚着窗,看那还开着的老虎天窗。老虎天窗前铺着纸,摊着棉絮。棉絮白晃晃地泛着亮。老虎天窗四围是青灰的瓦,窗子像嵌在白亮与青灰之间。刚才我坐床下棋盘前看到的只是一个竖着的老虎天窗,天窗后面是一片青色的天空。窗前是一个半身的低着头手在织动着的英少女。

英少女的形象,就在那老虎天窗口定了格。自移开后,我所见的就是一个成熟的女性了。我多少有点疑惑:是不是我特意凝定了她显现在老虎天窗口的那一刻,来作为对少女英的告别。

独居一室的乡村生活,使我许多情欲的构想很快能得到满足。我不慌不忙,循序渐进。渴望激动着我,但我压抑着渴望。我让渴望顺乎次序地渐渐地释放,一点一点地前进。欲望的压抑呈现着一种期待,一种色彩,一种美感,一种艺术。我把吻的阶段延续了很长时间。对于吻,我始终只知道把嘴贴在嘴上。按古书上说:做一个"吕"字。我难以想象除了嘴贴着嘴还有其他的意味。我最多能异想天开的是时间的延长,以至于自己也堵得发慌。慢慢地我移往她的腮,头发和肩。我长久地把欲望停留在她裸露衣衫之外的部位。我不愿再前进。我有一种童贞的恍惚,有一种潜在的惧怕和禁忌。我把这种惧怕和禁忌,称作为善良和艺术。

只要放了学,红娣就会钻到我的房间里来,任我抚,任我抱,任我弄,任我亲。她只是默默地似乎毫无反应地承受。除了喘不过气来或者是被弄痛了时表示的抗议。抗议是直白的。没有矫情和轻嗔。这和我后来的妻子没什么两样。我的感觉中,她总是个女孩子,这使我常常有一种茫然和迷惑,同时觉得有一种罪孽。

有一次，我把她留在了里房间。里房没有窗，只在后山墙上置了一个十字的砖洞。天冷时，我用草结堵在砖洞里。里房间的光线总是暗蒙蒙的。我独自去屋外，慢步走了一会。黄昏前，家家的烟囱都冒着烟。隔壁屋里响着喂猪食的声音。我有点悲哀。我心中有一种莫名的疲倦感，觉得意趣淡然。总也激不起那神魂欲销的情爱色彩。我踽踽独步，心中吟着婉约的诗句，那时我常用诗词装点我的生活。

我回到里屋。红娣站在柜子前。那只木柜柜面上搁着书、瓶和杂物。我扳过她的身子。我嗅到她嘴里的辣肉酱味。她尝了我从故城带来的瓶装调料。在当时的乡村，那要算是高级的消费品。我嗅着好闻的味道，默默地把她放倒在床沿上。她随手拉过一本书。她翻着那本有插图的医学书。我知道她对书没有兴趣，她只是翻着它。她一声不响，任由我把手伸进她的衣衫。我紧张而又从容地把她束在裤腰里的毛衣和衬衣都拉出来。对着裸露出来的肌肤，我避开眼光，只是把脸轻贴上去。我贴了好一会，才睁开眼来。

她就躺在床上。横躺着。双腿耷落在床沿下。她裸露的上半身的肤色与她手臂上的肤色没有区别。浅黄，略暗。肌肤如雪，柔骨如玉，那从来只是我从书本上感受的。没有新奇，没有异调，一直对女性裸露的身体渴望着的我，立刻感到眼前的一切已成常态。她的胸脯微微地拱起来，珠儿般的红褐色的乳头。她依然翻着书，全然不知地任由着我。

我喉咙发堵。我的手怕烫似的动着。我的手心在无收获无收入的劳动中生出了老茧，手背的肤色发着暗。乡下人说我永远不褪城里人的白肤色。我知道我已经变了，我的肤色在野风和阳光之下，只变暗而不变黑。我的肤色和她裸露的肤色相映。在她的皮肤上，我触到了我手的硬茧和麻木。我的手慢慢向松开的裤带中移下去。我渴求。然而我主要的感觉是在砖墙洞之外，那里时有着脚步声。

那情景，在很长一段性枯淡的日子里被一次次地重复。没有色情的色彩。我觉得我的触觉很少有那种疯狂的色情感。有的只是对新奇的认同。那新奇转而瞬间便厌腻死亡，成为常态。

她的肌肤平滑单纯。所有触及的都平滑单纯。我在最后目的处到来前，停下了我的渴求。以后回忆时，我也弄不清我是因为禁忌的心态，还是因为惧怕对异性最后触觉的常态。多少年后婚姻的完成，我心中的禁忌，几乎是不察觉不存在的。在乡村小屋里，我的心理上充满着童贞的禁忌。而第一次异性肌肤的触及很快使我的新奇成为常态。禁忌感和怕失落感使我止住了最后的动作。以后的一年里，郁曾来信对我诉怨，说我想做正人君子的禁忌心理影响了他，使他失去了对心爱姑娘的占有。使他永远怀有失落感。那时，她离开了他。她在城里分配了工作，成了一个小门诊部的医生。我陪郁去看过她。她正表情冷淡地听着一个病人的自诉。郁把她手中正写着的病历抽了过来，握在手中翻着。我看到她满脸通红。后来我们在医院门口等她请假。她出来时露着笑，先冲我点头招呼，依然满脸通红。满脸通红的情态，我在红娣脸上从未看到过。她在我的抚弄触摸的动作时，始终翻着那本有着插图的医学书。她的嘴里嚼着一块我塞进去的方块奶糖。书遮住了她的嘴，只有轻嚼的气息在我的感受间。

一切得到了的，都如鲜花开放瞬间枯萎似的消失了新鲜感。没有沉醉和神迷，只有恍惚。恍惚早已存在。恍惚间几十年几百年间都曾如经历过的。只是一种重逢，是瞬间的陌生，是长久的熟知。那种预期的折磨，奥秘的渴望，新奇的乐趣，只瞬间便消逝失落。干枯枯的，不再有情趣。沉醉的，夺目的，五彩缤纷的感觉，我从来没有过。这影响着我整个的人生。也影响着以后我写的作品。我总是怀着失望和失落感。淡黄的，暗灰的，溢着一种干草和旧屋的气息。

日后家庭的生活，早在旧屋的气息中先期展现了。

远远的，斜对门的英少女的凝定的形象，胜如我触摸到的。我想，我以后对红娣的感觉是否不近情理，是不公平的。给我得到同时给我厌腻的本身便是一种禅，一种悟，一种禅悟的启示。只是我不知。色即空，空即色。红娣裸露的被触摸的认知的自然是禅悟之色。只是我无法知道。有一段时间，我深悔我在最后得到之前止住了。而有一段时间，我又庆幸我没有过早地让自己厌腻了。我使它转化成一种艺术的色彩，一种美。

村上队长的儿子是个常犯癫痫的孩子。小个儿，圆脸，常带着一种痴迷的笑。我其实比他小不了几岁。但他显小。我常和他在一起。有时候，他父亲让我和他在一起睡觉。都说有羊角风的人总有一天会发病倒在那个水沟里被闷死。有时我和他在一起时，会莫名地想到，我现在正和一个将要死去的人在一起。到那时为止，我还从来没见过一个死人。我不敢去看死人，并不是害怕，是怀有一种禁忌。将来要死的人也使我感到有禁忌。但我还是常和他在一起。我不喜欢和比我大的人在一起。和比我大几岁的堂侄在一起,我也会觉得不舒服。他们身上总有一种咄咄逼人自以为是的气势。哪怕微笑着,也有那种气势。几十年后,我在社会上有了一定的地位,我还是怕和官们打交道。甚至我也是个官时,我还是怕和官打交道。我总是不适应,不自然。我喜欢和玩熟的人在一起。喜欢和比我弱的人在一起。这样我可以发发小孩般的脾气,极力使他们对我失去敬意,当面说我没有架子,背后则说我没有气度。那时我就喜欢和队长的儿子在一起,有时由他领着,和那些放牛的小孩在一起。有个放牛的小孩说要教我游水,把我带到河中间,他就溜了,任我在河中翻腾,几乎沉下去,而他们在岸上笑。

我想,大概我总是默默对女性的注意,也正是出于这种心理。我希望从她们那儿得到自然,得到安宁,就如与孩子结交一般。

我见过队长的儿子的一次羊角风的发作。我和他在村上走着走着,他一歪身子就倒了下来。他口中吐着白沫,发着骇人的声音。我当时并不惧怕,运用我从书上看来的知识。我用手指掐他的人中。我的手指在他的人中上掐了一个深深的印。做这样的事,我显得很大胆。后来我无师自通地当上了赤脚医生,拿起针筒就敢往人的身上扎。我奇怪我有时胆子也确实大。我的心是大胆和怯弱的混合物。

和队长的儿子在一起,我想着问他一切要问的话。我清楚他从不来考究我问话的意思。我问他村上哪个女的最漂亮,这个孩子圆脸上露着忸怩的笑,说了一个姑娘的名字。那个姑娘的好看,我也是注意到了。但我并无情欲。田里的做活,使她身材变粗,臀部发粗，让我觉得她像个妇女。我喜欢注意女孩而不愿注意妇女。我继续问队长的儿子，下面该数到谁了。他说是红娣。我正等着他说出这句话来。我心中愉快着。

我想我多少是忘记了我所处的环境。一次堂侄在窗前露面时，红娣正坐在我的腿上。那段时间我认为我是在爱。我已经把红娣当作我的女人。我总是把我的抚摸停留在她的上半身。我想到结婚以后再整个地得到她。

多少年后，她的乳房的记忆已经淡了。坚挺，松软，有一种温馨的印象。她的身上总是带着粉味。她代她的叔叔在加工厂轧米。粉味渗透在她的身体里。

她的乳房便如粉的制品。我抚摸着她，心中总还是悲哀的。她粉味的身体激发我的悲哀。我心中使着劲，但我的手上是小心的。我想把我自己完全进入到抚摸的感觉中去，然而我总还是感觉在外面。我进不去。我远远地，那感觉远远地留在手上。我无法进去。

感觉在抚摸的外部，同样是我以后与女人相处时的感受。我怀疑这是孤独的主题对我的影响。新生的，初萌的，少年的，应该是进入的，融合的，交汇的。与外部的隔绝感，应该是苍凉的，无奈的，日薄迟暮的。我心中确实没有与异性融合感觉的深刻记忆。红娣以后长长的一段日子里，我没有和女性有任何双方有意的肉体接触。心的渴望远胜于肉体的触摸，或者说我从没找到过真正的肉体融合的那份感觉。

后来红娣的乳房发面似的膨胀开来，还不到二十岁的红娣，热天站在田埂上，她的胸部醒目地隆起着，撑得短衬衫的纽缝处绽

情之轮

开着，露出白布的内衣。西方形体美的观念在当时乡村没有任何影响，村上的人认为那样的乳房是丑的，发了情的。他们戏称为"麻叉袋"。那时我正在默默无语的命运低谷中，我无法再触摸到红娣。然而我依然为她被嘲讽的胸部，感到自己的一种罪孽。命运低谷中的我特别迷信，我认为我的处境和罪孽是因果的，有着某种神秘的联系。

我知道会有什么事发生。这种感觉使我注意地去看红娣。我看她的脸，她的体形，她的步态。女人的所属观念，总使我感到所得一个活生生的人难能可贵。所属观带来的不是轻视，而是宝贵。

我有好几天没有和红娣亲近。红娣告诉我：她母亲说，倘若她再到我房里去，就打折她的腿。那是乡下父母对女儿流行的话。我叫她的母亲"阿嫫"。她母亲和农村的年长的女人没有两样，脸皮松松，满是皱纹，眼呈三角形。我对她挂着的长脸有一种心怵，虽然她从没当面说过我什么。红娣的父亲在中原的城里做工，听说和红娣母亲不合，也就难得回来。我还从没见过她的父亲。红娣母亲给他生了两个女儿，生第二个女儿时，父亲准备溺死那孩子。是被叔叔拦下了。那便是红娣。红娣归到了叔叔的名下。叔叔没结过婚。归属只是一句话而已，只是让红娣在叔叔这儿吃饭。红娣还是在前面的家院出进。红娣还是怕她的母亲，还怕着她的姐姐。对笑嘻嘻的叔叔她从来也不怕。前面院子里的她们，总说是叔叔把红娣惯坏了，惯上了天。

红娣对我说，说我像我父亲。她笑着说的。我知道，那是她母亲的话。

我不怨恨她的母亲。见到她的母亲，我就有想讨好她的欲望。以后我常常被认为能理解别人。我内心清楚，那缘于我怯弱的天性。所属的观念压迫着我。一方面我急切地渴望着，一方面我又对我所属的怀疑着。我认为我得到的是一种过分，是一种不可信。以后在社会上，我往往对幸福的得到有一种惧怕感，仿佛那是偷来的，而对痛苦却有着忍耐力。我知道，这是注定的。我承受不了太多的福。我对欢乐怀着感激，而对痛苦感到释放的解脱。

有好些日子，红娣很少到我房里来，就是来也是跟着别人的脚步，人来她来，人去她也起身。离我远了的红娣吸引着我的情思，我觉得她长大了。我在自制的诗句中夸大着情思。

那天傍晚，堂侄去叫红娣打牌。红娣开门出来，斜着身子用手撑着门，回说不想打牌。堂侄嘴里说，进去坐坐，想挤进那扇门。红娣反手把门关上了，自去了前院。随后堂侄便在门口的场上兴奋地嚷着，说红娣房间的床上，坐着一个男的。于是堂侄、堂兄和堂嫂都巡回在场上。红娣的母亲被叫来，又传叫来红娣。红娣的母亲叫红娣开门，红娣找了一回，说她的钥匙掉在了房里。红娣母亲一声不响地把红娣带往前院。堂侄赶去加工厂叫红娣的叔叔。就那时，红娣房里有个人开门走了出来。他走得很快，从人的身边穿过去，一时没人想起来拉住他。

他是后闸村上的。红娣说他是她的同学。她和他只是靠坐在床上说说话。这些都是堂侄告诉我的。那几天，红娣没到叔叔这边来。她出出进进都跟着她母亲。看到红娣时，我尽量显得若无其事，想着话和她母亲说。很多的时间我独自一人。我怕见村里

情之轮

人，怕听说到红娣。那个傍晚我也站在场上。我目睹了一切。我觉得很愧。

那件事后的第三天，我一个人在屋后的场角。我见到了后闸村的那个小伙子。我知道那是他。我问他是不是来找红娣。他说是的。我说我是红娣对门插队的知青，是红娣的堂兄。我让他跟我走，应该说我邀他走。他跟着我。我们出了村，走到村场的一个草垛子底下。打下来的麦草打成了捆，捆成了堆。我们就坐在草捆上。我问他听红娣说过我没有。他说没有。他圆圆的脸，在我的记忆中就如队长的儿子的脸形。他像个男孩，憨厚，没有心眼。我说什么话，他应着我。我绕着圈子问他，他只顾一句句地应着我。有时我停下来望望天空。天空照旧是暗青色中亮着闪亮的星星。我想营造一种氛围，一种两个男人间自然大方的氛围。那种氛围其实只存在我的心中。我极力显出关心红娣的口气。但我肯定是在说着傻话。那些傻话使我后来回忆，感到莫大的窘，比见到红娣房里有男人更窘。那些使人发窘的话在我的记忆中都抹去了。再也记不得了。直至几十年后，可以直视少年任何傻事而无窘态时，我重新把那件事回忆起来。我只记得我当时说得大度，很宽容。那些大度和宽容的话只有受害的男人对情敌才说的。我对他说得很大度很宽容，也很有情味。他像个男孩，憨厚，没有心眼。

我其实不应该窘。我与他那晚的行动，并没有其他人知道。我想他根本不了解我，自然也不应该懂得我的窘。他只是坐在草捆上，应着我。他看着我，听我说着许多从小说书上演绎来的话。他就那么坐着。那些话使他慢慢地移开去，一直移出与红娣的关系之外。

几十年后，回头来看那段往事。我才依稀觉察到自己那时的痛苦。那种痛苦的痕迹已变得那么淡，只是我理智的一种判断。在以后的日子里，生活的分量加重了，实在了，扭结在社会的冲突之中。在这篇作品中，我尽量排斥社会的分量，使之纯化为一种情的记录。在情的绝对的光轮圈内，一种人生的反复的咏叹。是诗化的，而不是小说化的记忆。掺和着的是痛苦的调料。离开了那间属于我一个人的私房后，离开了父亲出生的那片土地后，我就尽量去模糊红娣的记忆。甚至在那儿的日子里，我已经开始那么做了。后来我和红娣还有半年多到一年的时间耳鬓厮磨。但那些记忆都淡化了，若不是受伤害的痛苦的屏障，是无法解释的。当时我内心的痛苦，无可言说。也许我给父亲的信中，有过某种表露。表露的不是对红娣，而是对我插队的命运。我想我只会那么做。

父亲来了。红娣也自然地出进在我房里。从那件事后，说起红娣，重心已从我身上移开。红娣母亲的压力也消失了。红娣更自由地出进在我家，没再说到过她母亲的反对。在我这方面，似乎已经取得了许可证，一种廉价的许可证。

早先她母亲和姐姐的责骂变得简单而有点冷漠。我清楚，我和她之间的天平，已经向我倾斜了。不再有人说我像我父亲，而有人暗下说她像她的母亲。几十年后回忆起来，我想依然是我的一种罪孽的结果。我过早地把一个女孩子的情和性唤醒了。既然唤醒了，与我的交往受到打击和压抑，她便自然移情他人。她是个女孩，女孩子。我当时就是这么想的。这么想并非是解脱她，而是解脱我。解脱我自己的心绪。使我的心绪得到安宁。使我的痛苦得到迟缓。

使我能继续和红娣接近和接触。在和她接近和接触中，度过那许多人生的日子。

　　红娣清晨来敲门。她的脸在窗外斜着。我开门让她进来。我重又钻进被子里去。父亲在里床睡，睡得没有声息。红娣在床沿上坐着。我看着她。她脸扬着，她的眼斜睨地在看我。斜睨的眼在乡村被称为浪眼。她的脸上没有表情。而没有表情的脸便是成熟女性的脸了。她重又来让我抱，让我抚，让我弄，让我亲。那些抚摸的感觉又瞬间新鲜地活跃着，并迅速地习惯化。我轻轻地说着什么，声音含在喉头。她没有声息，只是点头或摇头。我不再作声。有一种苍凉感浮起来。情恋的色彩似乎消逝了。琐碎而失却激情的婚姻生活，先期便进入了我的感受。我把手移下来，移到她的身体下部，隔着长裤的那个部位暖暖的。有几次梦里，梦中情人的那儿展现着无花果的模样。她半个身子拥在我的被子中。我把手放在那儿，那儿也归入习惯的感受。只是暖暖的。时间略长一点，我感觉到我手指上的汁。她把手也放到被中来，放到我的那个部位。她的动作是女孩子式的，赌气式的，报复式的。我不动。她也不动。我觉察到在她的手指下，我那无可压抑的窘态。那窘态也使我迅速地习惯。我揽紧她，只是使窘态习惯。我并不希望她这么做。我想她的归属不再有新的意义，而习惯使我有疲乏感。痛苦以后的疲乏感。痛苦已被靡平，激动已成习惯。她的一切过去和将来，那一刻我都自然而无奈地接受了。我的手下依然是暖暖的，她的手下已趋平静。我不动，她也不动。父亲在里床毫无声息地睡着。那一刻，我感受到男女之间的一种永恒色彩。

我那时就觉得我心中有一种苍凉感,老人般的苍凉感。我喜欢吟诵古体诗词,对"少年不识愁滋味,为赋新词强说愁"和"而今识尽愁滋味,却道天凉好个秋"的词句,自有一种苍凉感的呼应。到十年、二十年以后,我已不再是少年,但还没到老年时,我重又感受少年时的苍凉,那份感受一层一层地翻越着。那感受的延续成了自我的主调,成了主调的复式。

　　我是怯弱的,我面对女性,是逃遁复杂化的社会,是对人生沧桑的躲避。我在作品中也尽可能地逃遁和躲避,在那儿寻找自我的永恒。我已经把许多的场景都虚化了。田野的风雪雨露,乡村的人情世故,我都尽力地躲避和逃遁。我还是无法躲避和逃遁。社会的复杂色彩虽是外化的,但那外化的复杂同时也融进内心中来。使我无法躲避和逃遁。那便是我的命运。

　　那以后的半年到一年中,我和红娣相拥而坐的印象仿佛是凝定了。像是静止状的。淡化的情感浓缩得很短。每天我下田去干活,回到我的房里,便烧饭做菜。她从加工厂回来,来到我房里,或者让我搂着她,或者坐在桌边,或者离得远远,一切是习惯的,习惯成了自然。只有一次,我说你该走了。她说你要我走偏不走。我说你阿娘要来骂你了。她说你别吓我我不怕。于是我说你不走我要动手了。我就揽住她。她扭着。我随便地把手伸进她的裤袋里。她弓着身子躲闪着。我不让她躲。她笑着挣扎着。我用了力。我突然觉察到我的手指没有隔着布,指尖上一点湿润的暖暖的软软陷入感觉。那感觉也是迅速的。她一直在笑着挣扎。我也很快地缩回了手。我本意并无欲望。因为我能做到。只是我不想做到。这一次是极偶然的。我不知道她的裤袋里会有那么一个洞，我也不知道怎么就没有触及内裤。她也并没有动情，很快地笑着跑了。我长时间用水洗着手，用肥皂擦洗手指。我迷信地认为那儿是神秘而晦气的。没过多久，我的命运就陷入了我一生的低谷。好长时间，我一直认为那是有预兆般的联系。我无意间触及到的罪孽的因，而触发我一系列罪孽的结果。同时它又成为另一种因，给我以生活的磨炼，而形成将来之果。因果之链环环相扣。

我小的时候，父亲讲过许多故事。那些才子佳人的故事，历史演义的故事。只鳞片爪，说说停停。他给我许多破碎的故事，让我用想象去演绎，去填补。于是我常常一个人待着，静静地填补与编造。我便是落难公子的状元，我就是纵横历史的君主。父亲说我太闷太呆。才子佳人的故事使我过早地在情之轮中旋转，神化我接触的女性。而君主的梦，又使我放肆地评估社会，以致陷入命运的泥坑。

于是，我被关了起来。关在一个隔绝的窑屋里。门外是一条河流。村子远远的。大片大片的菜田黄得发亮。河水翠绿翠绿，曲曲拐拐的。我面对的并非纵横天下的政治家，而是一些乡下干部。一些大惊小怪的，很少文化的乡下干部。我对于他们来说是一个怪物，他们想着要从我身上挖出东西来。他们把我关着，让我演绎着他们构想的那些审案的故事。他们的构想简单而野心勃勃。

到后期，他们也知道我的故事演绎完了。于是乡里的干部撤了出去，村上的干部换进来。又是一类故事的演绎。故事现实得多了。问到家庭，问到有否多余的粮票，问到红娣。我都应着。那时我已形成应着任何问题的习惯。

窑屋里的历史故事演绎完了。从此我再没做过。自然才子佳人的梦还可以做下去。便成了小说,成了文学,成了艺术。从窑屋出来,我真正感到我苍老了。几个月前的苍凉感变得真切。再见红娣时,我只是默默地看看她。她也看看我。我觉得她一下子成了过去。成了故事前序。成了一个点缀。世上尚七日,洞中已千年。我已苍老。她还是个女孩,女孩子。那时她已不再读书,下了田。她和别的农家女子没有两样,赤着脚,扛着农具,说着简单无聊的乡里的土话。所有的欲望,所有的情调,所有的过去都在一瞬间中消逝了。我后来才想到,在窑屋,除了提到有关她的问题以外,我一次也没想到她。她在那儿就离我而去,在那儿就已成了遥远。

堂侄对我说:还没听说过猫儿有腥不吃的。我知道他说的是我和红娣以前的事。我在窑屋里有关红娣的回答传了出来,我自然不会在那儿撒谎。自那以后,我正人君子的形象定了型,所有的女性对我都很放心。

回想起来,我觉得那是一种缘。我和红娣的缘。缘尽情尽。

又是近两年的时间。我从我的单间房里出来,红娣从那斜对的门里出来。我们都赤着脚,扛着农具下田。堂嫂继续说笑过。但对我与她不说,都已成了过去。我再无算计陷阱的念头,几乎再无接触肉体的欲望。从那时到后来离开那个村子,搬迁到另一个村子生活的几年时间中,我几乎没和任何女孩子交往。并非曾经沧海,而似乎我是超凡脱俗。一直到遇上我的妻子。我对女孩子的梦已经不感兴趣。觉得很单薄。我想有个家。我把想象的色彩都化进了作品。而在现实生活中，我不再想象。有很长一段时间，我拒绝去回忆与红娣一起的日子。我感到幼稚的窘态，我感到无聊的浅薄。我的人生转机从搬迁出那个村子那间房子开始。我突然就解脱了。除了旧故事演绎的阴影在一段时间中还冒啊冒，泛啊泛的，我开始走出了我命运的低谷。那以后，我当过赤脚医生，当过供销员，做过临时工，卖过戏票。对我来说，都是勉为其难。我注定是要编造故事，演绎想象的。我相信这也是一种缘。我的生活好起来，我的心依然承受着。我自身的好坏，只有我自己最清楚。

　　后来，我进了县城。对于农村的人来说，县城的工作是令人羡慕的。我生活在一幢旧式的紫楼里。那幢紫楼里有着古老的文化色彩，更多的时间萦回着鼓、琴、笙、笛。那生活相对过去宛如进入了一个梦。我重回到那个村子去玩。我住在一个同宗同姓的村上人家。我那所小房自我离开后，又自然归属了我的堂兄。晚上红娣去串门。她站在门边。她的肤色和乡村的女性已没有任何区别。她的脸半扬着，眼斜睨地朝向我说话。她的口音是浓浓的本地土语。本家在堂屋里喂着猪，猪咕咕地直叫唤。一只竖着的长脚盆被碰着了，晃悠悠地要倒。红娣就站在两步远的地方。她的一条腿站直着，另一只脚跷着，晃啊晃的。她说着村上乡下人特有的那种自信自满的话。我微笑着，眼偏开着她的脸。我怕那些旧的带色彩的记忆。我无可奈何地感受到那种流失和隔绝。而我的自我也被时间隔成一点一点的，成为一种虚幻，分不清究竟是记忆还是想象了。

　　开头一年的紫楼生活。在那些乡村上来的女孩子之中。在那些乡村冒尖的，"筛箩上面的"，能呷呷的，不安分的女孩子之中。

说起来应该是很有色彩的。她们称创作的我为老师。而我本身和她们一样,也是个乡下人,乡村的知青,有的是乡下的户口。创作的老师和农村的户口,成了我自尊自卑的两极。我想那些能歌善舞的女孩子,对我自有一个谱。一方面,她们用尊敬的口吻称呼着我,另一方面,眼光中把我看作一个不务正业的农村知青。我清楚这一点。从插队开始,也可以说,从童年开始,我就有一种寄人篱下的感觉。我是曾经有过属于我自己的房子。我在属于我的房子里,有了一段和红娣的关系。那时我的心也还是浮着的。和其他知青一样浮着的心,渴望着上调,渴望着解决社会最底层的户口问题。再过若干年以后,也许这不再有人理解。我的生活从离来那个村子开始,一步步地好起来。不是一下子,是一步步缓缓地时有变化地好起来。从前往后排,似乎有着我的努力,也似乎有着某种偶然性。而从后往前排,就觉得那是一种缘,一种命运。我只能从前往后走的。命运越转,那种漂浮感就越强烈。我也就不会对女性有专注的表现。在我搬迁到一个新的村子里,当了赤脚医生后,村上被人称作是最漂亮的姑娘,常常到我的诊所里来,让我讨她一点口头上的便宜。她哥哥当过赤脚医生。但她坚持要来让我给她打针。对于她我最多只有一点无谓的遐想。她显露出裤腰底下的肌肤细腻白嫩,是我一生中难得所见的。我到紫楼以后,她进城来找过我,显得很大胆地说过许多含情的话。和紫楼的女孩子相比,她的乡村的俗气就重了。紫楼的女孩子后来都有着异乎一般乡村姑娘的命运。但她们和我在城里接触的女孩子相比,也总显有一种土气。我一直庆幸自己没有停步。多少年后,在我的作品中,那个让我打针的乡村女孩子,和那些紫楼的女孩子,都成为一种色彩,一种艺术,一种命运的排列。我对那漂浮的时间岁月的缺憾，在作品中得到弥补。

听说那个乡村工我打针的姑娘，出嫁后没有生孩子。同时也听说，她有流传开来的艳闻。对于她我自然没有心理上的责任。只是我觉得扫兴。她与红娣这两个主动对我有意的女孩子，本来可以让我怀有男人的骄傲的，可是我又不得不想到，她们只是出于本性而已，不对我也就同样会对其他的男性。这使我生出男人的失败感。我严苛自己，是否是真正的情？我有的只是虚幻的、隔绝的、过渡的、太实在的女性交往史，也没有过一次真正的爱。那么又为何苛求别人？到底什么是真正的爱？一旦具体，大概都难以称为真正了吧。

自然，对英少女的记忆也就鲜明了。我到紫楼以后，重回故城，我城里的家已经搬迁了。我没再见过英少女。英少女对于我来说，是可望而不可即的。我无法用乡村女孩的公式来套她。十多年后有一次我回故城，我去了支弄的旧居。英少女已出了嫁。我在支弄的口子上站着。心中浮起那个拎水的晶晶姑娘的形象，她美得那么自然，那么典雅。我也听说她的工作分配在公交公司，我难以想象她拿着票夹在车厢的人之间挤来挤去。我还听说她的未婚夫曾是个插队边疆的知青，总在故城用拳头称霸于一方，在黑道上赫赫有名。他被逮了起来，在弄堂里挨斗。他就在众目睽睽之下，移着被反铐的手，到裤口袋里去拿烟，并弓着身把烟叼到自己的嘴上。她没有和他断，她后来还是和他结了婚。这些传说我总也和我见到的晶晶的形象连不起来。我只记得她拎着水，长长的手臂拎直了，步态端庄，衣衫拂拂，水在桶里闪着亮。

红娣后来顶替她父亲的工作，成了城里人。她失望的叔叔找了一个寡妇结了婚。那个寡妇带来三个孩子，红娣叔叔也就担起了生活的重轭。听说红娣去了一年，便带了夫婿和怀中的孩子回乡来探亲。又听说红娣母亲很不满意她的婚事。但红娣毕竟是城里人了。对红娣迅速结婚的传闻，我一点也不感到意外。倘若我不自持，也许那孩子早已出了世，我与她以后的生活将是另一种色彩。我很不愿意展现这种想象。二十年后，我作为有点名气的小说作者，被邀到红娣所在的那个中原城市去参加笔会。傍晚我独自在街上溜达。我突然很想能见到红娣，很想去找到她。不管她是什么模样，不管她是什么状况，我很想见上一见。和去县城生活时的心境和认识完全不同了，我对红娣那一段交往有了自然的感受。那是我人生中的一层缘。对曾经有过的缘，特别是有过肌肤相亲的缘，我都觉得是难得的。和想象和虚构的要求是不同的。正如我的梦。在和妻子生活的十年之间，我常常会梦中回到那个乡村里。我似乎已经有了我现有的地位和心境，却又似乎还是那农村的户口。我还没能把它迁了出去，或者不知怎么又把我的户口弄回了乡下。我在那里见到的自然不是英少女，不是妻子，也不是其他与我有过情感的女子。站在斜对门的依然是红娣。梦中的红娣清晰可辨。我和她在梦的故事里哭啊闹的。那些情节荒诞，那些对话离奇。一旦醒来便全都忘了。

绿井

叶三娘弓着身子从井里提出小木桶。毛刺刺的棕绳，光溜溜的木桶，水泼得井圈的青石泛白亮。

虽然文化馆紫楼下的小盥洗室有自来水龙头，叶三娘还是喜欢在天井里的小井中打水用，从井里拖出长长的拉得笔直的井绳。

"井水三九天里暖热，伏天凉。"

三娘的声音是标准的地方戏曲的语调。

紫楼有一座殿房和两排耳房，很古旧了。天井里的这口井原是僧人用的，八角形井圈的外边角磨圆了，井深深幽幽的，井壁上生着青绿的苔，井圈上铁链连着井盖，与黄水木桶一般，是新式的，却也有了年月。

每天清晨，三娘扫了天井，便端着一盆盆井水，上楼去擦木栏杆，拖净走廊地板。

栏杆上紫红的漆皮一块块剥落了，露出灰松的木质来。

三娘兼着紫楼的传达和收发。每日从邮局取来报纸和信，分送到各个办公室，或者坐在她的小屋窗前，问着进紫楼大门来的人："寻啥人？有事哦？"

文化馆一年一度建立文艺宣传队，紫楼的大殿里，不时传出笙管鼓乐声，幽幽的戏曲演唱声，引不少路人在大门外停下脚步，也会有人冒冒失失走到殿角去。叶三娘便叫住他们，抬起手来，缓缓地摇摇,随之头也缓缓地摇摇。

"勿要去打扰。以后会公演的。"

那声音、那神情并不激烈,却使人不由得退了出去。

几乎每一个文艺宣传队员在紫楼遇到县文化馆里的第一个人,都是叶三娘。三娘在小屋的窗口叫唤住背着行李犹犹豫豫、却又兴冲冲地进门的新队员,把他们叫到小屋里,对面坐下,问姓名、问村名、问父母家庭、问哥弟姐妹、问队里工分、问读书做活。问话的声调是认真而温柔的。以至文艺队员都以为这是来紫楼集中的第一道必要手续,回答自然也是详尽而认真的,生怕有什么不好的影响。女队员往往含羞带惧,紫楼给她们的第一印象,便是三娘和她的小屋。

而后,叶三娘就亲自领他们到楼上文艺宣传队负责人沙中金的办公室去。

"沙老师,我把伊带给侬。"像是举行着郑重其事的移交仪式。

沙中金并不理会三娘的话,迎着新队员站起身来,脸上泛出一片红色:"你来了,好。"

于是新队员便用尊敬的目光朝叶三娘表示谢意,随后再回答沙中金的话。三娘也就满意地微笑着下楼去了。以后再在紫楼见到他们,三娘便准确地叫着他们的名字,和他们打招呼。而新来的文艺宣传队员慢慢会发现,他们在紫楼的生活和一切行动都和叶三娘没任何关系。于是随着他们对紫楼的认识不断加深,和三娘的交往就越发淡漠了,对三娘的招呼有时简单地应付一下,有时点点头就擦肩过去了。

文艺宣传队员每人分了角色,白天,集中在大殿里排演。初冬，日照短了，晚饭后队员们早早地回到宿舍，便会有人断断续续地就着油印的谱练唱，高一声低一声的。

有时，断续的演唱声，会应出天井里的一段同调的戏文：

"黄昏敲过一更鼓，房内走出我苏小娥……"

唱得婉婉转转的，每个过门关节都转得那么有韵味。不由人伸头去窗口看看是谁。从亮着日光灯的屋里望出去，天井里暗黑蒙蒙，井边有人蹲着搓洗衣板，口中依然一声声唱着，盆里的水随着节奏，轻轻地溅泼出盆沿，在青石上响着细微的和声。

常会有一个扎着两把辫子的女孩推开吱吱呀呀的大木门，朝里叫着："阿娘、阿娘，阿爹寻侬回去。"

"哎……"三娘长长地应了一声，依然带着戏曲的韵味。

小县里创作力量不强，文艺宣传队员往往每人只能分到一两个小节目的角色，几句老的台词或唱词。年轻的演员早腻烦了。排演完了，便不再关注手中的几页曲谱，新队员就将兴趣移到紫楼和紫楼以外的事上去。

上楼来清扫的叶三娘，遇上文艺宣传队员，便会问起排演的节目："每唱一遍熟一遍，要当心呢，勿到滚瓜烂熟，上台会出洋相的。"给三娘这么一说，新队员心中寒丝丝的。而老队员只笑笑："叶三娘，嘻……"

新队员觉得那笑里有些莫名的意味，问起来，却没一个回答，似是不想回答，又似是无可回答。

觉得笑得怪，便去问办公室里那些搞摄影的、搞美术的……老师，他们也笑笑："三娘啊，她可是老演员啦……问你们沙老师吧。"

叶三娘是老演剧队员，从她说话的腔调和唱曲的韵味，也能估猜到几分。问一下详细，想无大碍，却因为说话人的笑，内中似是隐着一些什么玩笑的意味，于是对脸色总是苍白而神情严肃的沙老师，就不敢开口问了。好奇者有心去观察，但见三娘遇上沙中金，远远就迎着招呼了。而沙中金只是点点头。三娘常会谈一些对文艺宣传队员的评价，谁做功不错，谁的调门好。沙中金站定了点头听着，而后随便说一句："你看得很准的啊。"也就走过去了。好奇的新队员觉得叶三娘和沙中金两人之间似乎有些什么隐情。倘仔细去推敲，或许叶三娘早年也在文艺宣传队演过剧，沙中金是直接指导的老师，三娘的热情和敬重也就是平常事，但相比之下，沙中金似乎对往日演剧队员的态度，多少显淡了些。三娘的年龄虽说还只四十多，脸上的皱纹却不少，莫非女人过了青春期，就让人可厌了，就是过去的老师也不例外。这么想来，多感的青年女队员，不由心中寒丝丝，对未来的人生遭际有着一种冷畏的情绪。但也不愿再深想，撂开了算数。到新队员成了老队员，也会学着同样的笑，去回答后来的队员。

好不容易出了一个新本子，剧本是文化馆借调来搞文艺创作的青年徐容容写的。毕竟是年轻人所作，文字绮美，有激情。队员们接到新谱，自有一番新鲜感，对了两天的台词，练了两天的曲，便开始初排。不巧沙中金有事回乡村的家里去了，让阿芳姑娘临时负责。队员们照常在大殿集中，各行其是地排演着，显得有些乱。正遇叶三娘到门口来，胖姑娘邵萍提出让三娘来指导统排。她的提议竟没人反对。叶三娘也就站到沙中金平时站的地方，朝乐队抬起捏着手绢的手。于是乐声很整齐地响起来。

也许对新谱还不熟,也许因为是新手写的,队员总觉得唱得不那么顺。三娘示意让唱了半句的队员停下来,听她完整地唱一句。毕竟是老演员,开头一句就唱出了韵味,引得几个爱闹哄的队员一片掌声。三娘满面是笑,又打断了几次场上队员的演唱。后来她走到场中,一边教着动作,一边由乐队配音唱着。开始还停一下对队员教上几句,逐渐就自顾自表演下去。只见她唱了旦角的唱段,又仿生角的动作和唱腔,唱了生角的唱段,又仿老旦的唱腔,一段段地往下唱。唱旦角时慢板婉婉转转,唱生角时逼着嗓子一句句往上提,有时还停下来念几句对白,接着再往下唱。唱到后来,喉咙听来有些嘶哑了。乐队早已停了伴奏。四散的队员们开始嘻笑地看着捏着手绢的三娘兀自进入了戏的角色,只顾不停地唱演着。

演刀马旦的夏银凤,端了一碗水走到场中,叫住了三娘说:"您喝碗水,歇歇气吧。"顺手便把三娘拉到场子一边,朝队员们做了一个鬼脸,口中说着:"您真是能唱,嗓子能变几种声音呢。歇歇,歇歇再唱……"

四周的队员哄地笑开了。

三娘接过水碗,一口一口地报着润喉,那心思似乎还在自己的表演上,并没注意到四周的反应。

"长远勿唱了,喉咙有点吃紧,不过唱唱就好了……告诉你,上了台就勿管喉咙能唱勿能唱,总是要唱到底的,这是台风,台风首先要正……"

"是的,台风要正。不过现在是排演,你可以歇歇……"夏银凤一本正经地对三娘说着。

那边鲁阿芳促着队员们上场排演,想就此占着场子。上场的队员依然望着夏银凤在笑。乐队的伴奏刚出了几个音，就走了调，笛、鼓、琴、板各自响各自的。

"窜调了，窜调了。"三娘伸出手来摇着，一手端着小碗，要往场中去，胳膊却依然被夏银凤拉着："别去管他们，您歇歇，就在场外指导。"

乐调在笑声中乱了套。听得出来，胡琴的声音是故意瞎拉的。

三娘笑着对夏银凤说："窜音也是常事，有辰光侬越急，就越窜……侬只有勿管三七二十一，让伊喝倒彩，心要定下来，自家管自家唱下去……窜就让伊窜……"

这一天就没有再排演下去。晚上沙中金回紫楼来，鲁阿芳汇报了，以为沙中金会恼怒。沙中金对排演从来是严肃的，耽搁了一天排演，沙中金是绝对不能原谅的。

然而，沙中金只说了一句："猜到我不在，你们就是天皇老子了。"说话时也没笑，似乎并没什么好笑的。

年底，等地区的群众文艺会演结束，就面临春节了。照例在小除夕之前，放大家回去过春节。过了阴历初十，又都集中起来，到四乡去巡回演出。踩着冰雪融化的田野土道，搭铺在简陋的公社礼堂后台，转辗来去，到归时，已是春暖花开了。

紫楼大门外的两棵老柳树已经枝叶婆娑了。

叶三娘在井边洗衣服，旁边站着那个扎短辫的姑娘，端着盆，候着洗净的衣服。

姑娘短辫上结着两只红红的蝴蝶结，衬着青春初萌的脸庞。

"回来了，回来了！"叶三娘甩着湿漉漉的一双手，上前迎着从拖拉机上往下搬铺盖的文艺宣传队员，又催促着身边的姑娘招呼沙中金："红娣，叫沙叔叔，叫呀。"

被唤作红娣的姑娘红着脸，眼睛亮亮地，盯着沙中金。

沙中金仔细端详了红娣，随后温和地笑笑："我见过红娣在中学毕业晚会上的演出，到底是演剧世家呀。"

红娣没说什么，只是静静地看着旁边的文艺宣传队员。圆圆的脸，不笑似乎也在笑。

卸车以后，天色已晚，在食堂吃罢晚饭，便都聚到紫楼楼上。

沙中金办公室的灯亮着，照亮了一片走廊，其他地方都隐在暗蒙蒙之中。队员们倚着栏杆眺望别了数月的县城，眼前是屋脊的轮廓，远处是月光下高低参差的楼群。

在乡下就听说这些日子各处闹地震，消息传得很玄，使人信疑参半。可大家刚在沙中金办公室没坐多久，就有人叫一声"地震了"，立即便感到紫楼摇摇晃晃起来，大家也就慌慌忙忙地跑下楼去。走到天井里，又觉得什么事也没有了，便有人疑心刚才只是心理作用，要不外面怎么没有喧闹声。也有人说紫楼确实是动了，也许是微震，紫楼古旧了，敏感。也就有人笑着唬人：微震过后会有大震。虽然都不信，但谁也不进楼去，三三两两在天井里坐下来。

两三个人围井圈坐着，井盖给拿到殿前石阶上当坐垫。月色很好。清清冷冷的一轮明月悬在天井斜上空，几缕淡淡的棉絮似的白云染在铁青色的空中，染入白白的月中的几缕又变成微黑的了。坐在井圈边的沙中金偶尔低头看一眼井中，就见深深的不规则的一片水中天，那月可巧就在水中稳稳地浮着半边，在暗中，这半边月似乎比天空的满轮还要明亮清澈。

"真怪，口就这么点大，明知掉不下人去的，坐在上面还是有些提心吊胆的。"鲁阿芳抚着滑溜溜的青石井圈说着。

"掉不下人去？我推你一下试试看。"夏银凤反过身来。

"不要，不要……"鲁阿芳不由地后退着，但依然抚着井圈："就这么小的一口井，井圈竟会磨得这么滑。"

沙中金望着井里说："早先紫楼大殿供的是当方菩萨，香火盛呢。从繁华的中兴市在盾山道观去烧香的，都先在这里烧头道香。两排厢楼住的都是僧人，几十僧人和烧香人从这一口井里打水吃用，一桶下，一桶上，挨过多少个桶，又烂过多少根绳。谁知这井会废弃……今日不知明日事，盛也好，衰也好，当日的菩萨像，连影也没有了……"

"如今我们文艺宣传队住在这厢楼，如同承了僧人的衣钵，登台演出，赚的是观众的'香火钱'。"徐容容冷不丁地插上一句。

于是，大家都无声了。默默中，越发天地静谧，月色清清。

"三娘唱剧很不错的……"胖姑娘邵萍忍不住说了这么一句。

从井一下子说到了叶三娘，在大家心中，仿佛是自然的事。

"她啊，一阵子是尖子呢，走过红的。"沙中金乘兴说了一些关于叶三娘的旧事。说那时他还在公社文化站工作，那一年到紫楼来协助办会演。三娘就在那次会演中脱颖而出，是出类拔萃的演员，一下子就被县专业剧团看中了，省里来观摩的行家也很赏识。要再红一红，或许能跳槽到大剧团去。却正好青春年华，自然追求的人多，最后就结了婚。

沙中金开头讲得详细，大家听得有兴。临了，突然一句"结了婚"就收了口，不管大家再怎么问，只是不再答声。

和沙中金同一办公室的徐容容笑着说："我估算沙老师当初从

绿井　203

文化站到紫楼来，也是英俊少年。听说三娘原是风流情种，被人追求，也追求着别人，想来沙老师也是三娘钟情的小伙子……"顿一顿，又笑着说："今日见三娘的女儿红娣，我看怎么脸形模样就像沙老师呢……"

大家都晓得徐容容是激沙中金再说些什么，只是徐容容后面的话多少有些出了格。文艺宣传队员心目中的沙中金是严肃而不苟言笑的，这使他们不由有些担心。沙中金却依然含而不露地微笑着，那笑意又明显让人感到是故意的，是与否自然都不得而知了。

天井里的月色似乎越发冷清地映进井里来。

巡回演出结束，文艺宣传队放了个农忙假。再集中时，胖姑娘邵萍出嫁，不再来了。再换一个新人，得重新排，虽是麻烦，在这临时凑成的文艺宣传队也是家常事。

恰巧，城南的乡镇开劳模大会，来请文艺宣传队去会上演出。时间很紧，就在三天以后，尚有一个邵萍扮演的分量较重的角色，无法交叉补缺，现在一时再发通知重排角色，已经来不及了。

这一日，叶三娘上楼来了好几次，总在沙中金办公室的门口走动，末了，见默坐在椅上的沙中金抬头看她，便走进去，笑着招呼："听说就要演出了？"

"嗯。"

"听说邵萍的角色还没找到人顶替？"

"噢……哎……"沙中金注意地望着三娘，三娘迎着他的眼光笑道："格角色勿就远在天边，近在眼前么……？邵萍的节目，常在我屋里唱，还请我教，我都唱熟了……"

沙中金突然一笑："对，好，我正要找你。"没待三娘有什么反应，又说："你下午把红娣带来吧。"

"你说是，让红娣演？"三娘愣了一小会，摇着头说，"她不行，上台还嫌嫩。"

"当年你比她大不了多少……行，就她。"沙中金站起身，就下楼往大殿走，在楼梯边回过头来说："你对邵萍节目熟，就先教红娣。我这两天忙。三娘教女，我也就放心了。"

下午，三娘就带着女儿红娣来和队员们见面。不久，小屋里便响起一句句断续的唱曲声，开始是婉婉转转一句曲，接着是轻轻盈盈跟着的一句重复。后来便是婉婉转转地不断地唱着，可以听到跟着的轻轻盈盈的曲声，仿佛是前一声部的和声。

近晚，大殿里的排演歇了，文艺宣传队员散出来，就听得小屋里还在一声声婉婉转转地唱着。近前一看，只见三娘自顾自地提着一方手绢，在屋中间认真做着动作唱着，女儿红娣侧身倚在窗边，半仰着头朝外望着，越发显出一个忙碌，一个安闲；却是该忙的闲着，该闲的忙着。令人又想到那日叶三娘独占排演场之事，忍不住好笑起来。

三娘听得笑，转身停下来，笑着问："唱得不对吗？"

"对，对……"

窗边的红娣旋过头来，依然只是红红着脸，眼睛亮亮地，不声不响地盯着挤在屋门口的队员们。

三娘在桌边坐下来："坐，坐。多年勿唱，唱得吃力了。我讲红娣勿晓得上进。伊辰光我学戏啊……"

夏银凤插话问："听沙老师讲，三娘当时完全有希望到大剧团

绿井　205

去的,是吗?"

"沙老师说的?"三娘问了一句,忽地笑一笑,就有一刻低眉没说话,那笑慢慢融入片刻的沉默中,悲哀和怅惘的意味。

而后,三娘用手绢擦擦额上的汗渍,抬起眼来,那笑又一如平常,使人疑惑刚才的感觉只是自己心里的一种情绪流动。

"人啊,总想要点啥,明明手里东西蛮多,还想去要。这也要,那也要,要到手里又觉得要得不足,吃着碗里,望着锅里。临了临了,到有一天回头看看,应该要到的东西,都没要。要这要那,最后一手空……"

三娘突然说了一段莫名其妙的话,年轻的文艺宣传队员只觉得,那话深深重重的,却又浮着淡淡的阴影。不由得想到了第一次进紫楼时,在小屋里的心境。于是大家对视一笑。

演出那日,食堂下午早早开了饭。饭后,文艺宣传队员便往城南去。在两个路口上,汇入几个家住城里的队员,城里队员大多是乐队的,每日在家中就餐。

到城南乡镇礼堂集中时,发现少了叶三娘的女儿红娣。前一晚排练走台时,沙中金重点复了红娣演出的节目,就听她轻轻盈盈地唱来,虽声音带着稚嫩,韵腔却有一种自然的美。或许因为时间短,有几处还生疏些。沙中金关照了一句:"明日好好练练,上台忘词就笑话了。"想来再排一日也就熟了,就因为叶三娘是老演剧的,女儿第一次正式演出,自会督促的。没想到她竟会迟到,莫不是还在赶着练吗?

沙中金开始挨个儿给主要演员化装。好长一刻,依然不见红娣的影子，队员们不由嘀咕起来。

后来，听见站在后门口的鲁阿芳叫了一声："来了。"就见叶三娘快步走进门来，口中应着："来了，来了。"径直走到沙中金身边去，口中依然说着："迟了，来迟了。"

沙中金停下眉笔来，默默地抬眼看着她。

"红娣呢？"鲁阿芳跟着问。

"伊没来，伊没来……"三娘把眼从沙中金脸上闪过，看着鲁阿芳，又看看旁边的队员，眼光游移着，脸上露着歉意的笑。

"喏、喏……这个丫头，有几处唱得夹生，怕来了。我叫伊来，伊硬是……伊是想来的，就是怕……勿上台盘呀……上台怯了场，就勿好了。我，就我来了……"

话是对着队员们说的，一边用眼去望沙中金。

"是吗？"沙中金静静地问了一句。

叶三娘见沙中金反过眉笔，身子移向化装的队员，便踏前一步，头微低着，朝沙中金说："我想，还是我来。红娣还嫩，头一次勿稳，还是我来好……"话没说下去，也没见沙中金反应，她就像是得到了批准似的，笑嘻嘻地找着一只散着的化妆盒，寻一个旁边的空处，坐下来，对着镜子细细地化起妆来。小心翼翼地把粉弄匀了，用掌股沾一点，捧到灯光下看了，又调拌一会儿，再试了试，这才往脸上拍，拍几下便侧仰着脸问旁边的队员："好哦，妆勿浓吧？我就晓得，沙老师欢喜淡妆。灯光勿如县剧场强，妆一浓，就难看了。"

"嗯……"旁边的队员淡淡地应着。

三娘画着眉，画几笔，依然扭过身去问靠近的队员，他们都简

绿井　207

单地应了声："嗯。"

她认真地化着妆，不断地和旁边的人搭话。最后，对镜子左照右照，露出了满意的笑。放下镜子，便去拉一两个平时关系较深的队员，请他们评价自己的妆。他们也都淡淡地应了，自去忙着。三娘站了站，又回过头来拿着镜子。看了，再用笔描了几处。重新露出欣慰的笑。

三娘不停地在队员中走来走去，她走到沙中金身后侧面的地方，想说什么。见沙中金注意地望着台后的挂钟，也就没再出声，捏着手绢的手，按在自己的另一只手背上，像捧着什么似的。

沙中金举手叫了一声："准备。"队员们都行动起来，报幕的挺胸站到了幕边，乐队中敲板鼓的抬起了握着鼓棒的手。

演出终于开始了，随着第一批演员的登场，后台的一切变得忙碌而有条理。叶三娘退到了后台的最边角，她把自己笼在静默中，张着嗓子做着无声的练习。

两个节目演完，场中的气氛慢慢地热闹起来，掌声不断响着。叶三娘走到报幕的队员晓华面前问："快到我的节目了吧？"

晓华把手中的节目排列单递给她看。三娘发现，该自己代红娣演的演唱节目已没有了，节目单上添了一两个独唱节目。

叶三娘拿着节目单，到边幕找到沙中金，低低地叫了他好几声。沙中金只是用手势指挥着队员上下台，没有用眼看她。

"怎么没有了呢，红娣的节目。漏了……我演熟了呀，会比红娣演得好。侬勿信，到里面，我演一段侬看……"

三娘急急地轻声说着。这时，一个节目结束，沙中金忙着指挥落幕换景，又催促着乐队奏起前奏曲，扬手示意去报幕。

幕布拉开,演员上场,一切又有条不紊地进行。三娘又拉了拉沙中金的胳膊,在他身后露着巴巴的笑:"沙老师,就按老节目单吧,好吗?我去让晓华报幕……"说着像要动身走,眼依然望着沙中金。

沙中金猛扭过头,低声然而严厉地说了声:"你还让我这个队在县里演下去吗?!"他很快地说了,头扭回去,脸色苍白地继续望着台上。

三娘不再说什么了。她朝台上看了一会儿,便慢慢走开去,在边角一个道具箱上坐下来,一声不响地坐着,眼中凝了神,仿佛在认真地听台上的歌声、乐声,又仿佛那眼光凝固在那空间。

几个演完节目退下来的女队员,不断过来和三娘说话,三娘只是朝她们笑笑,那笑依然是巴巴的,笑的后面显得空空落落的。使几个年轻的女队员,又一次感到心中寒丝丝的,对人生遭际的未来有一种冷惧的感觉。

演最后一两个节目的时候,没有节目的演员都下台卸妆了。叶三娘站在边幕旁,不时给上场的演员递着道具。有个队员打来一盆水让她卸妆,她抬起捏着手绢的手摇摇,头也随着缓缓摇摇。

不少队员听三娘说过,过去演员不谢完幕是不卸妆的。

戏演完了,三娘和大家一起撤了台,扛着、抬着,一路回紫楼来。

平时每次演出后,沙中金都要讲评一下的。这一晚,他一声不响地回到紫楼,自顾自去休息了。

文艺宣传队员上床了好一会儿,还听到井边有水声,都想到大概是叶三娘在卸妆吧。

第二天,天井里依然早早地响起叶三娘的扫地声。队员们起身

绿井　209

漱洗了,便去食堂。几个和三娘熟的队员,照常和坐在小屋窗边的三娘招呼。上午集中的时候,红娣来了。有人和她说话,她就红红脸应着。没人问她昨晚不去演出的事,沙中金也没说她什么。

　　日子也就这么一天一天紧张而又松散地过着。有一个晚上,文艺宣传队员都上了铺,在床上论着白天的杂事。熄了灯,月光依然冷清地从窗外映进来。一个细心的姑娘说,已经好久没有听到叶三娘在井边唱曲了。大家也想起来,确实记不得哪一日听到叶三娘在井边的唱曲声。突然,有队员笑着说:"听,三娘在唱呢。"大家静下来,好一会儿,外面并没有水的溅泼声。可是好多队员都似乎听到了低低的哼曲声。

　　后来,有队员偶尔打开井盖,把头伸在井上,他听到了井里自应着一种婉婉转转的回声。

发于1988年

善心的功能

陶露露发现自己有特异功能,是极偶然的。那天她在公司上班。现在像她工作的公司到处都是。她用抹布把办公桌抹净,倒了一杯水,刚坐下来,就听两张办公桌前的吴小凤叫起来,说她的一张订货单不见了,前前后后地问那张单子,说她记得昨天放在桌子上,还用镇纸压住了的。大家都笑着回答没看见。公司是新办的,招的都是年轻人,常会在头儿不在的时候开开玩笑,说不上是真是假。吴小凤有点急起来,说那张订单是公司最近的一笔大生意,要耽搁了时间,老板准会将她炒鱿鱼。别人脸上还是带着笑说真的不知道,吴小凤心里不怎么轻松了。

"找不到了,真找不到了。"吴小凤乱翻着桌上的纸堆,声音里带有哭腔。

"等等,等等……"陶露露说,用手指着吴小凤的办公桌:"第二个抽屉里那张订单是不是?"

"我怎么可能把订单放抽屉里呢?我从不把订单放抽屉里的……"吴小凤嘴里说着,还是开了抽屉。"……没有的,是没有的……咦,真的在……是这张订单。"

吴小凤拿着那张订单,也就笑起来,朝陶露露问:"露露,你怎么知道我把订单放抽屉里了?"她是随便问的,问完了,才发觉问的意思变了。别人都笑啊笑的,心里都带有她问话中变了的意思。

善心的功能 211

"我也不知道……"陶露露觉得是自己帮吴小凤找到订单,正高兴着。"我突然想到你会不会放在抽屉里。"

吴小凤说:"你大概是看着我放的,还看到我把订单放在第二个抽屉。"她依然笑说着。既然订单找到了,也就不妨说说笑笑了。吴小凤本是个爱说爱笑的。

别人听她这句话,越发地笑起来。

陶露露也好笑地说:"我也弄不清,就好像看到你放在那里的。"

这当口,经理来办公室转了一圈,吴小凤把订单交了。中午吃饭时,陶露露端了一份工作餐到吴小凤身边,她心里还想着帮吴小凤找到订单的事。吴小凤旁边坐的是男朋友刘三新,他们正在说笑。

陶露露说:"我坐在这儿,不算给你们插蜡烛吧。"

刘三新说:"我们正说那张订单的事呢。露露你真神噢,真神。"

陶露露说:"我也奇怪,我怎么就会知道的。"

刘三新和吴小凤对看了一眼。刘三新说:"陶露露你真会装,说真的是不是你放的?"

陶露露说:"我可是从来不和人开这种玩笑的啊。"

陶露露确实从来不随便开玩笑,她是想不到会开人玩笑,倒是别人常常开她的玩笑,弄得她着急,事后也就算了,也从不会生气。这样别人也就觉得和她开玩笑意思不大。她大大咧咧的,也从来不会想到别人的想法。

刘三新说:"是啊,从不开玩笑,才出其不意。"

陶露露并不在意他说话的意思,笑着说:"大概我是有特异功能了。"说完,她又笑起来。

陶露露是从小县招工到中兴市来工作的,住在她表姨家。表姨家除了表姨夫妻两个,还有一个表哥是做生意的,难得回来一次。陶露露下了班,就帮表姨烧饭做家务。陶露露本已把吴小凤订单的事忘了,做饭的时候无聊,和两个年纪大的又没什么话说,就想了起来,不由笑了笑。表姨听她独自的笑声,她知道这个表外甥女常会自说自话的,也不在意。陶露露闭着眼睛抓了几根芹菜放在盆里,想着说:"六根。"睁开眼睛来看看,盆里果然是六根芹菜。她觉得很好玩的,又试了两次,都猜准了。陶露露想,我真的能猜东西,真的有特异功能了。想到这一点,陶露露似乎看到那个干瘦的白胡子老头朝她笑着的样子。

半个月前,陶露露她和姨表哥还有她的男朋友杨俊一起去逛梅园。杨俊是姨表哥的好朋友,是姨表哥介绍给她认识的,姨表哥也领了一位姑娘,那是杨俊介绍给他的。四个人说笑着一路玩过去,快快活活的。江南的园林都是小巧的,梅园也不大,转过一个水中的假山,便见一片树林,穿过树林,正有一个白胡子老头坐在石阶上给人说相。眼下,这也是常见的。姨表哥的女朋友挤过去听。陶露露说:"走吧走吧,这有什么好看的。"表哥的女友只顾听着。陶露露说:"看相算命,我总是不信的。"那老头抬起头来说:"信自信,不信自不信。"看那老头干巴巴的长脸,刀削的一般,手显得特别长,白胡子,眉须也白白长长的。杨俊是看过几本书的,俯过身去问:"干你这一行,是不是也要有功夫?"瘦老头子说:"善自善,不善自不善。"杨俊笑起来说:"有自有,没有自没有。这门功夫是不是传授的?能不能传给我?"说话时笑着,口气分明带有不敬了。瘦老头到底是江湖人,也笑着说:"能传自

善心的功能　　213

传,不能传自不传。"杨俊说:"你看看,我们中间谁能传?"瘦老头笑着看看四人,眼光在陶露露脸上停住了,嘴里念一句:"露从天上来,落地水自干。"他的眼对着露露的眼,陶露露觉得他的眼中有一股吸引力似的,这么对视了一会,陶露露叫起来说:"你别盯住我嘛!"老者叹了一下,点点头。陶露露拉着杨俊和表哥走了。

再走过去是一片草坪,他们在草坪上坐下来,拿出带来的食品吃。表哥说:"老头是个走江湖的,搞的是江湖把戏,这我见得多了。"他的女朋友说:"你别乱说,我看老头神神道道,还是有一套的。"陶露露说:"是啊,奇怪的是他怎么一下子提到我的名字。什么露什么来的。"杨俊说:"大概我们谁叫了一声你的名字,给他听到了。"陶露露想着说:"没,我想你们都没叫我,我本来就没有兴趣,没往前面凑。"表哥的女朋友说:"你以为他说的是你?他明明说的是露水。"陶露露说:"可是他是盯着我说的啊。"表哥说:"是啊,正好给他蒙上了。"这么说了一会,又都把心思放在玩上,不再提了。

那次游园的事,陶露露出了公园就忘了,没想到她真会有了特异功能。陶露露立刻想着要把这事告诉杨俊。想到杨俊这星期是上中班,还在班上,她便提了个包出了门,心里想着要去杨俊的单位,突然她又冒出念头,杨俊不在单位,出差跑供销去了。她在楼区的树荫下站停,想着他会去了哪里,很快就想到他可能在南城,正在旅馆里的沙发上,跷着二郎腿打电话。陶露露想着,一切都像是真的。她心里还不大相信,杨俊怎么就出差了呢?她就跑到里弄的公用电话亭,给杨俊单位挂了一个电话,接电话的人果然告诉她,杨俊是出差到南城去了,已经走了两天。

杨俊的单位离陶露露的公司和她表姨家路比较远,每次两人约会都是听杨俊的电话定。陶露露虽是一个开朗的姑娘,但姑娘的心里多少有点矜持,总是不好意思主动去约的。约会有时隔上个一天,有时也会歇上个三五天。她对杨俊没有什么不满意的,只是不好意思说罢了,心里已把他当作自己的未婚夫,觉得未婚男女之间也就如此。有时隔三五天见了,也并不问长问短的。但没想到杨俊出差去了,竟也没来电话告诉她一下。要不是她能猜到他出差去了,那么远地跑去他单位,还会扑上个空。姑娘的心里难免有些不高兴,把脚底下的一个易拉罐踢到老远,然后怏怏地回到表姨家,刚才一刻间发现自己有特异功能的兴致全没有了,几乎完全忘记了。

陶露露不是爱发愁的姑娘,睡了一觉,再上班,又是满心快快活活的了。自己有特异功能,并不影响她的心思。有一段时间社会上曾热谈特异功能,报上一会说发现,一会又说造假,人们都谈着议着,后来也就冷下来了。时不时地报上还会登一两则消息,注意的人也不多了。陶露露本来就兴趣不大,觉得有和无都与自己无关。临到发现自己有特异功能,也没多在意,只想着和亲近的人说着玩玩,偏偏杨俊又不在。便就随它去了。

这天公司查账,忙了一天,回表姨家的时候,时间还早,陶露露在街上随便地逛了一会。从一家商店出来,正见店门口在卖福利彩票,兜售彩票的那个人用唱一般的声音叫卖着。陶露露站停了,露着好笑的神情听他的唱,那人见陶露露站着,便把彩票盒递了过来,朝她唱着。陶露露红了脸,推辞不得,只好掏出一块钱去。彩票摸在手上,突然她就想到这张彩票的数字是末等奖号码,剥开一看,果然如此,也就领了毛巾香皂的奖品。那人又递过盘子来说:"姑娘你手气好,再来一次。"陶露露越发好笑地又摸了一张,刚摸到手,觉得数字是个空门,就换了一张,偏又想到是末奖,打开来,又领了毛巾香皂。这么又连摸了几次,在手中想着换着,自然不好意思多换,每一张都中的是末等奖,手上拿了一把毛巾和香皂。旁边围了好几个人,都看新鲜似的看她一份份拿奖品。也有人试了试,却拿的是空门。都说好运气到这姑娘手上了,再拿下去,保不定会摸到一个头奖的。这时卖票的人不干了,捂着盒子说:"姑娘你换个地方试手气吧,这是给残疾人募捐的,奖都给你中了,别人就不来摸了。"陶露露红了脸,转身回头。旁人也都哄笑着散了。

　　回到表姨家,陶露露把毛巾香皂分给了表姨一些。表姨觉得奇怪,问是不是公司发的,发这么多的香皂毛巾干什么?陶露露再三说是摸彩票摸来的,说自己有特异功能,能猜到号码。表姨只是不信,说到后来,竟生出怀疑,以为她说假总有什么意思,便说家里有的是毛巾香皂,不要她的。陶露露只好说发的,公司推销不了,才发给大家的。把表姨哄信了,才回自己房里,对着那些毛巾香皂,一下子又觉得毫无意趣。

　　陶露露没发现自己有特异功能时,那功能好像一点也没有。一旦发现,那特异功能也就好像逐日强起来。开始她是偶然想着什么,才想清楚那件事,慢慢地,她只要想到什么东西,那东西的形象也就像映在电影屏幕上一样,映在了她的脑之中。她弄不清自己脑里怎么就会有那么一张屏幕的。说有就有,有时只是偶然想想,随便地想想的,那东西也映了出来,她反而要想一想,自己刚才是怎么想到这东西的,前因后果是什么。她本来是一个马马虎虎随随便便的姑娘,就是说了得罪别人的话,自己也不清楚的,倒也没有那么多的烦恼,不管什么东西,少就少了,丢就丢了。而现在,有时拿到什么东西,就不禁会想是什么东西,是多少,她觉得没意思透了,但实在又忍不住要想。

这样过了几天,杨俊打电话来约她,陶露露不免有点没好气地问:"你回来啦?"那边杨俊像是愣了一愣,随后才说:"你是不是找过我?有什么事吗?"陶露露对着话筒说:"是不是没事不能找你啊。"杨俊在那边笑了,连连解释出差出得急,没来得及告诉她。陶露露说:"出差急,你在那里打那么多电话,也没想到给我打一个嘛。"电话里两人说得不高兴,没约时间,就挂上了。

挂了电话,陶露露生了一会儿气。后来想想,也不过是他出差没告诉她,以前曾也有好几天两人没约,她不知道他是不是出差了,不知道也就没生气,也就没那么多的气话。陶露露和杨俊一直相处得不错,她喜欢随便说说,没什么心眼,身边又没有更亲的人说话,对杨俊倒是实心实意的,从没什么不满意,也很少有什么口角。姑娘心软,很快想着去杨俊那里,和他说说开,也说说自己的特异功能。刚一下班,她就乘车往杨俊那儿走。

杨俊家住的是那种常见的楼房,前前后后大致相同的灰色水泥楼,一个楼门进去上许多楼梯,他家在四层上。陶露露走在楼下,心里想,自己没告诉他就来了,还不知他是不是在家。这一想,脑中就显出杨俊在房间的写字台前正在写东西的样子。杨俊的坐姿是端端正正的,很有一种架势。陶露露知道他爱看书写字,她自己不大喜欢读书，倒还是喜欢男朋友是个文化人。她走进有点暗的楼门，往楼梯上爬。刚从外面亮处走进暗中，她睁了睁眼，突然就想到了杨俊笔下的字。她想着正好上楼把猜到的字告诉他，也好让他心服，别像姨妈那样硬是不信。这么一想，脑中一个个字清晰起来。她发现杨俊在写一封信，是写给一个叫倩倩的，前面还加了个亲爱的称呼。下面的内容一目了然，是一封情书。说他所有对她做的都是没有办法的，她是他的初恋，她是他的爱，他一直没忘他与她相处的那些甜蜜往事，他这一生将永远怀念那些往事，他这一生只会爱着她一个人。

陶露露想着的时候，还没有醒悟过来，只觉得那是给别人的信。一恍惚，发现自己已经站在四楼的杨俊家门口。此时她联想到了信的内容与自己的切身关系，不由心里痛着，敲门的声音大了一点。

就听到里面有人问："谁呀？"声音是杨俊的。她胡乱地应了一声。她想到杨俊愣了一愣，正在里面收那封信。随后他过来把门打开了。

陶露露不搭理他，径直走到他的写字台边说："你也别藏，把信拿出来吧。"杨俊带笑地问："什么信？"陶露露说："倩倩。倩倩是谁？你告诉我。"杨俊显然怔了一怔，又笑起来："你乱说什么，是不是从哪里听了什么人的挑拨……根本没有的事。"陶露露气急了说："杨俊你还要骗我，我是有特异功能了，要不，被你骗到死还不知道呢。你写你和她在一起的甜蜜，你写你一生就只爱她，你只爱她一个人，那么你还来和我谈什么恋爱？原来你和我说的话都是作假……"

陶露露这么一说，杨俊的脸发白了，他直盯着陶露露，心里想真是出了鬼。陶露露说："你以为我不知道，你还想不明白，还在想我怎么会知道的。我当然知道，我还知道你的那封信，是锁在中间抽屉里，你要不要拿出来对对？"说完，她觉得自己的泪就要落下来，转过头就走了。

杨俊愣着，没想起来该做什么。

陶露露回到表姨家，也没吃饭，关上房门，只顾心里想着，他骗我，他原来是有女朋友的，我实在是被他骗了。要不是我有特异功能，还会被他骗下去。表姨在外面敲门，她回答说是头疼。表姨也就没再管她。她觉得自己头脑中一片空白。

晚上，杨俊到表姨家来，他和表哥关系好，经常在表姨家出现的。和表姨家熟，杨俊在房门外和表姨说了几句，就来敲陶露露的房门。露露没应声，杨俊轻声喊了一会。又听到表姨在房门外叫露露，说她不该任性，两个人谈朋友，不好为一点点事就耍脾气，有话和杨俊好好说，关着门算什么。陶露露只好出门来，对杨俊说我们没有什么好说的了。杨俊平素在表姨面前很乖巧的，带笑地说我们还是出去说吧，你再怎么也要听我说说呀。表姨说，是的是的，有什么话好好说说，姑娘家性子要温顺点，不要说风就是雨。

两个人一前一后出了门，走到江堤边，江风吹拂，很是凉快。两个人原来也常到江边来，都是陶露露的话连着不断。现在是杨俊想着话说，陶露露只是不理睬他。在江堤边的一个林荫暗处，杨俊停下来，往陶露露身边靠靠，嘴里说着："露露，你平时不是这么厉害的呀。"手就搭到她的肩上来。陶露露甩一下身子，没甩下他的手，也就不动了。杨俊就接下去柔声地说着。他说那都是过去的事了，他没告诉，是怕她不高兴。他主动和那个人断了，可是她还来找他，说要把他和她的事抖给露露。他正是怕她这样，才给她写封信，缓缓她的心，慢慢再说，他写信的意思也明说了他和她不再来往了。你露露吃醋，当然是应该的，表示你正爱着我杨俊。话越说越轻柔，身子也越贴越近，陶露露完全在他的怀里了。

陶露露本来对杨俊就有感情，没想到要变。她性子直，平时很少听到男人柔情的话，也没有过这种要求，现在听杨俊这么说来，心里怨气就化解了，不由想着，他确实大概是没办法，信中意思倒也是要和那个叫倩倩的了断。要是她不知道这封信，也就没那么多的烦恼，也就没那么多的气。两个人一直关系很好的，她对他一直是很满意的。想来想去气平了，倒有点怨自己有倒霉的特异功能。

她这么想着，嘴里问着："你老实告诉我，倩倩是谁？"问归问，口气却是软了，仰起脸来望着杨俊。杨俊眼眨了眨，半笑着问："是听谁告诉你的……"两个人的眼睛对着了，杨俊不自然地避了避。陶露露只顾望着他，她很想知道他到底是怎么想的，是不是真的。她又突然想到了什么，一瞬间脑中闪过一串念头，就如杨俊在低低说话的声音，从遥远的地方传过来。她直直地盯着他的脸，他的嘴并没有动，他的眼里还有笑意……陶露露想到的念头，连着了姨表哥，原来杨俊心里想着的倩倩是姚云倩，那个姚云倩正是杨俊介绍给姨表哥的女朋友。

陶露露把话一说白，杨俊只顾望着陶露露发愣，后来显出诧异的神情问："你到底是怎么知道的？"

这一说，就等于承认了。陶露露指着他说："我知道就是知道，知道就是知道。"

杨俊突然握住陶露露的胳膊说："你到底怎么知道的，是不是你表哥告诉你的?是你表哥说的,还是倩倩说的,他们是不是都一起来骗我,是不是倩倩想报复我?"

陶露露听着他一串的问话,看着他眼瞪着的样子,不由有点害怕,说:"我告诉过你,我有特异功能嘛。"说完,挣脱了他的手,逃也似的跑了。

次日,陶露露的公司要检查税收,各自忙着整理桌上的报表。陶露露把一份份报表叠起来,不知怎么就差了一份当月的,好像自己是收在一起的。想了想,便起身去身后的橱柜里拿了出来。把报表整理好了,她抬起头时,发现吴小凤正对着她的眼神。陶露露先没在意,想了一下,又觉得奇怪,于是对吴小凤说:"是不是谁藏了我的报表?"吴小凤说:"不是我。"陶露露说:"当然不是你,是刘三新,对不对?你想着肯定是我上次藏了你的订单,也想要叫我发发急,对不对?我不是告诉过你,我根本没藏过你的订单……你现在心里还不相信,是不是?那我也没什么好说了。"说完,陶露露就低头干自己的事。她不再像以前那样什么也不放在心上,一点点的事和吴小凤她们说上半天,也觉得开心。

陶露露想了一夜,把过去杨俊的说话神情和态度都想了起来,一下子觉得自己很清楚了。他根本就是把她当作一个替用品,她却一直把他视作可终身依靠的,一直以为他是她一生中最亲近的。她弄不清这是因为她的特异功能,还是她自己原来就有的分辨能力。现在她不再去想杨俊,但心里却不再像原来那样虚着空着,好像一下子充进了不少东西,胀得叫她难受。

中午的时候,吴小凤靠到她身边来,刘三新也跟着过来。吴小凤寻着话和她说。陶露露看了看她:"你是不是想问我到底怎么回事?是不是?"吴小凤瞟眼笑着说:"你一下子这么聪明。什么又能瞒得了你,就是想问你怎么……"陶露露说:"原来你们是不是把我当傻瓜啊?我只是不愿多想事情罢了,别人说什么我都只是相信……要说订单,我真的没藏你的,真的是你随手放的。可你们藏我的报表,却是想报复我,我一猜就猜到了,我告诉你们过的,我有特异功能。"她说完了,望着吴小凤,突然又想到,她还是不相信自己的话,她心里只是想着到底是谁把藏报表的事透露给自己的。陶露露一下子又觉得自己怎么就和她有想岔的念头,怎么也是想不到一起去了,怎么也是说不清了。陶露露在心里叹了一口气,不再说下去。

过两天,姨表哥回来了,姨表哥生意做得顺手,总是那么精神。陶露露望着神气活现的表哥,心里想,他要是知道他的女朋友并不真正是他的,会有多么难受。不由想着到底是告诉他好还是不告诉他好。她和表哥自小就是有说有笑的。她想不定如何是好,她觉得自己一下子多出了许多原来没有的烦恼,要是早先,没待他放下包,她就叽叽呱呱地说出来了。

吃过饭,表哥到陶露露的房间来,陶露露知道他是要和她谈杨俊的事。饭前,表哥和表姨妈在厨房里说了好一会话,想来是说她和杨俊的事。她到现在还拿不准是不是把实情告诉表哥。

表哥笑呵呵地果然问起了杨俊,说男子汉嘛先前有些恋爱经历是正常的,这样的年龄没有过恋爱经历倒不正常了。女孩子心要放宽些,本来还以为小表妹是个心宽体胖的小丫头呢,没想到也很会吃醋嘛,当心变成个满脸皱纹的老太婆哦。要是往昔,陶露露早就哈哈大笑了。

"表哥,你不知道……"陶露露说。

"不知道什么?"

"他给她写信,他写信给的人就是……就是你的……就是姚云倩啊。"陶露露终于说了出来。她以为表哥肯定会愤怒发火,会去找杨俊算账的。没想到表哥一时没有作声,只是用手慢慢地拍着膝盖。

"我知道。"表哥扬扬手说:"恋爱竞争嘛。现在的人观念要新,跟得上时代。相信女的选择,这没有什么。你说对不对。"

陶露露显然没有想到表哥会说出这样一番开放的话来,不由怔怔地盯住了他。她正想告诉他杨俊信的内容,突然一串念头浮上来。她不由叫了起来:"原来你早就知道她是他的女朋友,他做生意亏了,你还了他的债,条件是把倩倩让给你。你完全知道他们的关系。你想着要她,又想讲朋友交情,把我当作补偿介绍给了他,对不对,你说对不对?……你是这么想的,你不用骗我。你们都不是好人,你们骗不了我,从今往后,谁也骗不了我。我谁也不相信。"

陶露露像是发表宣言似的叫着。表哥说不出话来,像看怪物似的看着她。

陶露露说不清是她自己变了,还是世界变了。她也就多了一点特异功能,她面前的人都似乎变得她不认识了。她想不出自己是清楚了还是糊涂了。在一个月的时间中,也许还短些,她一下子觉得多出许多的事来,多出许多的意识来,比她二十多年来接受的想到的还要多。

现在,她每次听人说什么,都要盯着看看那个人的脸,她一下子就能想到那个人心里到底想的是什么。她不再把那些想法说出来,她的话显得少多了,无论在什么地方,她都显着一种安静,冷静地看着周围的人。许许多多的想法一开始很乱,几乎都和外表不相符,使她觉得乱得无法接受,无法思考,慢慢地,她也就理出头绪来了,有时她不用去细细感受,不必去回思,不必去运用脑中那屏幕,她也很快能清楚别人的想法。她不知道是不是自己的特异功能力量又加强了,还是这外部世界本来也还是简单的,人的表情和人的思想,也就是那么一套。慢慢地,她也就不奇怪了,自己的思想很容易跟上,她就不再觉得痛苦,她觉得是正常的了。她心里本来也有着许多需要。需要,是人的基本心态,外部的表现都带着装饰。表哥说过的话也本无多少错处。

有许多人的需要很容易满足,有的人有了名利有了地位也不容易满足。钱、地位、名利,等等,往往很简单地被有的东西盖住了。

有一天,突然有一个想法出现在她的脑中,她一下子觉得不合适,却怎么也挥之不去。其实想起来也很正常。她应该把特异功能用得现实一点,不必局限于她的观察中,她不应该浪费这种功能。现实中的一切功能几乎都被人用来与外部世界做交易了,她为什么就不来用一下呢?她也可以用一下。这想法促使她进一步行动。那一天她逛商店时,突然想起多少天以前,她在这儿摸过彩票,她拿了许多没什么大用处的毛巾和香皂。她想起来可以再去试一下,她可以去摸一个头奖。她来到一个体育奖的彩票前,她用五元钱买了彩票,这是高奖,她只要摸一次,只要摸中一次,她就可以拿到几千甚至上万元钱的东西。想到这，一瞬间中她兴奋起来，她的血仿佛在向上涌。她完全可以过比现在好十倍好百倍的生活，她怎么早没想起来这么做呢？她已经浪费了许多时间，浪费了她的特异功能。时间就是金钱。对于她来说是确确实实的。她来到摸奖处，把手伸进彩票盒里，她一下子摸到一张末奖，她脑中闪了一下那张彩票号码，只要拿出来，她就赚了十几元钱的东西。她把它放下了。她觉得自己的心加剧地跳，她不想多拿，她只想摸到一张就能一下子中得高奖。她不能像上次那样，被卖彩票的人捂住了盒子。她用手在盒子里摸着一张张彩票，脑子里拼命地闪着号码。她的心跳得太厉害，血涌得太厉害，脑中的号码闪得太厉害。她好像感到有一个号码正是高奖，她想细细地在脑中屏幕上辨认，就听旁边卖彩票的人叫了一声："你怎么摸怎么摸！"卖彩票的人这一声原是不耐烦地叫，在陶露露听来仿佛是一声霹雳，她的心使劲地颤动一下，随后几乎是停止了。她脑中的屏幕忽然闪了一下，变得模糊，随而糊成一片，她一下子涌出一身的冷汗，她的脑中已无法辨认盒里的彩票号码。她的手颤抖一下，也就拿出一张彩票来，她盯着那张彩票看了好一会，也不知道到底摸对了没有。把彩票撕开一看，号码离高奖差得很远，她木然地站着。突然，她一下子拿出五十元钱去买彩票，接连摸了十张，迫不及待地一张张撕开，嘴里同时念着：应该是的应该是的。那十张彩票居然一张也没中，连一个末奖也没中。旁边一个老人笑着说："这摸奖嘛本来就是难得中的，要都能中，就不叫彩票，叫工资了。"陶露露嘴里说着："我还要摸，还要摸，我是能摸清号码的，我肯定能中的。"她还要去掏钱。那个卖彩票的却移开了盒子，说："姑娘，你还是让人家摸摸吧。"陶露露这才发现,四周的人都用很奇怪的眼神看着她,不用特异功能,她也清楚,他们大概以为她有点精神不正常。

吴小凤去公司领导那里汇报工作回来,对陶露露说:"总经理找你。"陶露露从吴小凤笑笑的脸上,看出总经理找她有事情的大概来。这段时间,对于她来说,分析她面前的人,已成为一种习惯。开始她是想看清楚,他们对她说的和他们心里想的是不是不同,他们到底想干什么。后来就成了习惯,她像是重新开始她生活的学习期。总经理是她原来望而生畏的人,他的神情和气度自有一种威严感,国字形的脸上总是带着深含不露的笑。她开始能猜到别人心理的时候,一有机会就去猜测总经理的思想内心。这一方面是对她的老板的好奇,另一方面,是她对一个有权势的男人的敬崇。摸清了他对家庭对工作对一切的内心情感和欲望,她对他的好奇和敬崇同时消失了。他和其他的人没有什么两样,她多少有点失望。他有他的弱点,也有他的痛苦,同样也有他的阴暗,相比之下还算是一个比较好的男人。弄清楚了总经理,于是她感到其他的男人就不值得分析了。

她猜到总经理找她这个平素大概连名字也不知道的办事员会有什么事。但她是第一次被召,多少有点慌乱。毕竟她对总经理存着一点想使他有好感的心理。另外,那天去摸那倒霉的彩票时,那一刻的血涌心跳,再加上卖彩票的人如同霹雳的一声吼叫,似乎把她的特异功能一下子给吓丢了。她曾经把自己关在房里,使劲地去想放在她面前一个东西里的简单数字,她使劲想让那脑中的屏幕再一次出现。可她只感到脑中是混浊一片,她把头弄得很疼,像裂开了似的。特异功能一点也没有了,消失得无影无踪。它突然而来,又突然而去,几乎是和她开了一个玩笑。又似乎是从来就没有产生过,也从来就不可能产生过。有时使她生出怀疑,不知道自己以前是不是只是一种幻觉,那订单、信、第一次摸的彩票,还有那些人的内心猜测,都只是一种碰巧。谁都会认为那只是一种碰巧。但是,能猜到别人心理的能力似乎还没有远离她去,她也想到那是一种正常的判断,只是她原来不善于的能力被发现了。她意识到,这不是特异功能,是经过对人内心的了解,而训练出来的一种正常的判断。有时她又想到是不是脑中多了这种判断,于是那简单的直接的特异功能也就被挤掉了,自然地消失了。

她来到总经理办公室,总经理很和气地叫她坐下。他的办公室里站着许多的人,都是各部门的领导,平时他们每一个人都不是和陶露露直接交往的。他们都对她露着笑。他们都站着,只有她和总经理坐着。总经理笑嘻嘻地开口问她第一句话,她发现她的估计是对的,总经理果然是提到她的特异功能,说是听说她能找出别人自己也不清楚放在哪里的东西。她点了点头,那是事实。"能不能表演一下?""表演什么呢?"她说出这句话时,觉得自己突然生出一种冒险心理,在她周围的男男女女都带着好奇的眼光,连总经理也不例外。她想自己能猜到,他们眼光的所在会告诉她的。她突然生出这种自信。她要在公司的大人物面前试一下,她知道这是她的一次机会,她不能丢弃这次机会。她已经被逼上了马,她没法在这许多的人面前把她已失落特异功能的事说出来,她说得再真实,也是没人会相信的。她只有试一试。

总经理沉吟一下,随后说:"你找一找我今天看的一份关于房地产的报告,看它是放到哪里了。"

善心的功能

一瞬间,陶露露心里慌乱了一下,她立刻能想到,这份报告不可能是事前有意藏起来的,总经理不可能当着属下的面藏一份报告的。这报告是一张纸还是一叠纸,它可能放在哪一处?办公室里陈设简单,陶露露一进门就已经似是随便地观察过了。她的身后有一个文件柜,门边沙发前有一个茶几,总经理面前是一个带抽屉的办公桌。办公室共有六个抽屉加一个柜子,他随手放在哪个地方,是难以猜测的,猜准的可能性极小,几乎等于零。她突然觉得身上渗出了汗,她几乎想说出自己猜不出来了,她几乎要放弃,要投降了。然而她又硬撑住,让自己安定下来,她相信自己能判断。她用眼盯着总经理的脸。总经理只是朝她看着,脸上依然带着微微的笑。她静下心来。她首先想到总经理的为人习惯。他不可能事先布置好,没有亲眼所见,他肯定是不会相信真有特异功能的。那份房地产报告一定很重要,他大概是刚看过。一天有那么多的文件,他不可能一直记着。另外他让她猜,想她以为他会把文件藏起来,他一定根本也没藏。她盯着他的脸又看了一会,她能断定自己的判断是不错的,于是她的脸上也出现一点笑来,她把眼光移到他的办公桌左角,那里放着一个文件夹。她慢慢地说:"总经理,那份房地产报告就在你面前的桌上。"

所有人的眼睛都盯着总经理,总经理笑着,拿起桌上文件夹翻开来,那份关于房地产的报告就在里面。

办公室里响起了一片掌声和一些兴奋的议论声。

陶露露站起来,用手帕擦着额头说:"搞一下,很累的。"

有一段时间,陶露露觉得她一生最大的失败就在于特异功能的消失。它消失得那么快,她还未来得及好好地用。她独自幻想她要是还有特异功能的话,她能做多少的事,她可以发现多少的秘密,她可以成为独一无二的居高临下的观察者。一想到她曾有过的功能,她就有一种痛失最宝贵东西的感觉。有时觉得这种痛苦对于她来说是太大了。

她离开了表姨家。自从那次在总经理办公室的表演后,总经理给她安排了一个仓库总管的职务,对她来说,这自然是一次提升,对总经理来说,这是一种人尽其才的安排。像陶露露这样有特异功能的人,放在仓库里,公司当然不怕有什么失窃的现象,也不会弄错搞出无法弥补的损失。陶露露知道,她只有接受这个安排。总经理未必不是怕她在公司里会知道太多不该知道的机密。

仓库设在空而宽大的地下室里。公司安排了靠近仓库门口的一个单间房让她住,还每月给她增加值班费。这一切陶露露是很满意的。对办公室里的吴小凤、刘三新等同事的心理,那一段时间中,她观察得太多,了解得太清楚了。最使她不能容忍的,是他们多少把她当作是一个没有头脑的傻姑娘。另外,自从和杨俊的事吹了,又和表哥没谈拢,她感到表哥和她不是那么亲近了,而表姨也明显对她表示了嫌恶。从表姨的内心看出,她在表姨家是一个多余。她能清楚以前她没感到的,表姨本来希望的是家里能添一个做家务的帮手,她却大大咧咧,不拘细节。一旦看出儿子和她不怎么亲近的迹象,做母亲的也就毫无顾忌了。陶露露本来对这一切并不在意,现在她已无法忍耐寄居人家看别人的脸色。搬进仓库以后,她一个人住一大间房,仓库重地无人打扰,显得十分清静。她不由想到当初在表姨家,不住地听表姨的呼唤唠叨,表姨夫的冷淡,她居然能忍受那么久。她又为自己现在的处境感到快活，仿佛是升了一格。

这种快活感并没有维持多久，她就厌倦了单调的仓库地下室。她一人沉入其间，许许多多的思想沉重地压着她。现在她觉得与以前相比，她再不是被人认为的那种头脑简单的姑娘，她成熟了，不会再受人骗，也不会再上人当，她已很有主见，但她再也不是那种爱说说笑笑的姑娘，她平添了许多的烦恼。相比之下，她不知现在她究竟是幸还是不幸。她又想念起当时住在表姨家的日子。她那时无忧无虑，她那时快快活活的。她并没有感到表姨的嫌恶，她并没有感到表哥的企图，她并没有感到杨俊的欺骗。没有想到，对她来说也就是不存在的。也许本来就是不存在的，只是她多添了所谓的功能后，才存在的。也许人就是要看不清想不到，才是正常的。她现在是太清楚了，她要那么清楚又有什么乐趣呢？

她现在没有朋友。每天上下班，她独自行走在仓库，听着自己脚步在地下室中的空洞回声。星期天，她常常一个人去梅园，她前前后后地转着，她想找到那个干瘦的白胡子老头。她弄不清自己为什么一定要找到他，她弄不清自己是不是想重新获得特异功能，也弄不清自己是不是想请教他，或者是埋怨他，或是感谢他。她一下子开了窍，懂得了不少人情世故。是该感谢还是埋怨，她实在弄不清。但她想找到他，她心中对他有着一种愿望，近乎一种欲望，她也清楚她是找不到他了。他当时对她有兴趣的东西，她现在已经失去了。有时她会想，是不是他的眼睛盯着她的时候，他把她的使他有兴趣的东西吸去了，而给她留下一时的特异功能，和长时间的清楚的苦痛。她有时觉得她很恨他，他几乎是和她开了一个玩笑。他捉弄了她。她有时又不敢恨他，她对这个老头，内心中有一种近乎宗教的敬畏，和一种近乎迷信的企求。她找不到他，是她远离了他。她只能永远地找寻着他，像个孤鬼似的，没有朋友，也不可能有任何意义上的朋友。

偶尔，她还会遇见表哥和杨俊，也会遇见公司里原来的同事。她总是远远地避着他们。她怕与他们相对，也怕与他们搭话。只有吴小凤还是追着她和她打招呼。她知道，很快吴小凤就会重提那个老话题，让她猜一下，表演一下特异功能。她奇怪自己和她的智商及思维能力怎么会相差那么多，她好像还是个女孩子似的。

"我根本没有什么特异功能的。"陶露露有时直率地对吴小凤这样说。

吴小凤睁着有点嗔怪的眼睛说："你……现在是……噢……"

她清楚，吴小凤是怎么也不会相信她是说的真实话，吴小凤只会因此而更对她怀有一种神秘感。

陶露露笑笑，在心里叹上一口气。

与大师吴之奇对话

眼下被称为大师的日见增多,可是我见到那些大师,都很难让我称他们为大师,我最多称他们为聪明人,因为他们能聪明到让别人称他们为大师。有时,我会反省自己,是不是我对大师的理解过于偏执了,大师不过是一种称谓罢了;我还会想到:是不是因为也曾有人称过我一声大师,于是我也就在心理上抬起了眼光,觉得大师不过如此,把别的人都看低了。

然而,在我思想中,一直有一位大师存的。

认识吴之奇,从看他第一眼,我就认定他是个大师。那还在我的少年,我对人生有着朦朦胧胧的理解,对外在世界有着自以为是的看法。那个时代的社会形态是热闹的,街上不时有游行的队伍,学校里不时有宣传的大会。我多读了几本杂书,自己觉得与众不同。我出生于一个工人家庭,生活在一个没有书本的家庭,我与我的上辈无法交流,觉得他们说的都是俗世的语言。

在与吴之奇对话之前,我听父母在饭桌上说道,巷子对面院子里那个姓吴的离婚了。那时候离婚是件大事,非得实在过不下去,是不会提出离婚的。而且办理离婚,必须经过双方单位同意,法院还会派人到里弄来做调查。父母议论说,姓吴的学历高成分也高,五七年还有点社会问题,是什么内定中右。父母说,现在不比从前了,恐怕是女的不愿意跟这种人过了。

我见过女方，记得有一次，我和几个小伙伴钻到对面院子里打弹子，她一下子出现了，用眼看着我们，大家都吓得拿了弹子，从很小的院巷里溜出去。我尽量稳着脚步，从她的身边走过，靠近她的时候，我回击般的盯了她一眼。我发现她的眼光并不凶，显得还是温和的。我就停下来，朝她笑一笑，她也笑一笑。这一笑，让我一直对她有着好感。

离那一次有多长时间，我也记不清了。只知道有一天，我又站在对面院子的一角，院子里杂草萋萋，长得十分茂盛，开着各式的花。在我的脚下，是一片被泥土包围着的砖地，砖缝里也伸着草尖。我的面前，是一棵玉兰树，伸着长长的枝，枝上很大的带点深青色的叶片，枝叶上悬着一个白色的羽毛球，半圆形的带着弹性的球体下，似乎还在弹动似的枝叶上，风轻轻地吹过，带点熏热气息的风，院里漾动着一种青绿色的气息。

我静静地站着，没有伸手去拿球，那一刻我的感觉一下子沉进了眼前的景致。我几乎感觉我在那一刻长大了，是一个大人了。

你是不是觉得这一切都似曾相识？

有人在我身后说话。我转头就见着了吴之奇，我几乎是一下子就知道他是吴之奇。当然，这是在他的院子里。让我有点惊奇的是，他嘴的右角上，正有着一颗黑痣，他的妻子也一样有那么一颗，他们已经离了婚。

几乎是同时，我认定了他是一位大师。不光是因为他的那句话。他抱臂站在那里，微仰着头，朝天空看着。那时的我读了一些文艺与思想方面的书，特别读了一些带有深沉理性的书。我就此认定，他那种姿势与神态，便是大师。我看到他的眼睛中流露着一种独往独来的寂寞与孤独的神色。前两天,我正看到一个大作家书上的一句话:孤独的力量是最伟大的力量。

就这一眼,在我的感觉中,他应该离婚。那个女人是配不上他的,她无法走进他内心。他应该是孤独的。

从吴之奇的院子走进去,过一个暗蒙蒙的厅房,转到后面的楼梯上楼。相对我家的八平方米的一间房,这座房子算是宫殿了。二楼上到处是东西,摆得很乱。从二楼往三楼有一个楼洞,从一张踩着吱吱叫的竹梯上爬上去。三楼是一个阁楼,四围都是书柜。阁楼显得矮,只有中间能直着身子,朝南有一个老虎天窗,窗下放着一张小竹椅。小竹椅上也堆着书,我走过竹椅的时候,被书堆绊了一下,书就滑落下来。我想弯腰去收拾,吴之奇却伸出了手,用手势止住了我。

吴之奇说:由着它,这样很好的。

他让我过去,坐到他的身前,再让我转过身来,从他的角度看那堆散下的书与竹椅形成的造型。

吴之奇问我:那像什么?

我半眯着眼看了一会,后来我看出来了。我说像伐倒的一棵树。我并没有见过伐倒的树是什么样子,但在我感觉中,那造型像是一棵高大的老树轰然倒下以后,断成了几截。我也并没见过倒下的大树,只是从书中看到的描写。我喜欢看形状,有时坐在桌边写作业的时候,无聊地放下笔,看着身边的墙上,那上面一片水迹,恍惚就是一个人的头像。很怪异的头像,往往是脸很长,或者嘴巴很大,或者一个眼高一个眼低。

吴之奇点点头。他并没有告诉我,在他的眼里,那是什么形状。他对我说：一般的人看整齐的东西，概念中便是好。东西一旦不整齐，概念中便是坏。好坏的认识，在于一种习惯。其实不整齐的形状，是一种放松的形状，自由的形状，给人以充分的想象。

我想了一想说：整齐的形状让人看得顺眼，顺眼就是好，不顺眼就是坏，人们习惯是这样看问题的。

吴之奇点头说：其实好坏只是一种角度，如何去看你眼前的一切，你应该变化你的角度，你应该放宽你的角度，好坏也就随着变化，好坏也就不是确定。真正来说，无所谓好，也无所谓坏。

他的声音越来越低，他说话中的理论越强，声音就越低沉，后来像是在嘴里嘀咕着。

我感觉到他的话里面，含着一种深沉的意味，很深很深的，我喜欢听他的话。我那时正读高一年级，在学校，在社会，包括在家里，我听到的都是同一的说法，同一的道理，同一的见解。我喜欢听他的理论，那理论虽然还有点弄不清楚，但我喜欢。

以后许多的时间，我遇到事情的时候，我总想变化一下看问题的角度，不去拘泥于一种好坏，不过我还很难达到放松与自由，有时还会感觉头脑中乱乱的，我知道那是我的问题，我无法达到大师吴之奇的认识。当然，不管乱还是清楚，这无所谓好，也无所谓坏。

社会旋起了一股热风，到处是旗帜与标语，到处有口号与集会。我的心中也烧得热热的，有着一种冲动，渴望能表现，渴望能展示，渴望能惊天动地。然而我申请加入一个组织被拒绝了，拒绝的理由很简单，因我母亲的养父有着一点什么历史问题。我一下子冷静下来，每天去学校看大字报，细细观察社会的动态。有一天，我从外面回来，看到对面院门口停着一辆卡车，那个小小的院子挤满了人，院墙的缺口中，也坐着孩子。我到院子里去看，那里对吴之奇的批斗已经结束，一些带着红袖套的人，正往卡车上装东西，有仕女模样的铜香炉，有飞龙图像的大砚台，有木盒的留声机，有匾状的大理石，更多的是书。一捆一捆地扔上车。吴之奇正站在院角上，头上戴着一顶纸糊的高帽子，帽子上用墨汁写着很粗黑的字，肯定是墨汁还没干时就戴上了头，墨汁流下来，歪歪扭扭地一直流到帽沿边，吴之奇的额上还粘着了一点。他却什么都没在意似的，像在一旁看热闹的样子，看着他的东西堆上了车，装了整整一卡车。

我走进吴之奇的院子，原来总是葱葱绿绿的院子，杂草都萎黄了，倒伏下来。楼下的厅里空了，贴着一张勒令，说要让无产阶级搬进来，决不让资产阶级独自占领这座房子。

我爬上三楼。吴之奇正在钉一个被砸裂了的空书柜。地上的东西摊得乱乱的。原来一眼望去都是书，现在空空的。我在角落处找到了一本卷着的书，那是一本俄罗斯童话，写一个男孩从海中捞上来的瓶子里，放出了一个魔鬼，这是一个善良的魔鬼，他要报答男孩，一直跟着他帮助他，只是这个几千年前进瓶子的魔鬼，常会因旧观念闹许多的笑话，比如看足球比赛时，他不耐烦那么多人抢一个球，于是足球场的天空中突然落下十多个球，正好让球员每个人得到一个。

吴之奇一下一下地敲着锤子，将空书柜钉好以后，他退了两步，带着一点欣赏地看了看，随后把几件衣服搁在里面。

我对他说：我相信，那些书会还你的。

吴之奇说：为什么要还？

这以前,吴之奇书柜里的好多书,都借给我看过,我觉得那些书都是不错的,既然书没有问题,当然应该还给书的主人。我说,要不,不就变成抢了。

吴之奇点点头,说:什么是抢?

我说:不征得同意,当面拿别人东西算是抢,暗下里拿算是偷。

我说:那么,他们拿走你那么多的书,都是当着你的面的,算不算抢?应该是抢。

吴之奇点点头,我已经习惯了他的点头,那正是他的习惯。

吴之奇说:抢在一般人看来,是强盗行为,偷在一般人看来,是贼的行为,都是恶。但是《水浒》中,一百〇八将不是强盗就是贼。妓女恶不恶?靠出卖身体赚钱,恶。但在《羊脂球》《茶花女》中,你能感觉妓女是恶?

我说:那些都是小说形象。

吴之奇说:善恶本是人定的,把私有的财产视作神圣,才有抢、偷的说法。你去田野里采一朵花,问过田野了吗?把树砍伐下来,做成凳子,征求过树的意见了吗?也许植物是无意识的,不能回答。那么动物的法则呢,杀猪吃猪肉,问过猪的意见了吗?杀羊吃羊肉,问过羊的意见了吗?猪、羊会同意吗?也许人有人的法则,那么,为什么有的人可以多一点东西,有的人可以少一点,世界本来是所有人的,谁就该多,谁就该少?

我说:革命是不是最终实行平均呢?

吴之奇说:平均是不可能的,那是一种愿望的走向。人法地,地法天,天法道,道法自然,自然本来无法则,只是在运行。所有的法则都是人定出来的,善恶只是一种说法,是人的法则。合乎自己的为善，不合乎自己的为恶。社会份额占有多的人同时占有了权力，为了稳定这种占有，便形成了法则，赋予行为的善恶感，给予与施予为善，抢与偷为恶。总是富有的才会给予与施予，总有缺乏的才会偷与抢。其实无所谓善，也无所谓恶。

我一时想，也许我从他那里拿走几件物品，都没有错。我把手中的书拿起来，就走了。

我开始长大，我懂得了许多，我有着了与别人不同的社会见解，同时我面临初中毕业，我被那股社会的风，卷到了大西北。别人都是在敲着鼓的大卡车上唱着歌去的，而我懂得这是因为社会生产力的低下形成的城市萎缩，我不得不去。

在大西北的生活中，见得最多的是风沙，风沙卷起来，漫天飞舞着，我的脸上有着沙子，衣服里有着沙子，鞋子里有着沙子，嘴里有着沙子，而我年轻的心里也有着沙子。我忍不住要把沙子吐出来，我说我自己的话，说我自己懂的道理，于是我也就被社会的风沙卷起来，我站到了台上去，头戴纸高帽，弯着腰展开了双臂像飞机的形状，随后便被发配到了风沙的最前沿。我眼前一片风沙，白天一片灰黄，傍晚一片昏黄，看不到一点绿色。这时的我，已经没有了快乐的感觉，没有了未来的感觉，任何有色彩的感觉都离我去了，我也已经没有了理论，我只是简单地活着，像一个骆驼一样，扛着沉重的躯体沉重地劳作。对那些看我的冷眼，我只有低着头，这时的我才感觉到，思想是不必要的，生存的沉重，让思想显得轻飘飘的。我生存着，无好坏无善恶地生存着。

那么过了一段日子，似乎外在的压力松了一层，可我的心却越来越收缩，一天黄昏，抓一把铁锹站着，看圆圆的橙黄的太阳从沙丘边上一点一点落下去，在面前的沙地上铺着单调的一片黄亮，我觉得自己没有一点生存的意义。第二天，我没有等批假，就坐上火车，几乎是想最后看一眼故城。这时间，我觉得几天几夜的火车旅程是那么长，那么难耐，真不知道多少岁月的大西北生活是怎么过来的。

我回到旧居，家还是依旧，只是父母都已苍老了。晚上，我来到对面的院子，原来杂草萋萋的院子里，也仿佛被风沙卷过，几乎没有了一棵绿草，却也没有空着，放着破桌椅，堆着旧袋子。我转到院子后面去上楼，那里搭着了两间矮棚子，里面传出锅碗瓢盆声，走进楼里，原来的大厅，放着了几只煤炉，女人在收拾洗刷，说着大声的话。

吴之奇坐在阁楼上，只有这儿似乎什么也没有变。他就坐在阁楼正中的地板上，盘着腿，头微微仰着，听到上楼的脚步声，他转脸看我一眼，并没有特别在意我的到来，仿佛昨日我还在他的阁楼与他交谈过一般。我知道我自己身材与脸庞都变化很大，但在他眼里，似乎一点没有陌生感。

我顺着他的示意，在他的身边坐下来，和他一样微微仰着头，我看到的是老虎天窗外的一片铁青色的天空，天空中闪亮着星星。

吴之奇一动不动地望着天空，多少年不见，他似乎越发地沉静下去，从他脸上的表情，我明白已了无生趣，只是他还活着。我打量了一下阁楼。阁楼的摆设与我去大西北前没有什么变化，只是阁楼显老了，一处处裸露的木质松软不堪。身边的墙壁下有一个形状不规则的洞，是老鼠出进的地方，洞边上，放着一只鼠夹子，夹子上扣着蚕豆大一小块肉饵，肉饵已经放了一段时间，边沿都已经发

与大师吴之奇对话

黑了。

吴之奇依然看着天空，在大西北的许多年中，我已习惯凝望着什么许久许久。我也朝天空望着，慢慢地老虎天窗框虚了，天空显得近了，星星也近了，一眨一眨地闪着亮。

过了好大一会，吴之奇对我说：你看到的那些星星，有的几万年前就死去了，它活着时的光还传过来。你说它是不是死了？我们看到的却是生。

我说，星星的生死只是热力的转化过程，它并没有知觉。生与死也就没有什么区别。动物就不一样，有对死的恐惧。老鼠也是怕死的，它躲避着死。而思想着的人，更对不可知的死怀着莫名的感受，其实活得痛苦，又何必怕死。

吴之奇说：生与死，如果按宗教的说法，有灵魂的话，死本来就是生的流转；生，不断造成业力，死却是暂时的，是一种过渡，并且不改变生时的业，是另一种生的开始。人就无法用死来解脱痛苦。

我说：你信宗教吗？

吴之奇说：如果不按宗教的说法，死便是一种消失，人死如灯灭。那么死就是一种归宿，一种最后的归宿，是永恒的归宿。活着只是能否对付那痛苦，痛苦是绝对的，活着的人都会感受到痛苦。农人有农人的痛苦，官者有官者的痛苦。就是再飞黄腾达的人，也会有痛苦的。所以，不管痛苦有多大，总有死的归途，总有死做解脱，大不了是个死，有这一条，也就完全可以正视痛苦，看痛苦到底有多重。化解它，能看这星，能看这鼠的死亡，人比动物更多的优越，不易；生成为人，本来就比动物有着了更多的优越，相对星的无知觉的生，相对老鼠窝居一洞的生，人的生毕竟多了一点自由度，却因为思想加重了痛苦；其实，生死都是必然的，从生死的角度看一切，生又有何惧，死又有何苦？生又有何苦，死又有何惧？且生且死，且死且生。把心从思想的痛苦拓宽开来，但看社会的变化。

我说：变化是不可测的，我只能顺着眼前的一切活着。

吴之奇说：人生五十年，六十年，七十年，就是一百年，死是必然的，所有的权贵也一样，也都是要去的。我已经老了，我能看见的便是再老一些的人，不管他是多么荣耀的人，坐到轮椅上，带着病痛的身子，过他的余生。不同的只是面对痛苦的感受，最终还是归结为不变的死。而社会却是变化着的，什么样的变化都是可能的，只需静静地看。生死只由它。喜又何喜，苦又何苦。相对于喜，又有何喜，相对于苦，又有何苦？相对于生，又有何生，相对于死，又有何死？

我离开了故城，我只有活下去一条路。

大西北，风沙之中，有生命的是沙柳，白天我把沙柳种下去，看着它活下来，显出一点淡淡的绿色。夜晚，我坐在沙柳旁的沙上，静静地看天空，星星很远，又很近。星星的生命是不是很孤寂，那么长的时间，没有思想与意识。我思故我在，我是生存的本体，没有意识到的我，生有何趣？然而我思故我在，我在故我苦。总是意识着苦的我，生有何趣？日复一日，年复一年，在生存中，让思想静下来，只有冷暖酸甜，生存之外的那些感受都淡然了，饥时吃，困时睡，让思想没有任何的负载，静静地，如沙柳一般地生存着。

多少年过去了，到称之为一个时代的结束以后，我周围的人都走了，一个一个地走了，回到他们原来的城市里去了。我并没有意识到这一点,我还是那么生活着。开始时住房紧张,十来个人住一间屋,到后来,一排房子就只有我一个人住着,我还是每天握着铁锹,去沙里栽上沙柳。我看着一轮太阳升起来,一轮椭圆的红彤彤的太阳在沙柳尽处升起来,整片沙柳变得虚幻一般,朦朦胧胧的。风沙从两边侵蚀过来,绕开了沙柳,逐渐地包围着那一排住房。我踩着沙出进,无数的道理在我的心中回旋过,都已沉寂了,在这个天地里只有一种生存着的意义。

也不知过了多长时间,整个场都撤了,有考察风沙进度的人,发现了这里有一片沙柳的绿洲,也发现了这排房子。这才有人对我说,这里早已撤了,怎么还会有个人留在这儿的?于是,我回到了故城。我的家已经搬过了,搬到了城市边缘的一座水泥公寓楼房里。在鸽笼般的房里醒来,看着楼下川流不歇的车群与人群,人们都开始忙着奔金钱而去,我觉得像被整个世界遗弃了。

我来到旧时生活的地方,四处的水泥高楼,已经逐渐地逼近那儿,但对面那个院子还在,院子平整过了,搭起了一个葡萄架,上面牵着一条条青藤,铺满着嫩绿的叶子。大门的玻璃上贴着鲜亮的红色的喜字,大厅里粉刷一新,装修得很漂亮。我听表妹说过,整个院子已经还给了吴之奇,她还告诉我,吴之奇结了婚。

大厅里四边不再堆杂物,却还显得满,中间放着牌桌,旁边沙发上坐着一圈的人。坐着的人都看着我,像是在奇怪:哪里来的外地人?这种眼光自我从大西北回城来,见得多了。连我的表妹也说:所有插队回来的人,都还有着老城人的味道,只有你,整个一个外地人。

我开口问到吴之奇。坐在麻将桌边的一个白白胖胖的年轻女人，就咯咯笑起来，随之用很尖锐的声音脆脆地叫着：吴之奇，吴奇，奇奇……那群围坐着聊天的人都快活地笑。吴之奇从后面的厨房里走出来，步子很快。他瘦瘦的，却很有精神，脸上红膛膛的。他穿着一件春秋衫，这座城市很多男人都穿这种服装，头发显得少却显得黑。

吴之奇伸手让我坐下。女人倒了一杯水来，看着我说：你很有男子气的。说着又咯咯地笑。吴之奇对我介绍，这是他的妻子。他看着她，眼光中带着一种自然的关注的笑意，看得出来，这是一个年长的丈夫对一个年轻妻子的眼光，有着绵长如水的温柔。吴之奇的眼神原来是收敛着的，放开来，显得清澈明亮，与年龄有点不相称。他怕有六十多岁了。女人看上去最多三十岁吧。

女人对我说：你也来参加我们的聊天吧，我们的话题是：我到底想要什么？

这里的人，有说想要一套房子，有说想要一架钢琴，有说想要一台音响，有说想要一张驾驶证，也有说想要一个老婆。

我想了一想，我想要什么？大西北的风沙地上，放眼望出去，很多很多的沙丘，就靠着那片沙柳，没有人种植沙柳，也许有一天沙柳会被风沙吞噬的。我想到了那一排底层已被风沙没了的房子，假如可以要的话，那座房子要是二层楼，要有一张写字台，最好要有一台电视机……

有个叫三哥的说，想要的东西太多，也就累人了。

就有人说：想想怕什么。

女人咯咯地笑起来，说，我还想要一样东西，你们是猜不到的，它在我的心里，我也不告诉你们，我想你们每个人都会想要的。

我与吴之奇对看着，他脸上微笑的时候，眼角的皱纹展了开来。我初次认识他的时候，那时他多大年龄？也就是三十多岁将近四十岁吧，我看他就是一副显老的样子。但多少年过去了，他似乎很少变化，依然是那副样子。

我很少说话。大西北多少年，我与沙丘做伴，已经不习惯与人交谈。许多的时候会想到吴之奇以前说过的一些话，人生与灵魂，生与死，好坏与善恶，那些话回旋在我的心里，有时某种意义都失去了，只是单纯地回旋着。城市里似乎东西太多了，那些楼房，那些商店，那些橱窗，那些陈列着摆设着的东西，把感觉占得满满的。

吴之奇眼光偶尔移向女人，再移回来，带着一种宽解的笑意，静静地看着我。过去的岁月在我的感觉中升浮着，我知道并不需要太多的话。

我问吴之奇：那些抄去的书都还了没有。

吴之奇说：虽然被弄掉了一部分，但还是拿回来了一些，有三分之一吧。

我点点头，能有三分之一也就不错了。

吴之奇说：书我很少看了，我的眼睛不好了。书是给人看的，你只要记住了它里面的东西，并不要在意它的本身。再说，书里的东西也都是要放下的。

我说很想去看看那些书。我有点不适应在楼下坐，很想到那个书阁上去。吴之奇明白我的意思，他含笑地起身，领我到楼上去。二楼上布置得干干净净，已经没有乱的地方。而通向三楼的楼洞安了宽宽的木扶梯，再叫六十多岁的老人去爬竹梯，是不合适的了。

阁楼上面那圈书柜放了书，带着了旧书的气息，在老虎天窗下面,还是放着一张小竹椅。从老虎天窗口看出去,是一片染着云影的灰蒙蒙的天,一时间,仿佛许多的岁月都回转来。

我们坐下来,静着的时候,楼下传来一阵咯咯的笑声,就听女人像唱歌般的声音,似乎在唱着:我想要,我想要,我想要熊猫长着翅膀,我想要乌龟长着绒毛,我想要天上落下的雨像花,我想要风吹着的声音像歌……

我也微微地有着了一点笑意,那仿佛是戏谑般的声音,有着一种感染力,打破了空气中的沉寂。阁楼上的书本气息确实有着一点陈腐了。

吴之奇被隐在窗框阴影里的脸上,带着了一点忧虑的神色,他轻轻地对我说:我想要一个孩子。

我依然看着他,他的脸上一刻间神色回转了,显得很年轻的,他挺一挺坐着的身躯,像是在等着我的话。

我说:这个事,听其自然吧。

我的口气,仿佛不像是过去与吴之奇说的,有着了一点不自然。我说这话时,楼下又传来女人脆脆的咯咯笑声,一瞬间中,我感觉大西北的风已将我的脸以及整个的人,都吹得苍老了。

青青葵

陈早朝觉得不可思议的是那棵葵花并没有跟着太阳转头。他已经注意它好多天了，它似乎总是垂着头，有时好像移动了一点点，却又好像动的只是他的意识。陈早朝想着，葵花朝阳大概也是人们习惯的说法，究竟怎么就会不停地动着呢？那秆子不就会旋作螺丝状了吗？

一棵孤零零的葵花长在小天井里。小天井也就是两间小平房当中隔着的一点空地，平房间没有门相通，只有窗子相对，那天井里散了一些碎瓦破砖的，也不知是什么时候积着的。雨天后，夹缝里会生出一点青青的草色，似乎太阳一晒，又变得灰白白的一片了，却又如何会长着这么一棵葵花的？

陈早朝留守在这边的一间平房里，平房低低矮矮，或时便嗅着了一点陈旧的砖木的气息。那种残破的没落的气息。那种久久缺了人活动的气息。那种夹杂着腥酸甜苦以至于分辨不清味儿的气息。

说是这里的房子要拆除了，说是拆房子就在眼下的事。陈早朝到这里来，他住进到这房子里来。正因为这里要拆房子了。这里要砌十几层楼的现代化的房子。他住进这房子，正是等着这房子的拆除。

说是这两天会有主管拆建房子的人来，陈早朝候在这间房子里，就是向拆建房子的人表明，这房子是有主的，不是简单就能拆除的。按照规定，拆建房子的人要安排一套相等面积的房间给住户……两个房间朝着南，晒进来半边的阳光，明晃晃的。对面那个小间狭长长的，隔在厅和厨房当中的玻璃恍如一道屏风，推开卫生间装着花玻璃的门，浴缸靠着抽水马桶，拨一下开关，水哗哗哗闪着清亮地冲下来……那套房间在将要砌的新楼上，陈早朝等着的是在那画着楼房平面图的纸上签上自己的名字，他就可以从这里走出去，一直走到那套新房间里去了。

陈早朝需要一套房子，他走在马路上，看到一幢幢的高楼竖起来，每一幢高楼里都有着一套套的房间。那马路边上似乎永远有建筑材料堵着路，讨厌的泥沙伴着污污的水流到路中来。陈早朝就想着，正是这些讨厌的泥沙能堆出楼房来，堆多了，其中总能有一套是他的。于是他也就忍耐了许多的讨厌的心绪。他也就忍耐地看着那些楼房一幢幢地砌起来。就这么一天天一年年地看着。有时他会奇怪地想着：也许那些楼房都是空着的，只是一种城市外观的漂亮的装饰。他很想进去看一看到底是实的还是空的。要不这许多的楼房又都是谁住的，又有那么多的人住进去吗？

现在他会有一套房子了。他就住在这儿，守在这儿，等在这儿。住、守、等在这间低矮潮湿的房子里。那将要砌起来的楼房，必须从他的身下砌起来。这里靠城郊不远，离城中心较远，却也不算偏。远点近点，陈早朝并没放在心上，他心念中只是房子。说是这里要砌出高楼来，半是外资砌的高楼……会有一半外国钞票，砌在了这幢高楼里。那一半高楼的一半房墙里，闪着外国钞票花纹色彩的光亮。他就踏在铺着那些外国钞票的楼道上……说是只要他住、守、等到拆建房子的人来，大概那个人有一半也是外国人面孔的模样吧。他就像进驻了这里，他进驻在一个低矮的堡垒里面，然而从这里他就能腾空而起,升到那新高楼上去。

说是就在这几天的时间中,拆建房子的人就要来。陈早朝分分秒秒地都守在了这里,一切需要外出的时间都压缩到了最低的限度,他不能丢失了这一个可能。每次他去巷子口厕所方便的时候,他都像现代战争,速战速决。回头过来,他会在门口嗅一会,感受是否有留下的异味的气息。就在他离开的这一刻中有过变化。除此之外,他几乎不出这间房子。就是夜晚,他也没有离开。他想象也许第二天,他再来这里的时候,这里的一切都不见了,只剩下一堆瓦砾堆,映着上空的一片白云蓝天。都说现在是改革速度,什么事都可能发生的,发生什么事都是正常的。

他伏在平房的后窗上,耳听着大门外面的声音,辨着那可能有的脚步声。那棵葵花垂着头,呈现着青青之色。门外的不远处是一条马路,马路长长的,通过那条马路,再拐一个三角的街,远远看过去,那边就有许多许多的车在游动着。一片喧哗和嘈杂。他走进喧哗和嘈杂中,一间脚下踩着吱吱的声响的地板房,他坐下来的时候,面前总是一只圈着一圈圈青花纹的青瓷茶杯,一张猪肝红色的处处鼓起着的脸。猪肝红的脸就在那青瓷茶杯上发着吱吱的咂水声,指点着让他站起来坐下来,让他向东往西。他站起坐下向东往西的时候,都听说着猪肝红脸的儿子住进了新房,每一次分房,猪肝红脸都会提出他的房子问题来,那问题总合着分房的标准。而标准总在那分房的当口,变化到猪肝红脸的问题上去。

陈早朝看着那青瓷茶杯的青花纹,一圈圈地绕着,往上绕去,又重绕上去,不住地仿佛永无止境地绕着。他突然站起来,摇摇晃晃地，他朝那处处鼓起的猪肝红脸靠近去，他握着了那青瓷茶杯，他把那不住绕着的圈纹，抓起来摔下去了，响着许多声音，声音连着声音，声音套着声音，像一圈圈的纹，绕着连续地响下去。他站着，他自己的声音从喉咙里喷出来，喷到那套着的圈着的一圈圈声音中去。

他的声音很好听的，有着一种共鸣声。还是在他小的时候，有人对他这么说过的，还带着甜甜的笑意。他想对着眼前的葵花唱一唱。那青青的葵盘在他的唱歌声中，轻轻的有点羞怯似的点着头。

葵花盘上，正中一排横着的是三十二个花籽，那么竖的也是三十二个。三十二是牙齿的数，兄弟三十二，兄弟排排坐……是他曾经唱过的。葵盘上面蒙着一层淡淡的青衣似的，裹了那些女儿们。

女儿，陈早朝念着这一个词，感觉很有点味儿。葵秆青青，淡淡的青色，杂着一点红绒毛般。早晨透一点亮色的时候，映着朦胧透明的白色，如裸露着的身子。葵盘圆圆的脸，如满月一般，羞怯地低着，蒙了层如面纱般淡淡的青……他和那个女孩最早接近的时候，她躺在很小很小的屋子的床上，整个形体都精精巧巧的，她翻着一本书，他俯身上去，她的嘴里在嚼着一颗奶糖，她的身上仿佛溢着奶香似的，淡淡的。小屋有一个很小的用草结塞着的砖窗，小床上铺着薄薄的绿青色的被子。他伸手去小心地抚摸着洁白颈上的茸茸的汗毛。她毫无知觉地躺着在那里，继续嚼着糖，翻看着抬着手上看的书，迎着亮……

陈早朝好像忘了他那原先的房子，和房子里的家人。他好像还是在青年独身的时候。他不大想得起来，他是不是结过婚，是不是有他的妻子和孩子。他恍惚地想一想，是不是存在他们。假如有的话,他好像应该去告知他们一下。他们存在的话,他们应该得到告知。他们会来这里看一下。可是他只想独自一人。早年,他曾经多次排队在卖猪肉的铺子前面,等着买一点第二天饭桌的肉骨头汤。夜色沉沉,肉铺在小街街角插着一爿爿木板铺面,沿铺面弯弯曲曲地排着身影朦胧的人,靠站着的,在小凳上坐着的,高高低低的。曙光久久没显出来,偶尔一两声说话声,声音中带着了还是夜的那种低哑。他不能离开,前面队伍中常常因用砖或篮来代表人的位置被剔除。天色蒙蒙亮时,便会生出排前排后的争吵,依然带着那哑哑的声音。他不离开,也用不着别人替代。只需要他一个人。在低矮的平房里,他积着一些能够吃的东西。那些东西与窗外的葵花一样都在慢慢地变着,变化出一点色彩来。他完全不顾那些变化,他看不清楚。他只是在需要的时候,把它们咽下去。他已经遗忘了那些东西原来的滋味。

对面那间平房里的窗子,窗上半截的玻璃迷糊一片,有一块玻璃破碎了,剩了半截。从那半截的玻璃里望过去,白天里面也是黑洞洞的,夜晚成了墨黑一片,却隐隐地有着什么声息。陈早朝想,那大概是老鼠。他的这边房子里,也有鼠的吱吱声。他一动静,那鼠仿佛吱地一下窜去,窜的方向便是天井外。那里有一个地洞,从这间房到那间房中,有一个温暖的地道,许多的老鼠在其中,它们静静地捋着胡须,随后窜来窜去,从这里窜到那边,朝那边的亮光小心地探出头来,接着便大摇大摆地钻出去。他不明白它们在那边如何弄出那么大的声响来。偶尔在黄昏的时候,他发现那边的窗子里有浮动的形象,很快地移动过去。那半截的玻璃处正被葵花盘给挡住了，他只能看到那一点阴影的浮动。他屏息去听那边的动静，却是静静的。那边白天的动作仿佛是蹑手蹑脚无声无息的。

他很想认识一下那边的人，他朝那边大声说着什么，像是自言自语。他想那边的人从窗子口探出头来，那也许是个男的，也许是个女的。但那儿没有探头，也许没有听到他的声音，也许那是个女人。只因为是女人，那里的声息才会那么安静，那么悠然。

平房门外，一条巷子，堆着了建筑的垃圾。风吹着尘土飘来飘去。巷子很长很长，有点斜度。拐过那条横马路，马路上也是长长的。许多的店铺，围着很长很长的围墙。他不知走了多少的路。开始他想着要赶快回头，守在那个房子里去。也许会有人来。但他还是走上前去。他终于找到了一条右方向的巷子，如同羊肠般的小巷。他转进去，想着沿那道巷大概需要走的路程，正是从他那间平房出门口巷子的路程。他想到从那间平房门口望出去的方位上，有着一个稍高的像水塔的建筑物。于是，他就看到了那个建筑，却似乎显得还要近一些。那个方位是正对着的。于是他就进了那间房子。他似乎从房中对面尽头的窗子里，能看到那青青的葵盘。他走进去，那里窗明几净，排着一圈沙发，沙发的旁边的电视机上放着录像，跳闪晃动着的画面，有点看不清楚。似乎是一个男人压在了一个女人的身上，头对着头，是男人在上，女人在下的镜头。每个家里大概都有这种不是秘密的秘密录像。他定眼去看，那镜头就跳闪起来。他听到了动静，回头看到一个女人正从床上抬着头看着他。她的脸上是那种砣红色，朦胧的一片白中泛着的一片潮红，迷迷蒙蒙的。她的姿态显得那么十分的端庄，有一种大家闺秀的神气。他想她大概就是他从窗子那边看到的浮动着的身影了。他想和她说话的时候,她突然叫了起来。他没有听到她的声音,只是从她张嘴的样子,知道她在大声叫着。他想止住她的叫,他告诉她什么,他说着自己在对面平房,他说那葵花。她还是叫着的样子。他说的时候,去看那葵花盘,那葵花盘还是那么低头在窗外,却是对着这一边的,依然是那低头羞怯的模样。他突然想到,那葵盘怎么会对着这一边的,他应该看到的不是它的正面,而是它的背面。他再看窗子,却发现是铝合金的窗架,窗外隔着的是金色的防盗框,在笼子一般的房里,一切都浮着豪华之气。那女人停了叫,用眼看着他,仿佛现出一种媚女人的笑来……他从房子里退出去,他想着要去找一个平房,低矮的。他想着得赶快地找,他一定要找到。他可以从那里跳窗,从葵盘身边,再跳回自己平房的窗子里去。越是着急地找,越是摸不到门。他总算找到了那幢低矮的平房,他走进去,他看到了一张床。里面迷迷蒙蒙的,也是一张床。床上躺着一个人,他过去,看那个人的模样。那人抬起头来,他突然发现那人很像他自己,越看越迷茫,完完全全就像自己的样子。只是不怎么看得清,有一层雾似的蒙着。他靠近前去,越靠越近时,他就贴进那个人里面去了……

天阴的时候,窗外的光就和房里一般。空气里像注进了水,水慢慢地浮起来,荡漾着漂浮着,游游悠悠。伸出手去,身子可以随着水游出屋子外面去,仿佛在宇航世界里。那段烈日晒如蒸的日子终于过去了,被蒸得焦白发灰的地上,也渗出了水。许多细细的绿色的生物活动起来,在葵花的四周舞着、跳着、雀跃着。雨就下了下来,大点大点的雨水敲打着那葵盘,如跳舞般的,头一点一点的。那些绿色的生命物也都在葵花四周跳着、舞着、雀跃着。仿佛到了最后的时刻的快活。

葵盘点头的时候，仿佛那些盘上的女儿们也都活动起来，都在盘上浮动跳跃着。一种无色无彩披着纱衣的裸形的小小巧巧的身子，舞动起来，都一般微微地低着一点头，显着羞怯的模样。每个头都带着一顶尖尖的帽子，绿绿的帽子，那是女儿们的标志似的。帽尖也是浮游着，舞动着。她们放声叫着了一点歌，声音尖细尖细的，宛宛转转的，染着舞姿的色彩，他能听到那歌声：

"天生生，地生生

绿生生，黄生生

日生生，月生生

水生生，空生生……"

陈早朝觉得他的体内也有一种舞动的感觉，浮游般的舞动。

电光闪亮一下，在水中闪着一道白纹，雷仿佛在摇着舞动的台，那些精灵女儿们的神魂，都一概地在闪亮中变色，一概在雷声中伏掩下身子，如舞中的一段舞姿。

陈早朝游动的感觉，就如鱼。他在女儿舞的周围，游来游去，忽而向上，忽而往下，似乎是在一个水晶宫中，串着许多的气泡，从他的嘴里吐出来，升浮到上空去。回转身来，一种大自由的感觉。同时他看到，新楼房也如一切地明亮起来，新楼房就在明明亮亮中。那是他的楼房，他如游般的上那楼房，一层一层的，窗明几净，闪亮着琉璃青玉的亮色，玻翠玛瑙的光色。晶莹的楼面。他往上浮,而那楼就在他的身下浮着升砌起来。一套套的房,隔着很大很大的厅,墙上是涂着黄金色的隔板色,浴缸如大大的茶色的金鱼缸。喷泉似的水,隐隐地喷着一种流动着的香气。游到阳台外的,看到那个葵盘。那些葵花女儿在每一个阳台上,轻歌曼舞着。葵盘越升越高,越显越大,像一个晃动着的布景,它的根须处,恍惚便是许多许多的楼群随着升浮起来。

陈早朝的身子越往上,楼房便越快越高地一层层如积木般的堆出来,他心里数着数,四十、五十……不远的天空上,太阳就在那云里浮出来,一片红红的如西瓜瓤。

他游进了最高的一层,那是一片玻璃的房。青青色的玻璃,镶着珍珠般的边框。一切都是透明的,隔墙和壁柜都是透明的,隔着那透明的窗,葵盘就在那里,羞怯般的低着点头,微微地舞动,如浮雕一般。

四周响着雷声的轰鸣,一切都一闪一亮的。轰鸣声就在耳边响着,成了一种音乐,一种唱片中的交响乐声。

那些垃圾和尘土都飞扬起来。一些带着硬壳帽、系着皮带的人进入巷子里来,脸上带着那种被风和阳光染成猪肝红色。他们走进矮平房的时候,看到了伏在那里窗边的一个人。他们过去,用力地把他搬出房去。外面是一个大好天。他的身子在他们的手底下显得硬硬的。

陈早朝感到他的身子底下被拔了起来,整个地牵着粘着连根带须被拔起来似的疼。

棋语·连

北巷小王，本名王连生。因为与样板戏里的叛徒排名，所以他自称小王，北巷的。习惯了，大家就叫他北巷小王。

北巷小王在海城围棋界名气很大，比一般的职业棋手都大。

政治运动年代，在围棋协会中拿工资下棋的职业棋手，都下放到各个企业中，恍如销声匿迹了。围棋协会不再有活动。社会上依然有喜欢下围棋的，街巷中不住地冒出新的霸主，他们到底水平高到哪一层阶，需要寻找其他高手，通过对弈获得胜负来确定。俗言：文无第一，武无第二。围棋是体育竞赛项目，牵连着几千年的文化遗存，一旦在棋盘上搏杀，斗智斗勇，除了棋力相差过大，一般棋手都不服输。确实棋上的胜负，并不完全代表智力高低，往往与棋手的心境与情绪有关。总有棋手不认结果，或也有夸大的，也有吹嘘的，也有另加一番说辞的，也有颠覆战果的。围棋自有江湖传说。

北巷小王在棋界的名气，并不在于他的棋力，甚至谁都没看到过他下棋，他能很快确定棋手的棋力，并能找到与其棋力相近的棋手来对弈，用他的口头禅便是：你们两个碰一碰嘛。他是棋局的组织者，是棋局的裁判，也是棋局的点评者。他的组织能力很强，他能约的棋局都会成功，棋手都以他所约而荣幸，因为棋力低的他是看不上眼的。他的裁判绝对公平。而他对棋局的评点，高屋建瓴，并十分精准,对局双方都会伏帖。最后他也是棋局胜负的发布者,他的发布带有着判定,并不完全以胜负论英雄。这样的发布就不简单了,他要对每个棋手的个性、力道、长处、短板以及发展前途做出说法。这一步很难,换任何一个棋手来做,往往会被其他棋手认为有掺杂个人好恶之嫌。北巷小王不下棋,不会利用人脉来评判,偏偏他对棋局的评点是到位的,不偏不倚,他的棋评还掺着对棋手精神的论定,这是他的特长,所以他奠定了在棋界的地位。

北巷小王的影响不光在海城围棋界。他每星期总有一两天在襄园,自民国开始,襄园便是海城围棋爱好者聚集的场所。运动期间,官方举办的围棋活动已经停止,但在襄园里依然有人下着棋,并不管外面的运动与革命。北巷小王就在那里看棋,一般棋局他只看上几手,便移步而去。如他停下来把一局棋看到完,接下来他就要约棋了,对弈的两个人中间,肯定有一个是他看中的,或者是海城新冒出来的好手,或者是外地来踢场的棋手。北巷小王开口就是一句:"我要找一位对手和你碰一碰。"没有棋手会拒绝北巷小王的约棋,因为好棋手在襄园下棋,并不能随便地找到旗鼓相当的对手,而棋手总渴望着这样的对手。再者,北巷小王随手复盘刚才的棋局,并在布局与中盘的关键处评点棋局,对棋势与棋力所做的判断,不由棋手不信服。到后来,北巷小王的名声传开,新冒出的棋手和外地来的棋手,到襄园来下棋,就是等着北巷小王看他的棋,以找到好对手,以求得北巷小王对棋力的判定。

北巷小王还曾有一局影响扩大至境外的约棋传说,当时日本有一位叫山口劲夫的高段棋手,参加日本棋队来中国,在京城下了两盘棋,意兴阑珊。本来日本棋队活动的议程,有来海城的,但中国在搞运动，说安排不方便，日本棋队就不出京城了。山口劲夫的围棋老师是日本棋圣袁青，老师经常和他谈起当年在南城的一位棋友，听说这位棋友现在海城。山口劲夫就独自跑出了京城，乘火车来到了海城。并按着出国前老师的指点，到襄园来，就想找到老师当年的棋友下一盘棋。山口劲夫虽懂中文，但说得并不流利，那时外国人在中国很少，一旦发现，便受警觉，活动自然不方便。山口劲夫偶向襄园棋手询问老师的那位棋友，人家却是摇头。山口劲夫也无法了，只在襄园看着棋，转了一圈，没有可上眼的，走到一盘有人围着的棋局前，觉得南向而坐穿灰色学生装那少年的几步着法，还可看一看，不由停了一刻，随后又想转身，却被旁边一位年轻人合掌拦住了。这位年轻人便是北巷小王，从见到山口劲夫第一眼，他就注意上了他。到山口劲夫看这局棋短短一刻中，那眼神与微微摇头的表情，北巷小王有相通的感觉。他断定襄园是来了一位高手，请到一旁对话了几句。先问他是不是要找这里的高手下一盘。山口劲夫说他已经看过他们的棋，说时只是摇头。山口劲夫不说自己是日本人，但他说了几句话后，北巷小王听出他不是中国人。山口劲夫见瞒不住，才提到了他是袁青的徒弟。下围棋的人，都知道袁青，袁青几十年前从中国去日本，成了日本的一代棋圣。北巷小王听到他是袁青的徒弟，便立刻把他带到了陶羊子家里。在北巷小王的意识中，陶羊子是围棋手的代表形象。陶羊子在居委会，做的是调解工作，从来不参加任何的棋赛，也没有官方所定的段位，但北巷小王认为真正的棋手在民间。赛棋无好局。有人就是比赛行，而赛棋的谱就没法看，赛场上靠的不是单纯的棋力。围棋应该是文化的传承，是智慧的表现，也许只有取消了所有的比赛，才能回到棋的本身。

一路上,北巷小王与山口劲夫交谈着,听北巷小王的话,山口劲夫摇着头。他并非是否定他的说法,只是不知如何来应答。山口劲夫在日本一直是在棋赛中争胜负,认为棋手只有在争棋中练棋力,日本的棋力是最强的,日本棋的境界也是最高的。不过他现在也想到,就算他实战能胜因车祸脑子受伤的老师袁青,他也不会认为老师的棋力不如他。他觉得面前这个不起眼的年轻业余棋手,会有如此的见解,让他内心生出敬意。他不得不承认这也是一种说法,是与习惯不一样的对棋的理解。

到了陶羊子那里,发现陶羊子便是袁青当年的棋友。陶羊子与袁青年轻时,同在一个围棋研究会待过,陶羊子比袁青大好几岁,待他如弟弟一般。那时袁青还是个孩子,一心想下棋,简直是个棋痴,后来他去了日本,临行前一天,还与陶羊子下棋。

山口劲夫头很大,身子看上去就显得瘦小,有一双亮亮的吸引人的眼睛。他对陶羊子说他是逃出京城来找他的,说话时,北巷小王已在桌上摆下棋,山口劲夫与陶羊子便在棋局中碰了一碰,这局棋从下午下到晚上,没有下完,体委的外事部门便来了人,要立刻带山口劲夫离开。山口劲夫与北巷小王对棋局做了判断,两人对盘中目数的看法是一致的,山口劲夫的棋已不够了。临走的时候,山口劲夫还有所遗憾地对北巷小王说,他没有机会与他碰一碰了。山口劲夫认定北巷小王是一位年轻的围棋高手,他怎么也不会想到,对围棋有那样的见解、对棋局有那样判断的北巷小王,居然是不下棋的。

北巷小王以前也带棋手到陶羊子家来过，或者是外省来的知名棋手，或者是海城新出的冠军棋手。一般的棋手，就是求北巷小王，他也不会往陶羊子这里带。"你不够资格。"北巷小王会直截了当地对求战的棋手说。其实陶羊子倒并不在意来对弈棋手的水平高低，他赞赏北巷小王是真正的棋迷，北巷小王带来的棋手，他只要有空都会接待并对局一盘。

北巷小王约的棋局，一般不在襄园，他认为那里的棋手多是普及型的，好的棋局要有好的棋手，可以有少量的观棋者，这观棋者也要有相应的棋力，如此能促进弈者的积极能量，但围观者又不能太多，水平不够的看也是白看，乱哄哄的影响对弈的质量。

有时约了棋局，但两个棋手家中不适合摆棋局，棋手或者家里地方很小，或者是与老人住一起的，北巷小王就把他们约到了自己家里去。另外有外地来的棋手，北巷小王也会往家里带。

有棋局在家里进行，需要考虑的是家里人的反应。那时城里的住房很紧张，没成家的年轻人没有不和父母同住的。北巷小王家里并没有人反对他带约棋的人来下棋，北巷小王读小学时母亲去世了，父亲也是一个喜欢围棋的人，对上门来下棋的客人很是欢迎。照理说，这其间一点问题都没有，只是北巷小王的父亲喜欢下棋，而不喜欢看人下棋。他下了几十年的棋，棋力似乎永远没有长进。现在很少有人与他下棋了，他以前有过的对手，甚至是他早先教会下棋的人，都嫌弃他棋上的老套路、老毛病和老水平，避开着他的邀请。一旦有棋手应北巷小王之约登门，他热情让座倒水，然后笑嘻嘻看着各位。桌上的棋局开始了，他依然笑嘻嘻地看着观战的棋手。他对棋局没兴趣，棋盘上有的棋他也看不明白。他的表情让北巷小王不耐烦了，有时会开口撵他："去去，这里没人和你下棋。"能来观看约战的多是高手，当然只想看棋局上的争斗而不愿应付低手的盘上纠缠，但有不忍看老伯神情的棋友，不免做出点"牺牲"，陪着老伯到旁边小桌上对弈。好在北巷小王的父亲下的是"卫生棋"，落子很快，几乎不用思索，两盘快棋下完，棋友来得及去看约战的中盘棋局，而北巷小王的父亲根本不在意输赢，心满意足地起身去厨房忙乎了。

所约的棋局上咬得紧，吃饭的时间到了，北巷小王会招待来客吃一顿便饭。那个物资匮乏的时代，买米要粮票，买荤菜要肉票，提供好几个人饭菜，这是高待遇。北巷小王在运动前一年毕业进了父亲所在的重工厂，也和父亲一样做技工。那时工人的工资相对平均，重工厂是大厂，福利要好些。一家两人都工作，所以请得起客，家里最大的花费，便是买些黑市高价米。

每次所约棋局结束，晚上，北巷小王会绘制棋谱，把当天的棋局复盘记录下来，并配上评语。多年后，那棋谱集成厚厚的几本。而那评语第二天便通过口口相传，传至全市棋手。其实在北巷小王的心中另有一个图，不用记录下来，那便是市里能上段位的棋手情况，谁的棋力如何，他都有着一个底。棋盘上千变万化，棋手也是千姿百态，他知道他们的喜怒哀乐，知道他们的品性，知道某一位棋手下棋时的狠劲；知道某一位棋手平时不怎么说话，一旦快到胜棋时，话就多起来，话中多有得意之语；某一位棋手特别喜欢杀棋，每盘都博大龙；某一位棋手特别喜欢拦空，一子两子能弃便弃。而这都是棋上表现的，他不但清楚他们棋上所连的，也知他们所连的生活，谁家几口人，谁家有大事。不少情况影响着棋手的状态，而不在状态中的棋手，他从不约。

这是北巷小王最好的年代，他在国有工厂做技术活，工作不重，奖金却高些。在物质享受上，他后来的生活是比当时要好，但一切是相对的，相对那时的一般人，他还算不错的。工作八小时之外，时间由他支配，书和棋占据了他的主要精力。他看的多是中国传统书籍，他认为棋上积淀着文化素养。关键是他喜欢围棋，随着他约棋越来越多，他在海城围棋界很吃香。快乐也是相对的，那时的他，内心总是快乐的。

他还有了女朋友，姑娘名叫马正凤，她模样周正，做事很稳，还是个党员。他们恋爱谈了大半年，相互都还满意，北巷小王带马正凤回家，父亲看了也满意。马正凤也就常常出进在北巷小王的家了，进了家便进厨房，跟着北巷小王的父亲做饭做菜，北巷小王的父亲让她别动手，外面坐。马正凤说是要跟叔叔学厨艺。

那是一个春天，海城新生出几个围棋好手，外地也有高手来海城找对手，一星期中马正凤两次到北巷小王家，都见有好几个人围观桌上棋局，而北巷小王的父亲没有对马正凤客气，分配她择菜洗菜。最后一桌子人坐下热腾腾地吃，饭桌上的围棋话题依然是热腾腾的。

几天后，马正凤约会北巷小王，地点在离家不远的长风公园。北巷小王不明白马正凤如何会有此约，自从进过家门，他们不再在外面约会，省了公园的门票，也能避开可能见到的熟人和多出来的招呼，再说，关系发展到这一步，搂抱亲吻总是有的，家里当然安全。

北巷小王准点到达，就见公园的长椅上，马正凤坐得端正，身边椅上正落一片玉兰树叶。待北巷小王坐下后，马正凤语气严肃地说:"连生,我必须要和你谈一谈。"

马正凤先谈到北巷小王的人品,说他正派,不见有男人常犯的花心毛病;说他能干,厂里干的是技术活,家里的家具电器,他都能修;说他热心,帮人家做事,不计回报;说他有知识,书看得多,历史地理,文学艺术,无一不懂。再说他的家境和物质条件都要比她好。她曾认为她找到了一位十分满意的生活伴侣。但是,这些天她发现他太迷围棋了,男人嘛,要有奋斗目标,玩可以,偶尔玩到够,觉得有快乐,我也理解。但你自己不玩,拉人家来玩,玩得够够,拼着自己的时间与精力,还供饭供菜,就让人不明白了。

北巷小王说:"这不是玩,琴棋书画,是高雅活动。"

马正凤说:"我看来看去,还是一种游戏,古代才子佳人玩的游戏。玩物丧志。我宁愿你其他条件差一点没关系,就算工资奖金低,就算你房子小住得挤,都没关系,我们能克服,能团结一心去努力,但人迷在游戏中,以后两个人的日子只有退步没有进步了。"

马正凤对北巷小王是处处满意,就是对他的围棋痴迷做派难以接受。而北巷小王对马正凤也是处处满意的,就是她阻拦他对围棋的喜欢难以接受。两个人都有难以接受之处,且谁也无法更改,于是,两个人的交往渐渐少了,后来也就分手了。

有一段时间,北巷小王心境灰灰的,他所约之棋却越发多了。这一天,仁义里的常朔要去插队,回他老家的乡下,北巷小王为他约了一盘棋,棋毕,几个年轻棋友聚餐,喝了一点酒。

常朔端着酒杯,说他插队到乡下,也不知什么时候有人对弈了。

北巷小王平时不喝酒,一喝酒就有反应,他脸红红地对常朔说，他本是看好常朔的棋的，但棋虽靠天赋，但还需技艺上熟能生悟，常朔这一去，真是可惜了。他在棋上所作预言，大致是正确的，哪一位棋上有发展，哪一位棋上没前途，他预测的总也七不离八。

常朔就说，他知道一位林之贤棋手，他很少找外人下棋，所以棋力不知高低。但他能通过棋预测人生将来，听说他所预测的也是七不离八。

在场的另几位都摇头，说是迷信。北巷小王却将信将疑，棋如人生嘛。

北巷小王与常朔相约，一起前往找这位林之贤。北巷小王毕竟熟悉的棋友多，要到了林之贤的地址，选了个星期天，与常朔前去拜访。

林之贤住所在一个幽静的地方，古旧房子，飞檐青瓦，房子四周是栽着树长着草的小院。一看就是高档区。

正是雨后清爽天气，北巷小王到时，见林之贤正在忙屋漏，旧式房高敞，只是年代久了，屋漏是避免不了。北巷小王一见，就去打了一个公用电话，找来了棋友方治平，他听他吹嘘过他会搞维修。方治平一听是给会预测人生的林之贤帮忙，很快就到了，上墙登顶，虽踩碎了两片瓦，屋漏总是拾掇好了。

四个人坐下来后，三人不知林之贤是否要和每个人下盘棋，如此，下三盘棋要下到什么时候？再说北巷小王是不下棋的。林之贤只是让常朔和方治平对局。常朔和方治平本来就熟，此行也不在棋上，两人下了一盘快棋，棋局结束，照例北巷小王做了评点。

接下来，就等着林之贤的预测了。只见林之贤在一张纸上排列了几个天干地支，并画线连了。

"你们三位有一个共同点,就是:官。"

北巷小王说:"我也能当官?"

林之贤移过眼神,对北巷小王说:"你与他们不同,他们将来会当官,而你现在就是官。"

北巷小王就笑了:"我哪是官?我在厂里连一个小组长都不是。"

"官,在我认为,就是一种连。小官连少数的人,大官连很多的人。官在大会上讲话,他的话连着人,官在办公室发指令,他的话也是连着人,别人做事,官员做指点,这与你连着棋手下棋,你做评点,有多大的区别?你的发布,大家都会听着,你的评判,大家都会接受,形同官方,也许还胜于官方。所谓社会就是一种连,你在棋界做着组织的事,棋手都承认你,拥戴你,你就是官。"

常朔接口说:"是啊,你就是棋界发号施令的,是个头儿,当然就是官。官的话也许还没有你管用呢。"

林之贤再不多话,三人起身走时,北巷小王又留了下来。他不再询问对他个人的预测,他看过阴阳五行、易经八卦的书,就此学问想与林先生探讨一下。

两个人对坐的时候,林之贤一下子口若悬河,滔滔不绝地说起来。他说人生就是人与社会之连,天干地支四柱八字,只是一个坐标,当然无法涵盖人的命运,连着的是内在的禀赋,连着的是过去与未来。

北巷小王问:"你能确定他们将来会当官吗?"

"会。"

"未来能确定?不会变化吗?我相信,凡绝对的便是迷信的。"

"是命运,总会有变化,变是永远的,不变是暂时的。易就是变。"

林之贤说到常朔和方治平来找他，便有改变生存状态之心。从棋上看，虽各自性格不同，"常扑"与"方跳"，皆有进取，而棋行之处，都有大局观，且具坚韧，该屈服处都能低头忍过，能忍最是当官要点。现在社会还乱，将来治世需要大批当官人才。他们有这一层向往，说根基也好，说志向也对，再加上听我这一预测，他们信心也就巩固了，会向这方面去努力，意志的力量是无限的，这力量用现在的科学还不能确定。

多少年后，北巷小王回顾这一次访行，发现林之贤真有高妙之处，社会变化，常朔与方治平都考上大学，并都从政，当上了官。应该说林之贤的预测是准的。在北巷小王的感觉中，林之贤与他棋上的偶像陶羊子是相通的，陶羊子是实实在在地做，而林之贤却是在虚虚幻幻地说，都显有一种超脱。

到八十年代中期，中日围棋擂台赛的举办，聂旋风的名字传遍中国，社会上下棋的人多了，北巷小王的约棋也更多了。这天，北巷小王回家的时候，父亲告诉他，马正凤来过电话，约他第二天老地方见面。

长风公园的长座椅边，北巷小王与马正凤见面了，长椅上方的那棵玉兰树正开着花，玉兰花开得又白又大，叶子落尽了的光枝上蠢着一朵朵花。

马正凤此约，是向北巷小王道歉的。她说，是她的眼光浅，知识水平不高，文化修养不够，王连生他明明做的是有意义的事，是能够为国争光的事，她却认为他是玩物丧志，还嫌弃他，当面打击他，如今她一直后悔莫及，非得要当面说清楚，希望能得到他的批评与原谅。

北巷小王只是摇手，说他并没有做什么，他约连的棋手中，也没有一个是参与了擂台赛的高手，为国争光实在说不上。北巷小王心里明白，虽然他眼下很忙，那是因为整个社会有了下围棋的氛围，下棋的人多了，但他已经不能像当初全市棋手都掌握手中。围棋协会举办了各种棋赛，并进行专业培训。相比之下，他现在所连的棋手都在一般水平，就是有业余高段棋手，也都年龄偏大，没有机会去为国争光了。

马正凤却严肃地说：你不用谦虚，在围棋事业上，一下子有所突破，而战胜强敌日本，是缘于深厚的社会基础的，正是他王连生在那个时代中，不计名利、任劳任怨地串连着一个一个的棋手，他所做的工作对整个围棋的发展是有贡献的。不管棋界的领导承认不承认，在她马正凤的心里是认定的，每每想到这个，她就感到羞愧。

马正凤说着，站起身来，对北巷小王深深鞠了一躬。

北巷小王很是感动。她曾是他喜欢的女人，她的道歉更是升高了在他心中的形象。但说归说，她已经嫁作他人妇，不可能再与他成家了。

以后的人生中，北巷小王一直单身生活，有马正凤的一根标杆在，他很难再找到那样正直正派、那样真诚实在的女人，有介绍来的女人，第一次见面，他就会感觉到她们的娇气和虚饰，有与她们相处的时间，他还不如多约几盘棋呢。

就这么一天天，一年年，北巷小王的业余生活依然在围棋的世界中。只是需要他约棋"碰一碰"的机会越来越少，往往是过去的老棋友请他约朋友下一盘，纯粹是借棋一玩，一聚，不在乎棋力高低。围棋赛中出的英豪都是少年,而少年出道起初为棋校,后为高段棋手指导,中间靠的是学费和对局费,当然,如能棋力拔尖,而成棋坛佼佼者,所获钱财也让北巷小王难以想象的。

北巷小王的棋友曾原德做生意赚了钱,他办了一所棋校,有时请北巷小王去给高级班讲课,看高级班一局局对弈的棋,做复盘评点判断,并预测棋手的将来发展。北巷小王是随唤随到,但讲完课坚持不收任何费用,他对曾原德说,父亲已经去世,我一个人生活,工资足够,你让我做的是我开心的事,与棋相交几十年,你别让我坏了晚节。

曾原德笑了,老棋友相处共相知,互不强求。曾原德有外省的活动,约邀北巷小王,北巷小王喜欢看山川湖海,欣然同行。

这一次到了南方,白天曾原德有生意要谈,北巷小王自去海边游玩,曾原德嘱他晚上有宴,北巷小王说,你们都是谈生意的,我在外随便吃点,就不参加了。曾原德说,席上也有懂围棋的呢。

北巷小王赶着回酒店参加晚宴,曾原德请了几个经理,每个经理都带着女秘书参宴,有一个年轻女秘书会围棋,就安排在北巷小王身边坐。北巷小王不想听他们谈生意,只与身边的女秘书谈围棋,发现女秘书是懂点围棋,也知围棋界几个有名人物,但一往深里谈,她就一无所知了。只是女秘书温顺好学,引得北巷小王开心。

女秘书说:"你教教我呗。"

"我教你。但我评棋可以,实战水平并不高。你说说,你在网上下棋,能达多少级?"

"三四级吧。"

"哦,我在网上试过,能上段的,可以教你。"

"好的，师傅。师傅喝酒……"

女秘书给北巷小王斟着酒。生意人的酒席上，劝酒是一种乐趣，为初见喝，为对座喝，为一二须过三喝，为女人喝，为生意兴隆喝，为主人喝，为客人喝，为同属相的喝……也为围棋喝。北巷小王只顾与女秘书谈棋，对劝酒推辞不了的，就饮上一杯。

北巷小王本来就不喝酒，多饮了几杯，脸红红的，说不喝了，再喝就醉了，还要教下棋呢。

女秘书说："是啊，师傅还要教我下棋呢。"

曾原德笑说："那你们就先去吧，房间里已经安排了棋盘棋子。"

女秘书就领北巷小王走了。席上继续喝酒，曾原德大谈起围棋来，开着棋校的曾原德本是个业余高手，席上的生意人虽不懂围棋，但这些年围棋是热门，没人不知道聂卫平、陈祖德、常昊的。

第二天上午，曾原德去叫北巷小王吃早饭。北巷小王垂头而出，见了曾原德，只是摇头。曾原德问他，昨晚是不是教围棋教到床上去了，到底是他教她，还是她教他？

北巷小王说："要在以前，我是要负责她一生的，可我的心思都在围棋上……她要是找来，我怎么办？"

曾原德说："你的心思都在围棋上？就像当年的人心思都在革命上？就算当年的革命者也不影响与女人在一起啊。"

"当然不是，当然不是。我这样的年纪已经适应不了女人需要，女人是不好连的……色即是空，空就是色啊。"

曾原德哈哈笑了："就是让你尝尝鲜的……滋味如何？"

"一塌糊涂，乱七八糟。"

南方之行的这一晚之事，在北巷小王回想中，有着梦幻之感。年龄大了，又是独身生活，常会有虚幻的情景，混入现实的记忆中。

有一盘棋浮在感觉中，那是他约了一位棋手的棋，这位棋手一直不予应允，有一次在众多棋友在场时，这位棋手也许感觉被约烦了，提出一个要求，如要他去应约战，北巷小王先要和他下一盘棋。北巷小王也就和他坐到棋盘前，下了一盘棋，这盘棋北巷小王被对手压着围着挤着，他完全跟着对手的步子下棋，只是把盘中的棋一个个地连起来。盘上已经输了不少目了，偏偏还像不会下棋似的纠缠在棋中，不懂认输，一点没有他约战时的眼光与见解。到场观者看不下去，提醒他时，他才满头是汗地看清局面。真是不识庐山真面目，只缘身在此山中。这盘棋在他意识中是虚幻的，因他无法记起对手是谁，也无法记起具体场景，他所接触到的棋友也没有人提过，然而，他觉得这盘棋的感觉极具真实。

他甚至能记忆起对手冷笑的样子："你总是把我们一个个棋手连起来，今天我跟你连一连。"

"你每次约了我们下棋，你是看输棋人的笑话，还指指点点，今天我让你也感受一下。"

不，这肯定是不真实的。他想到也许这是一盘在网上下的棋。一切可能只有在网上才符合。对弈进入网络时代，北巷小王的约棋不再需要，因为棋手要找棋力相近的对手下棋，只需上网，分分钟便能对弈。

正因为有这一盘虚幻的棋，北巷小王不再约棋。棋友到访，见已经退休的北巷小王，或是捧着书，或是做着家务，他不管是看书还是做事，都是认真的。

在南城做官的常朔回到海城来,他退休了,认为可以开始过一下自由的生活,约了几个当年的棋友聚叙,北巷小王也去了。这天正是人工智能阿尔法狗与李世石下第一局棋。一桌人一边喝酒吃菜,一边看着电视直播棋局,大家都认可北巷小王对棋局的判断与预测,想听他的分析,但北巷小王一直没有说话。看到中间,发现阿尔法狗的招数多有不合传统棋理,看来是拙手,有一步跳脱之处,大家都不明白,皆扭头来看北巷小王,只见他满面是泪,只管摇头。

"错了,都错了……"

在场的棋手当时并不知道他说错是什么意思,是指李世石的棋,还是指阿尔法狗的棋。直到后来李世石输了,连着后来所有高段职业棋手都在阿尔法狗面前败下阵来。有报道顶尖职业棋手自卑地反省:在阿尔法狗的棋面前,几千年人类传统的棋理,不少都是错的。他们不由佩服起北巷小王的眼光。

但北巷小王内心的感觉,又对谁说,又能与谁说。

他一生的人世沧桑都连着棋,他一直认为围棋是思想与精神境界的观照,古来的围棋理论也是这么说的,这些年来,世界围棋冠军都出自少年,北巷小王就有所疑,莫非围棋的棋力只在于计算?现在阿尔法狗更证明了一切。

那么,他的一生意义何在?然而,不管对与错,他已快步入古稀之年了。莫非人生连着的只是悲哀?

后来,听说2.0版本的阿尔法狗产生,新的版本摒弃了人类赋予的棋谱内容,也就是说,新版本阿尔法狗成长之时,根本不与人类的棋相连,它与自己对局,从空白开始,直至超越旧版本的阿尔法狗。

北巷小王在电脑上看到这条消息时,他立刻关掉了电脑的电源,电脑屏幕中间瞬间闪现一道白光并沉入暗色。编造,编造。这是站在人工智能角度,摧毁一切人类的经验与传统。北巷小王心中念着。

北巷小王经常会想到他的偶像已故棋手陶羊子,陶羊子的棋无定法,师法自然,随对手的棋而变化,每一步应手都是新的。要是陶羊子还活着,会是阿尔法狗的对手吧。

还记得,当年日本棋手山口劲夫临走时,走到陶羊子身边,恭恭敬敬地说了一句:"先生可有教我的?"

陶羊子看着他,随后伸手把盘上的棋都撸到了一边。

山口劲夫与陶羊子对视了一会,躬身说:"受教了。"

当初的山口劲夫悟到了什么?北巷小王也有悟,他们悟的是相同的吗?是陶羊子之意吗?

老了,如今北巷小王睡眠浅了,往往半夜醒来,眼前就会浮现出当初陶羊子撸棋的情景,那盘上一片空空。

棋语·靠

棋盘上才放了几个子，还是布局阶段，张好行便啪地"靠"了一子。

棋语：靠。便是贴着对方的子下一手棋，立时与对方的棋纠缠起来，那架势摆明了要进行肉搏战。

观棋的北巷小王短短地笑了一声。他看惯了张好行的"靠"。有时张好行在一盘棋中，一连下出几个"靠"来。他上一"靠"，对手脱开走在下面，张好行跟着再到下一"靠"，对手还是不理，接着去左空上下了一步，张好行还是不依不饶，又是左一"靠"，待到对手行棋到右边，张好行便毫不犹豫地随手右一"靠"。

张好行在棋界的绰号就是：张靠。这个绰号上的"张"，有胡乱的意思。张靠便是乱靠、瞎靠。

张好行对自己的"靠"却很得意。他说：靠，就是将棋盘扩大。

围棋有十九道经纬线，三百六十一点，落子的取舍面很大，但搏杀起来，每一颗子都纠缠在了一起，在盘上都至关重要，显现着各自的力量，盘面精彩而丰富。北巷小王却认为缠棋的境界不宽，高手还在于空，兵不血刃嘛，热点之外，更显大片天地。

都说棋若其人，熟悉张好行的朋友，却感觉张好行的处世大不同他的棋风。他外表温谦，话语平和，极难得和人有所争执。他与朋友之间，无事不走动，相见最多的是与棋友下棋，正如君子之交淡如水。

运动期间,社会的政治气氛浓,人与人交往也随政治气候变化而波动,往往一言不合,连夫妻父子都会起矛盾。张好行是那种逍遥派,从不问政事,从不谈政事,也许是因为他的成分高了一点,其实小业主不同于地富反坏,第二代革命造反的大有人在。

这一天张好行正下着棋,对手是一位由北巷小王约来的城南好手。张好行这一盘棋下得紧,对手强,也只有放手一搏。行到中盘,张好行的棋局面偏好,只见他手捏一子,缓缓落下,动作轻盈,虽少不了缠靠,却又显成竹在胸。待对方走下一步,头微微一点,似乎是赞赏对方,又似乎一切正在预料之中。

在城北棋坛,张好行棋力并不突出,北巷小王却常约他下棋,一来,张好行喜欢棋又有时间,二来,北巷小王与张好行同住一条巷子,是谈得来的朋友。

北巷小王约战的棋局,往往早早定下,传开后多有棋手来观战。这天不是星期日,来观战的是几位中年的棋友。一旦盘上的棋势确定,观战的人便随便聊开了。都是熟悉了多少年的朋友,不免会谈到社会现象。运动有了几年光景,不再是一开始那么热血了,批斗啊武斗啊也少了,当时运动的先锋红卫兵,走上了上山下乡的路。只是运动还在,口号还在,辩论的习惯还在,有两个棋友正因为熟,便也谈得熟,都是下棋的人,往往书看得也多,谈到了历史事件与政治人物,激动起来便口没遮拦和忌讳。

那位称作阴算的棋友,说到林副统帅时有点走调,说他是个人物,只是从面相来看嘛……直摇着头。

不知谁插了一句:他的面相像奸臣。

另一位杨斌平素便喜欢抬杠，说林彪很会打仗的，三大战役打了两个。不像古代的奸臣没有本事。

阴算说古代的奸臣也许都是有本事的，只是被后代定作了奸臣，便连他们的本事也被抹杀了。现在不就是这样嘛，元帅被批斗的时候，什么本事也不提了，只是草包元帅了。看来本事与奸不奸无关。

张好行的对手停下来听，张好行催了他一下，对手的神情依然显着不在棋局上。张好行便站起身来，说一句有事，走了。围观的棋友再看棋局，明显这盘棋张好行是优势，不免诧异张好行一向迷棋，宁丢一只鸡，不失一好局，怎么可能棋要胜了还会弃局？是不是他没看清楚棋？

刚才的闲聊虽然是朋友间的议论，在政治气息很浓的社会运动中，是有危险的。应该说，远离危险，张好行还是有头脑的。但危险不久下来了，偏偏落到了张好行头上。

当时在场的几位棋友都清楚，犯了事的应该是阴算，还有那位插嘴的。张好行本是没沾边的，但事情却落到了他的身上。讯问在一间暗暗的大房间里，早年这里曾关过"牛鬼蛇神"。讯问者的口气特别严厉，仿佛对着的是一个罪大恶极的反革命。张好行本以为这根本没有他的事，心里庆幸自己走得及时，脱口便说，他就是不想听他们说的事，棋没下完就离开了。

讯问者立刻发问：那么你是听到了他们说的，他们到底说了什么让你离开的？

张好行一下子发现坏了，他离开棋局，是不想惹事，但反而惹上了事。如果他没离开棋局，他可以说他全神贯注在棋上，根本没有在意别人在议论什么。现在他想完全撇清自己,已经解脱不了了。

讯问者的神情轻松下来,像是看着深陷在一盘坏棋局中的对手,只为长出一口气而挣扎着。

讯问者的口气却越发紧逼:推推推!你推你没听清;你推你没看清;才几天的事?一个下围棋的头脑,居然还推你忘了。你当我们是什么?告诉你,这不是一件小案子,是反革命大案。

张好行被隔离在这个房间好几天,慢慢地他感受到自己的情景不妙,他能判断这件事肯定是有人告发的,大概告发者并非是棋友,只是在旁边偶尔听到了,也许还不完全认识所有在场的棋友,告发只是孤证,有人棋局未终了起身走开,便是实在的佐证。

张好行估计真正当事的阴算他们,也许还没被查到,就算如讯问者警告的,已经掌控了一切,阴算他们也不会承认这一切的,因为他们知道那后果会是什么,面对他们的将是一盘死棋。

讯问者的紧逼一天胜过一天,从立场问题到包庇同罪,从揭发他人到交代团伙,有一刻张好行感到自己扛不住了,就想完全交代出来,以求轻松。他的记性特别好,肯定还能说出告发者没有说清的点点滴滴。然而,张好行有一点意识是清醒的,要是他指证了他们,不仅仅他们之间的友情是完了,他更要担负他们被处理的后果,愧疚将是终身的。更有一种恐惧乃是他被隔离肯定众所皆知,一旦查到他们头上,谁都知道他张好行便是出卖者,也许他们会众口一致,把一切推到了他的头上,对出卖者是没有什么可顾忌的。

幸好,后来九一三事件的文件传达了,这个案子才偃旗息鼓。要不这类事可大可小,大到案中人被枪决也是有先例的。

有人评论张好行是太聪明了。聪明反被聪明累。

张好行确实聪明。

张好行会做的事很多，那个年代自行车还只有少数家庭有，星期天，他常常会蹲在门口，将哪家邻居坏了的自行车翻转着，坐垫和车头朝下，卸了车轮做维修。他家没缝纫机，偶尔朋友家的缝纫机有问题，他看几眼，动动手也就修好了。更多的时间，他是修收音机，满桌都是拆的零件，最后又一个一个组成整体，红灯亮起来，声音响起来。

从收音机到半导体，再到八十年代流行的录音机，似乎修理这类物件是张好行的拿手好戏，其实每一件物品坏的原因有共通性，但也有个体性，张好行到底在这上面费了多少时间，谁也说不清，名声在外，要解脱也难。

北巷小王引几个棋友到东岛上去玩，那时的东岛还显荒凉，海城曾有大批知青下放在岛上的农场。邀请者便是留在农场当办公室主任的棋友。

接待他们的办公室人员小颜，是一位年轻的女人，给人最明显的印象，就是她的肤色，白得如瓷。小颜还兼管着广播，声音当然好听，糯糯的。一个女人给人有声色两重感觉，让人耳目清新。再有就是她打扮的不同，宽袖窄腰套衫，及小腿的中短裤，要在多少年后，这样的打扮是很正常的，而在几年前，这便称作奇装异服了。

那个年代社会风气还延续着正统，宴席上有说笑，气氛热烈但轻松。听介绍，小颜的丈夫是新加坡华人，又有两三年，一直说着要办出国手续。那个时候，原来人所顾忌的海外社会关系，已开始令人羡慕，大家觉得小颜有这层关系，也自然。

饭桌上聊得高兴，饭后小颜就邀大家到她的广播室去坐坐。农场就是房子多，广播室里足够众人坐下。农场的工作人员都回家了，棋友与小颜谈得更热络。小颜用录音机放邓丽君的歌给大家听，不知怎么的，录音机有点卡带，放一段时间就有点声音变调，随后又正常。小颜换了几盘带子，依然是这个样子。

棋友们朝张好行望，张好行只是身子不动，神情不变。小颜并没有意识到什么，她一开始就对张好行投缘，饭桌上总是向他敬酒，与他搭话。

录音机里的歌声又有点卡，小颜起身换带时，张好行也起身，说酒喝多了点，要入房间休息了。他走到招待所走廊的时候，听到棋友们的声音也都在广播室外了。

后来，小颜便提着录音机来敲张好行的门，农场招待所的房子简陋宽敞，相隔只是薄薄砖墙，住两边的棋友能听到小颜带笑的声音，那声音大大方方的，又毫无顾忌的，到底是出过国的。

那一晚，小颜在张好行房间里好几个小时，有时能听到说话声，有时能听到小颜的笑声，那笑声咯脆脆的，有时又能听到录音机的音乐声响。正是社会开放之际，人们的意识也有变化，下棋的人接受新事物也快，明白男女只要自愿在一起，就不关别人的事。不过虽说张好行是个正常的单身男人，但小颜毕竟是个有丈夫的女人，还是第一次见面，便单独共处一室，那小颜广播员的声音也实在恼人。

在农场的两日，一直到回市里的船上，张好行总感到棋友们在议论第一晚的事，张好行年近三十还是单身，棋友中还曾有帮他做介绍的,现在显出是多此一举,偶尔说到看不出他挺有女人缘的,虽然不声不响,男女方面也很有本事的。

对这一切,张好行处之泰然,其实他心里有点冤,在那晚的饭桌上,他就注意到小颜对他比别人多了一点殷勤,他没忘记她是一个并不熟悉的女人,一个有丈夫的女人,正因为这种对危险的敏感,在广播室里数次录音机生出卡声,他才起身离开。然而他没想到事情还落到他的身上,她来敲门了。不知小颜是听同行的谁,提到他有修电子产品的本事的。

小颜在他房间的几小时,他都在忙着捣弄那台机子,小颜不时会找出话题来说,他当然也必须礼貌地回答。不过,要说实话,他也对她的声音,特别是她的笑声,有点恼意。这使他不像平时面对一堆电子元件那么冷静,他几乎有点头手不合,意行不融,有一次还将一颗电阻擦落到地上,他弯腰去捡时,眼光瞟到了小颜穿着拖鞋而裸露着的脚,还有裤下的一截小腿。宽宽的房间中,一盏发着黄光的灯泡,在桌脚的阴影中,她那裸露的肤色,白净透亮得如有磁力。也许只有两三秒的时间,然而他特别意识到,自己眼光停留得那么长,仿佛被她一串咯笑声惊回。

似乎有了这次东岛艳遇,张好行在熟人之中便有了搭靠女人有一套的名声。张好行没做解释,也无可做解释。确实众友发现,总有女人来他的小家,他就是告诉大家那都是让他修东西的,别人会相信吗?再说,男女之事不断随社会的开放而自由,还需要解释做什么?

张好行还是与北巷小王深谈过一次,他与北巷小王是无话不说的朋友。那次,张好行随北巷小王下了一盘约棋,这段时间张好行棋力看涨，缠靠搏杀，吃了对手一大块棋，中盘获胜。两人在回家的路上，找了一家饮食店，在偏角的座位，要了两瓶啤酒，几个小菜，一边吃喝一边聊天。北巷小王便提到小颜，北巷小王告诉张好行，小颜对他张好行是存念的，多次有棋友去岛上时，她都会问到他的情况。

最后，小颜丈夫帮她办好了出国手续，她还是去新加坡定居了。北巷小王笑说：传说，小颜临出国前，朝着西北城市的方向，长叹了一声。

张好行清楚，这是一句玩笑话。他也知道，这不是北巷小王编的，乃是棋友中某人的戏谑之语，下棋的朋友间少不了有作家之才的。

张好行摇摇头，北巷小王感觉他在心中长叹了一声。

张好行说：男人与女人，一旦有着了关系，靠到近到不能再近，是那么容易的吗？

北巷小王说：那又有什么，不过就是男人与女人那点事嘛。

张好行还是摇头，他觉得北巷小王只是嘴上说说而已，也并非是那么放得开的。

北巷小王对张好行分析，说他是不是怕一旦被女人靠上便会被缠上了？

张好行还是摇头。

北巷小王继续分析，说张好行不是不喜欢女人，而是对女人有恐惧。

继而北巷小王认为张好行有孤独症。

张好行只管摇头。

张好行当然没有孤独症，没多久，他有了固定的女朋友，并很快结了婚。

张好行的女人杜纯玉常说不用计较，他们在婚事上也没过多计较，没请朋友喝喜酒，就在海边城市旅行了一圈。

旅行回来后两天，张好行与北巷小王在车站遇到了，听说张好行已结了婚，北巷小王当然想看看新娘子，便跟张好行到了他的家。张好行的房子不大，只是粉刷了一下，也没做太多的布置。新娘五官端正，小小巧巧，属江南秀气女子。

北巷小王显着与张好行是发小，关系不一般的，向杜纯玉介绍张好行的事，特别提到张好行的棋很有力量，最常走的棋便是靠，张靠嘛。

女人根本不懂棋的语言，不理解地睁圆眼看北巷小王说着笑。北巷小王继续介绍，张好行下棋行靠，但为人是烦事的，就怕事来靠。

女人说：是吗？我觉得他很黏人的嘛。

张好行朝女人挤眼色，似乎知道她会说什么样的话，怕她再说出什么来。

只是女人并不在意张好行的眼色，她很自然地说想说的话。

张好行送北巷小王出门的时候，眼光中带着讯问。北巷小王当然知道他的意思，便说：她相貌不能与小颜比，但她年轻。

张好行说：她的年龄比我小不了多少，但她看上去显小，因为她的心是单纯的，我看中的就是她没心思，从来不说张家长李家短的。

北巷小王笑问张好行，你与小颜的事向她交代过了？

张好行说：我有什么要向她交代的？

接着张好行告诉北巷小王，她对这类事也根本不关心，就是有人告诉她，她也不会相信。

杜纯玉不会缠靠人，她每天上班，工作期间很少打电话给张好行，下班回家后，静静地做家务，上床之前，也很少与张好行有肉体接触，她文静而独立。

她并非无情，有时从鞋盒里翻出一双看上去是几年前买的鞋，塑料制品有了年代就会脆化，着劲的地方有所裂缝，实在无法再穿，她准备扔了的时候，会朝它看一会儿，说一声再见了。

张好行便发现自己的心脆化了一片，又有一点断裂的感觉。

他们就这么生活着。那个年代社会在变化，生活其间，感觉变化是缓慢的。

常常是张好行在外屋面修东西，杜纯玉在里屋改报表的数字。

有时张好行进里屋与女人搭话，她有一句没一句地应着。

张好行不免会说：工作的事何必带回家来。

杜纯玉说：我做工作还拿工资，你做的事呢？

张好行说：我替人家修东西，人家会承我的情，公家的事，单位又看不到你在家辛苦。

杜纯玉说：你就是太计较。你做你的事，我做我的事。少来烦扰我。

张好行看女人瞪圆着眼睛，心想，她也是热爱工作，不过现下人们都开始为自己着想，只有单纯的她还会想着工作。然而调转头想，单纯也是一种善良，要是她整天像别的女人一样计较着钱，盘算着修饰打扮，也许他实在无法接受。

杜纯玉瞪眼的时候，像个孩子，一脸无辜受害的样子，仿佛真是痛心了。张好行很想抚一抚她，帮她做一点什么。他懂得太多，而她又什么都不想懂。

一个想得太多，另一个什么都不想。张好行有时觉得因为想多，却一说就错。她所有的道理都简单，社会上的一切都在变，道德伦理都在变，但在她的道理面前似乎那是在变坏，而她一点没有坏心。他怕她会在社会上吃亏，杜纯玉对张好行说：你不要以为别人是傻子。她确实有点傻，可是相比张好行的聪明，到底傻好还是聪明好？还是别再比较了，用北巷小王的话说，反正一块馒头搭一块糕。

他们没有孩子，开始张好行还没觉得什么，杜纯玉身体弱，不好性事，似乎还像个孩子。张好行偶尔想到，她这样的女人会怎么做母亲呢？又会生一个怎么样的孩子呢？

后来杜纯玉开始往医院里跑，张好行告诉她是心态问题，不用急。杜纯玉说：我知道你急了，你想要传宗接代。张好行想想，自己确实有这样的感觉。

就这样，几年过下来了，张好行从不提及孩子这个话题，只是女人有时会在饭桌上说，我就想着要一个孩子，我好好把他养大。一旦这个话题靠上来，张好行就避开去，这也成了一种习惯。

而上床后，张好行触碰到她的身子，自然会有男人的反应。

别靠我。杜纯玉说着扭过身去。

张好行知道，那意思是不在那个期间，都是封山的。

张好行带杜纯玉去堂兄家，听说乡下老家来了人。同在一座城市，张好行知道杜纯玉不喜欢走亲戚，也从不勉强她同行，这一次是她突然有兴趣,张好行也不知她是如何有的兴趣。

杜纯玉说:就和你走一走吧,你不要提孩子的事。

张好行心想,我避开还来不及呢。

到了堂兄家,发现他家里多了一个一岁左右的孩子,独自玩的孩子,走得摇摇晃晃,穿得花花绿绿。听说孩子是老家表弟带出来的,表弟出去办事,就把孩子丢在了这里。听说表弟家孩子多,有合适的城里人家,想送掉一个。

杜纯玉一见孩子就过去逗他玩。一会儿抱在怀里,一会儿搀着手转圈,一会儿蹲下身子,朝着孩子看来看去。那孩子倒是不认生,在杜纯玉的怀里扭来扭去,还朝着她笑,只是见了张好行就避开眼光。张好行感到奇怪,一见这孩子就有一种奇怪的感觉,说不上讨厌,但绝不会是喜欢。

杜纯玉朝张好行说:这个孩子蛮可怜的,我们把他带回吧。

张好行发现那种奇怪的感觉直往心里靠,说:我们还是回去吧。

杜纯玉说:我们刚来怎么回去呢?我就看着这孩子好玩,与我投缘。

堂兄注意到张好行的神情,便说:你们还年轻,当然还是有自己的孩子好。

杜纯玉说:我们要能生得出来呢。

张好行就站起身来:还是回去吧。他意识到她的话贴得很近,一种习惯的感觉升起来了,好像好长好长时间都浸透在这个感觉中,又有着一种莫名的东西嵌在里面。

她却依然逗着孩子,两个人的眼神交融着。张好行根本没有想要领一个孩子的需要,他不想家中添一个他人的孩子。他的声音尖了一点：我要走了。自己也觉得情绪不正常，对堂兄来说也是无礼的。

杜纯玉说：我要带走孩子。

那个孩子看看杜纯玉，又看看张好行。张好行发现那孩子两只睁得很大的眼，有点像杜纯玉。

张好行声音大起来，说：我们难道不会生吗？

张好行说着就往外走。女人跟着，怀中还抱着孩子，到出门的时候，叫孩子一声宝宝，才放手了。

路上，她一直说着那个孩子，说一见那个孩子就感到亲近，说那个孩子的眼睛像自己。

张好行说：你生个孩子会更像你。她就不说话了。

到了家里，她什么也不做，靠在床头柜边说：你说那个孩子是不是和我有缘？我就想着那个孩子。

张好行说：你就早点休息吧，我们来做孩子。

女人推开他说：我们做了那么长时间，做出什么来了没有？我就想要一个孩子。

张好行声音大了起来：我就要一个自己的孩子。

女人不说话了。半夜里，张好行一觉醒来，看到女人像失了神似的坐在床上。

睡吧。张好行咕哝了一声。

那个孩子眼睛就像对我说话。我睡不了，一闭眼全是那孩子的模样。

张好行不想应她，躺了一会，也睡不着了，上了一次卫生间，回头来看到她在流泪。

女人说：我就要一个孩子，我丢不下他。临走的时候，心里就对孩子说,我们再见了,却是再也见不着了。我一辈子都会想着他的眼睛,我没办法不想着他的样子。

有几天,张好行下班回家,看到女人在做事情。做了一会,她就会坐到床上去,哀伤地低着头。张好行想着她心里肯定在说着那句话:我再也看不到那孩子了。

张好行硬起心肠来想,怎么可能因一个孩子合缘,就带回来养一辈子。但他看到她的样子,心里不免悲哀,想自己怎么落到这般的境地。本来没有孩子也并不太重要,现在孩子粘着他的所有感觉。她将会一直这样想下去,那个孩子的模样大概落进她的内心,他能看到她的内心里的影子,无法消除,无尽悲哀。

这一个星期天,张好行怕在家里待着,出门去找北巷小王,见着了,不由分说拉着他下棋。北巷小王平素只约人下棋,自己很少下棋,他看棋看空,有着境界,但一入棋局便实,躲不开缠绕。

北巷小王注意到张好行的神情,便陪他坐下来,一边下棋,一边说话。

张好行和北巷小王回顾了自己的人生,说到他初涉社会时也曾雄心万丈,跌过几个跟斗,在棋上悟空,于是怕靠怕缠,不属于自己的不想沾染,原以为能活得自在,又何曾最后还是落到无可躲避的实,缠入无谓的人生。云空又如何空,自己低头看看内心,发现无数难以摆脱的暗影。

两人虽然无话不谈,北巷小王还是难得听到张好行如此喟叹,不由说:人都有宿命的无奈吧。

是啊,想躲避如何躲避,想脱开又如何脱开。

北巷小王清楚张好行一旦遇事，退避三舍，他退无可退，肯定是家事，家事是外人无法置喙的，便说：只把烦恼作道场吧。

张好行念了两声：道场烦恼，烦恼道场……随后就起身出门，对北巷小王说声：去了去了……

张好行去了堂兄家里，他想去带回那个孩子。带回孩子以后怎么样，他没想好，他想解脱，又只能迎着。

在堂兄家没有看到孩子，听说那个孩子被接回去了，还听说乡里有好家景的人要收养。张好行一时有点欢喜，又感觉空落落的。不过他很快就想到了女人，仿佛那个孩子本就是自己家的，现在被丢失了。他想到劝解女人，要孩子可以到孤儿所去领养，而女人捶着床沿哀哀地说着，只有这一个孩子在她心里，孩子睁大眼睛看着她。我要的就是这一个，我就喜欢这一个，我就想着这一个。

张好行就走上了前往家乡的路。他从来没去过老家。上山下乡的年代，他曾有过去那里投亲插队的打算，但后来解脱了。他坐长途车来到了县城，老家在几十里外的山村。张好行就坐了一辆拖拉机往山里去。很快，颠着的感觉习惯了，看乡村的田野与村落，还有点空旷的清新感。这里他父亲出生并成长的地方，父亲去城市后成家有了他，他的人生一直在城市，为一个孩子来到山村，虽说只是偶尔到此，心里还有一块实实的东西硌着，似乎这里给他的感觉，早在心里，比城市的现实还要熟悉，他的人生仿佛是注定要来这里，这是靠紧了的宿命，也只有从这里解脱。

那个孩子会不会已经被人领走了，他又想着了她躺在床上的样子，她默默地流泪，睁圆的眼里红红的。孩子的眼光也在他的心中活动起来，他的感觉向那孩子飞去，想尽快把孩子抱到手上。此时，拖拉机上一个坡子的时候，颠了一下，他便颠飞起来，颠下了拖拉机，滚落到旁边的土沟里，头一扭，颈骨断了，就断了气。

逝者已矣，生者还存。过了两年，北巷小王搬了家，听说原住的巷子要拆迁了，回巷子来看看，同时想到这天正是张好行的忌日，他就走到了张好行的旧房子，门正开着，北巷小王就进去看一看。他还记得，张好行的女人很柔弱的样子，不知道张好行去世后，她会如何的哀伤。

北巷小王看到了女人，女人眉眼全是笑意地对着一个在床上爬着的孩子。北巷小王知道因为想领孩子，张好行死在山路上的。当然不会是眼前的孩子。

女人的身边有着另外一个男人，一个粗壮的男人。

女人见有人来，便把孩子搂到了怀里，她感觉北巷小王脸熟，但大概不记得他是张好行的朋友了，她对北巷小王说着她的孩子，说她的男人让她有了一个孩子，说生这个孩子真难，说难产时孩子被脐带绕颈险些死了。女人把孩子抱紧了，说孩子就是她的命，要是孩子没了，她也不想再活了。

女人睁大了眼说着。孩子一点不认生，也睁圆着眼看着北巷小王。

棋语·冲

城北的几位"上了段"的棋手都聚来蒋冲家。北巷小王通知这几位棋手的时候,没说别的,只说:大家来,碰一碰。他报了几个人的名字,有潘家湾的吴有汉,有黄石弄的刘云,有凤天路的常红兵,有仁义里的陶思明,有城隍庙的老锡头。他这么一说,该来的人就全来了。

上面整个一段话,几乎都要做说明的。首先说"上了段",其实这几位棋手都没有段位。运动中的这些年,取消了围棋比赛,所有的专业棋手也都业余了,新出来的业余棋手哪来的段位?只是北巷小王对这城北喜欢下围棋的人,根据棋手的水平,胜率高一点上点水平的,便沿用过去的说法,说他们是上了段的。大家也就跟着这么说,说某某棋下得好,是上了段的。

再说蒋冲家,并非真是蒋冲的家。说明白了,蒋冲住的不是蒋冲家的房子,也不是他租的房。这年头占了房,房东就无法赶走房客,如此房客只要交房租,也就视房为自己家了。而蒋冲是替亲戚看房子的。听说这家人家底颇深,属统战对象,人去了海外,留下房子让蒋冲住着。这是一座两层旧式楼房,楼前楼后有院子围着。蒋冲住的是楼下的一间,单这一间房便有三十来平方米,要知道城市住房可谓寸地寸金。

又说好棋的组织者北巷小王约来的棋手,自然是要下棋的。碰一碰是他的口头禅,也就是对一局的意思。平时他约这些上了段的棋手下棋,一般是约一两个人,对付他另带的新棋手。有时这一两个人也难约上,往往会应着有事的托词。然而这次他的相约,破头荒地把上了段的棋手都一一报上了名头。偏偏这些棋手耐不了好奇心,便都来齐了。

  蒋冲住的房子在城北偏市中心地带,是个闹中取静的地方。院子不大,围着几个小花圃,种了一些草和一棵白玉兰树。在到处是城市的水泥楼房中,能吸到一些绿色气息。院子中间立着旧式砖楼,一般旧式楼下层会有点幽暗,但这座楼的楼层高,房间里还显得亮堂。

  城隍庙老锡头是头一次到蒋冲家来,进了小院,就对来开院门的蒋冲说:"这院子和你的人是相对的。"都说老锡头说话阴,他话的意思便是蒋冲粗俗,而院子雅致。

  蒋冲说:"不是我的,不是我的房子啊。我只是代人家看房子的。"

  房子不是我的,我是替人家看房子的。蒋冲似乎一见到来人就这么说。对他住的房子,他是十分尽心,弄得干干净净。他的活动场所也就在楼下一间里,再要好的朋友,也从来不带到楼上去参观。有人探头看过,楼上房间都上着锁。而楼下的木柱木栏都重上了漆,旧房子的木头到底有点松软了,容易碰着的地方,他还用旧报纸糊了,用旧布裹了。一处处显得很细心。这确实与别的场合显现出来的他不一样。在别人看来,蒋冲的性格便是冲,说话大声,做事粗拉。这个时代的年轻人,都没什么文化,早两年的只读到初中就上山下乡或者进工厂了,年纪稍小一点的,读到高中,似乎在学校里也不怎么正经读书的。蒋冲又长得干瘦,脸上皮包着骨头,鼻梁显高,眼睛显小,形象就算不难看,也属中下的边了。他住在这房子里,让人多少觉得有点不协调。

平时蒋冲从不约人到家中来。也只有北巷小王知道他住的地方。北巷小王是个明白人,知道蒋冲的处房态度。这次一下子约了这么多棋手,也只有蒋冲住的房间容得下。

人都到齐了。北巷小王侧身靠着桌沿,从桌上的一个棋盒里掏了一颗子往棋盘上一放,说:"我约了外路的棋手要来碰一碰。你们看看谁来下这盘棋吧。"

北巷小王没说来的人棋力如何,也没介绍是怎么样的人。大家一时没问,也没说话。谁都知道会有外面的棋手来。也不用问,在这样的房间,约来了这些棋力相当的棋手,看这迎战的架势便都知道这个外路的棋手肯定是个厉害角色,棋力非同一般。

虽然嘴上不说,心里都在嘀咕着,应该谁来下这盘棋。平时这些棋手互相不服气,但面临外来强手,又在这许多棋手眼光之下,都不希望自己丢了脸。一个个心里像复盘似的,有着许多的计较,有着许多的盘算:除了自己,谁上阵最恰当呢?

北巷小王眼光转来转去,一个个地看着房间中的人。北巷小王是约棋者,也是评棋者,他这两方面的能力都得到公认。但此时他似乎也拿不准,只是找着自告奋勇者。但迎着他眼光的人都只是笑笑,没有积极的反应。

最后,城隍庙的老锡头揉揉鼻子开口说:"我想还是让陶思明上吧。"

说到陶思明,大家去看陶思明。陶思明正坐在后面墙角,看到眼光一下子聚集来，偏了偏脸，像要躲进身边藤编书架的暗影里。

听老锡头一说，一时大家心里有所赞同。要说陶思明的棋力比自己强，这里的棋手都不会服气。但细一想，这里的棋手都输过他，和他下棋，有时觉得他棋多有妙处，往往会在人家想不到的地方出招。要说他的棋力强吧，又总听到有人说胜了他。而说者的棋力一般，根本上不了段的。

陶思明低下一点眼睛，声音轻轻地说："我与不熟的人下不好。"

陶思明这么说了，北巷小王便没有接老锡头的口，大家也觉得由他上场不妥。棋好坏是一说，棋力不稳往往便是心理原因。对付外面来的棋手，多少要有些把握，下棋的人在棋盘上，心理因素很重要。棋力再强，一旦心理弱了会一败涂地。

过了一会，蒋冲说："还是我来斩一刀吧。"

大家都笑了。蒋冲的棋在这些人中间，是不算强的，谁都胜过他。本来不会有人想到他，只是刚才提到了陶思明，反而让人觉得蒋冲来下这盘棋是正常的。蒋冲心理因素特别稳定，与谁下他都毫不畏惧。有人嘲讽他说，就是与陈祖德下棋，他也不会要求让子的。

北巷小王便点了头。在他家里，自然不好太驳他的面子。大家都说，好好下，我们做你的后盾。

院门又敲响了，蒋冲高声应着来了来了，赶着出去。房门开了，能听到开门的蒋冲与来人说话，声调却轻了，还带着笑音。北巷小王起身站在房门外迎着，其他的几个人都在房里坐着没动。

过一会，客人从外面进来，却见是一个姑娘。个头不高，圆脸，略有点胖，笑着，与陌生人见面并不怯生。

她与北巷小王说话，身子半转过来看屋里的各位。

北巷小王说："我们一直等着呢。"

姑娘说："我是很早就到车站了。"

姑娘朝房里的各位点点头，算是招呼。随后扭头朝房间四下看看，嘴里啧了一下，是赞房子。

本来房里的人还以为她是蒋冲的朋友。一听她与北巷小王说话的口气，便知她就是约来下棋的客，难怪北巷小王这么当回事，都从来还没和女人下过棋。女人有兴趣下棋，也只是听说，而能约着出来和男人下棋的，还是头一回。

城隍庙的老锡头咕了一句："女人上阵，必有妖法。"当然这是低声的，就在他的喉咙口，最多只有坐他后面的陶思明含糊听得见。

姑娘看来确实出来了一段时间，口干了。她也不客气，看到桌上有一只空杯，那是蒋冲给客人留的。她一眼便认准了，拉到面前，再朝桌上看看，又伸手将北巷小王的杯子抓过来，把杯中的水倒在了自己的杯中，再提热水瓶掺了一点热水，一口气咕咕噜噜地喝了。接着又倒了一杯水，并给北巷小王的杯中倒满水。

北巷小王说："我已经喝了不少了。"

姑娘顿一顿，便提着热水瓶给大家杯中续水。

第一个走到刘云面前，姑娘伸出热水瓶口时，说："我姓马。"

北巷小王跟着说："马玉兰。"

姑娘说："小马小马。"

小马给大家倒水时，听着北巷小王介绍各人的名头。小马一边听一边看一边点着头,似乎早就听到过一个个的大名。

走到坐房角的陶思明前面,隔着一张茶几站停。北巷小王说到陶思明的姓名时,小马像是有点熟悉似的盯着他看。陶思明手端着杯子迎过来,小马伸长着手过去。陶思明眼光朝下,小马的眼光朝前,水没全倒在杯里,泼了一茶几,多少烫了陶思明的手。

小马坐下来时,大家准备要看下棋了,这才想到主人蒋冲没在,他出去迎人就没进来。正诧异着,蒋冲出现了,站在门口,正伸着手做着一个请君进门的手势。

"到我家了。"

"院子很雅。"应着一个女性的声音,声音细细微微似乎柔而带怯。

过了一会,门外又进来一个姑娘。仿佛带着一片阳光进来,让人眼睛一亮。这个姑娘竟是那么漂亮。这个年代的人穿着大致相仿。但一身蓝布服装穿在这个姑娘身上,显出别样的色彩。她一张鹅蛋脸,细眉弯弯,抿嘴时腮帮上显着一对浅浅的酒窝。她的每一处都显得精致,整合起来就是好看。在大城市的街上走动着许多的女性,但极难得会看到这么一个使人感叹的漂亮形象。

"你才来啊!"别人都想不到说话时,小马开口说。

很清楚,这两位姑娘都是棋手,由小马约着来下棋,小马先到了,而这位姑娘来迟了。但除了小马,在座等了很长时间的各位都没有埋怨的心绪。女孩下棋,本来就是一件雅事,这样漂亮的女棋手就更显得雅。如此漂亮的姑娘来迟了,似乎是很正常的。

姑娘没有说话,只是细眉好看地动了一动,好像求大家原谅似的。

蒋冲却朝小马说:"你约她没约清楚。……你们都等在黄园路站头上,你在朝平江路方向的站头,而她在朝天目路方向的站头。偏偏这一站相对的两个站头不在正对面,天目路站头要拐一个弯在小街上。……修月芳她都等了半个多小时了。"

平时蒋冲给人感觉是粗粗拉拉的,这一次他能细心地想到两处站头,并去把她寻了来。而且在这一路上已与这位姑娘谈了不少话,知道了她的名字叫修月芳,知道了她来的时间。语气中,显得与她很熟悉了。

所有的人坐下来后,小马说她是陪修月芳来的。大家这才知道这一局该由蒋冲与修月芳下对手棋。谁也没想到今天是与女棋手对局,而且是与漂亮的女棋手对局。要知道的话,屋里这些年轻的未婚男子,刚才还会不会那般地退缩呢?

这个年代的年轻男子都很拘谨,面对漂亮姑娘,他们说话也庄重起来,房间里有着一点不知所措的莫名气息。

修月芳对房间的布置只是随便地看了一眼,并没有过多注意。漂亮女人被邀到大场合去的机会多,也许是见得多了。她坐在桌前,正对着棋盘,显着一种雅致的静气。

蒋冲也显得与平常不一样,他一点没有谦让,对桌坐着,摆出一副下棋的架势,礼貌地伸了伸手掌,意思是让对方先行。

蒋冲今天的手势特别多。

"猜先吧。"修月芳说。

她说话的声音婉转柔和。她伸手到盒里去抓子。她的手细长洁白,真可谓纤纤玉手。棋子在盒里响着轻轻细细的声息,也让人有特别的女性感觉。她的身子在桌前坐得特别直,神情上有着一种肃穆感。让周围的人都觉得棋的对局,就应该是这样的,完全合乎着古来对弈的真正标准。

蒋冲想也不想从棋盒里取出一个子来,放在盘上。他猜的是单。他平时猜先不管是单双都用嘴报的,也不知什么时候懂了这一手。

蒋冲猜对了,走黑棋先行。一旦看到蒋冲与修月芳下起棋来,旁边的棋手都觉得让蒋冲上是错了。在大家眼里蒋冲还是那个蒋冲,显得粗俗,说话动作都冲冲的,一张瘦脸上的小眼睛,转得也太快。与对坐着的修月芳,形成很不谐调的反差。

"你帮我倒水招待一下。"蒋冲支使着北巷小王,口气也有着了主人的意味。

一旁观棋的,只有小马一点不在意蒋冲,她不时朝坐在后面伸头向前的陶思明看看。在座如说能与修月芳相配的,陶思明是唯一能算上的。作为男子,他也许长得过于秀气了些,眼下,在小马的眼光下他显得拘谨。而小马那姑娘的眼光也过于大方,用她来配蒋冲,也许合一点。

蒋冲把一颗黑子拍在了盘上,手像握拳似的抓回来。

修月芳用中指与食指捏着一个白子,放在了棋盘上,显着她的手指特别的修长。

蒋冲的棋下得狠,一点没有手软。

奇怪的是,修月芳的棋也一点不像她的温柔模样,一步步毫不退缩。修月芳牙轻轻地咬着唇,缓缓地向上移动着。嘴唇宛如花蕾,手指宛如花开。蒋冲下出的棋子在盘上歪歪扭扭的,修月芳每次都会伸手把子重按一下,在她的手下,棋子仿佛那么干净地排列着。因为是争棋，两个人下的棋非常好看，有着棋逢对手的味道。围着的人都看得认真，像是喘不过气来。

棋越咬越紧，蒋冲毫不犹豫冲了一手。蒋冲下棋是逢冲必冲，一点不留余地的。一冲一挡，这是自然应手。修月芳却迟迟没有应棋，手指捏着子，眼盯着盘，微微地蹙着眉头，眉尖向上顶起来。小马朝着修月芳笑。修月芳朝小马看一眼，脸上莫名地就起了红晕，像是从里泛出来，眼光里也含着。小马张大着嘴笑。旁观的人注意力都在棋盘上，只有陶思明朝小马看一下。小马这才笑出声来，对修月芳悄悄说："你是不是？……"

那声音还是让旁边的人都听到了。

北巷小王说："怎么？……"

小马摇摇头，修月芳蹙蹙眉。

小马就说："她要那个了。她一紧张就要那个。"

修月芳红晕布满了腮帮："谁紧张了？……"

陶思明看看小马，又看看修月芳的神情，立刻明白了什么，伸头在蒋冲耳边说："你这里厕所在哪儿？"

蒋冲说："你要……"他停了口，也多少明白了，便对修月芳说："你……来吧。"

仿佛在劝她做着什么事。

修月芳慢慢地跟着蒋冲站起来，低着头，似乎在看着棋盘。

蒋冲把修月芳带到房间后侧，那里有一扇门。开了门，后面是一个窄窄的过道，隔着过道又是门，门外是后院，后院有个矮平房，做厨房用的。房壁上搭着一个滴水的拖把，墙根长着几株杂草,开着几朵杂色的小花。

过道左边是楼梯,爬上几层楼梯,拐转处,是底层与二层楼的中间地带。迎面又有一扇小木门。蒋冲推开门。里面是一个只有一平方米左右的小间,正中放着一只马桶。

"你用吧。纸在后角。"蒋冲轻声说。

修月芳进去了,转过身来。小间只够转身的,修月芳的脸正好对着蒋冲,红晕消退了,显得苍白。门很快地关上了。

修月芳觉得自己的动作太急了。然而,她却不习惯这只小小的马桶。她家里是新公房,用的是抽水马桶。而这小马桶边子太窄,小间里又溢着一股气味,一股让她有点要窒息的气息。刚才她感觉急,现在却只是干坐在上面。她咬咬嘴唇,依然只有木马桶的窄圈硌着她的感觉。眼前的门只是一层薄木板,糊着发黄的报纸,仿佛那门便是一挂纸门。

似乎过了很长时间。

于是就听到蒋冲在外面说:"这里下雨的时候,水在瓦楞中间淌下来,又从房檐哗哗地沿着水管冲下来,到处溅着水花,像无数的花开了一样。"

他的声音如没有任何阻隔地在她的耳边响着。

马桶里开始有着了哗哗的声息。修月芳觉得那声音奇大,都在耳边冲响着。她似乎觉得一切都裸对着他,一点没有门与墙的遮隔。

楼下房间的棋盘前,几位棋手议着棋。都说是一盘咬得很紧的棋。只有陶思明没说话。小马今天似乎盯上了他,她用手推推他说:"你看怎么样?"

陶思明说:"我看是修月芳的白棋好。修月芳的棋严密。蒋冲的黑棋冲得太过,有许多的漏洞……"他用手在盘上点了几处,没有再做说明。都是棋手,都明白他的意思。

小马轻笑了一下,她笑时又张大了嘴。

"我和你赌一下怎么样?我认为修月芳要输。"小马咂咂嘴,看看陶思明,说:"修月芳的棋我清楚。你别看她的棋紧,她紧的时候是很紧。但蒋冲的棋只要不停地冲,她总有一处就被冲破了,像一泡尿泄了气,只要一松下来,就松到了底。"

见蒋冲和修月芳一前一后从后门进来,大家都不再说话,只顾看着他们。

此时修月芳不再低着头,腮上依然有点微红,如花照影。

一旦坐回到桌前,修月芳又恢复凝神的状态,纤手落子,眉头微蹙。只是她的棋势似乎失了气,对付蒋冲的冲,便只有消极防守,失去了还击的力量。蒋冲却得理不让人,想出法子来冲。大家看到了这多年中蒋冲难得的棋力,他冲得妙,冲得有力,每一步都冲得目。每一处修月芳其实都没有损多少,只是失了气势,也失了先手权利,整个地显出了女性的柔弱。

似乎一垮到底。修月芳投子了,她投子的姿势也是优雅的,轻轻地把手中的子放到了盘中。

小马带笑意的眼光盯着陶思明,满眼是得意。

棋局如梦幻。

都说棋局如梦幻,相对那局棋来看,人生便更如梦幻了。说起来，棋局是实实在在的，人生也是实实在在的，但眯着眼回思过去便有着了梦幻感。这一次棋局，是一个因，似乎是偶然的一个因，几年后得的果，却让人觉得不可思议。新时期来，随着棋赛的恢复，约人下棋的事少了。新棋手一茬茬地往外冒。旧日的棋手都已成家立业，忙社会的事多了，有时在街上匆匆行走，突然就见了一位过去下棋的朋友，站下来，谈上几句话。便会说到修月芳嫁给蒋冲的事，感叹这小子还很会花女人的。说起来，还真是一块馒头搭一块糕。有人说，修月芳是被那座带院子的房子迷住了，根本不知道那不是蒋冲的。有人开玩笑说，蒋冲那盘棋彩头太大了，平时蒋冲很少胜棋，却一胜得艳。也有人说，修月芳平时能接触到的男人，都因为面对她的漂亮，心里怯了。她是第一次遇上蒋冲这样敢于冲的男人。而北巷小王说，陶思明很会看人的，那一次他便发现，蒋冲平时说话粗拉，但对着女人他的声调是那么的温柔，充满磁力。

下棋的人长于分析。但说归说，分析归分析。修月芳嫁给了蒋冲，还为他生了个女孩。可惜的是这个女孩长得根本不像修月芳，大都继承了蒋冲的形象，小眼睛还有骨头脸。母女两人走出来，一点也不相像。都说孕妇心里想得多的形象，生出来的孩子就类同这形象。那么，修月芳心里只有着蒋冲。谁都看得出来，修月芳是那么喜欢她的女儿。

这天市棋协举办了外城邀请赛，并做挂盘讲解。外城棋手的主力便是陶思明，他还得到过全国的比赛名次。

蒋冲与修月芳早早去了比赛场地，等着与陶思明见一面，说几句话。

陶思明显得气派了，穿着西装，打着领带。这在刚开放的年代还少见。他与蒋冲握一下手，与修月芳的眼光相对一瞥。

眼光中流动着许多过去岁月的记忆。

陶思明本不是这座城市的人，他是那个年代来到城市的。因为犯了小集团的罪，他逃离了监督劳动的地方，来到这座城市，住在一个亲戚家里。他避免在公开场合露面，也不与人打交道。但他喜欢棋，无法解脱棋瘾，才与棋友交往。他的棋力很高，几乎城北的棋手都输过他。偏偏他有时会输给一般的下棋人，所以大家认为他棋力不稳。现在能想到，他那是故意输的，与他平时低调同一策略，只是不想让别人把他的名字传开去。

他们在休息室里坐下来，陶思明开口问："你们还下棋吗？"

修月芳说："下。"

蒋冲说："我下得少，她下得多。"

陶思明脸对着修月芳，眼睛微微下垂着："那你现在肯定下得很好了。"

修月芳说："我的棋总是少了一点冲劲。"

陶思明抬起眼来说："不。我看过你的棋，你有着一股内劲，这比表现的外冲更有力量，只是你自始至终不要松了这股劲。"

修月芳与陶思明的眼光又相对一瞥，她说："你的第二局棋，和我下。"

本来安排修月芳下第二局棋，是市棋协根据北巷小王的提议，用来对付陶思明的秘密方案，修月芳却不想瞒陶思明。

陶思明说："那我要好好准备一下了，希望和你的一局棋下得精彩。"

陶思明的第一局比赛，一开始依然还是他原来的柔韧风格，能飞的便飞，能关的便关。走得飘忽不定，也看不出有什么优势，让对手放心地占空。一旦布局已定，对手还在疏疏地拓着虚空，陶思明突然走了一手：冲。于是，接下去陶思明向对手的一块棋的薄弱处，进行了全方位冲刺，把那块棋的眼位冲小了，并进行了包围战。对手这下走得十分小心了，只顾自保，只顾做眼，虽然大龙没有死，但陶思明借冲在外围做成了空，棋便胜定了。

修月芳与蒋冲不由得感叹陶思明棋力竟是如此之强。特别是蒋冲，过去他也与陶思明下过，还曾有过胜绩，现在看来，那也是陶思明故意让着他的。他们也理解陶思明那几年的境遇。

陶思明一度和小马结了婚。这段婚姻看来也是一块馒头搭一块糕。运动一结束，陶思明的罪名得到了解决，他们很快就离了婚。那时离婚还是很稀罕的，陶思明是快刀斩乱麻，做得很干脆。

人的性格与人生观念确实不一样。

都说修月芳和蒋冲这对棋手婚姻也不会长。但修月芳与蒋冲的婚姻却延续下来了。修月芳棋上的算路很深，但在对男人的问题上，却感觉简单，她无法接受与另一个男人裸裎相向的情景。她觉得男女就是那么一回事，那种男人给的快乐总也抵不上女人的窘态。她无法解脱开来。修月芳也清楚蒋冲，他并没有什么能耐，但对他已经是习惯，便是无奈也只有如此，因为在她看来，所有的男人都一样，换一局棋还不照旧下？

偏偏是蒋冲外面有着女人，还不止一个。修月芳也多少知道些。这件事，实在让人想不明白。蒋冲却有他的说法：那些女人觉得这么漂亮的修月芳也是我的女人，她们也就对我没有了抵抗和拿乔心理，十个女人九个肯，她们会好奇地想看看我作为男人，到底有什么魅力吧。

从赛场回到家里，修月芳便进了卫生间。他们现在住在一个两室一厅的单元房里。室与厅都很小，但生活也就这么过着。

修月芳坐在了抽水马桶上。她呆呆地看着面前镜子里面的自己。脑子里是刚才的那盘棋，而棋盘上不时浮出来的，是一些杂念。人生为了什么？下棋费那么多的心思为了什么？岁月一天天过去，又有什么意义？人说她算路深，又深在了哪儿？人说她装扮漂亮，引来那么多的眼光，而保持了这个容颜又如何？

蒋冲进来，倚靠在镜子边，他有点涎着脸，看着她露着两片股腿坐着的样子。与女人生活在一起，他已看惯了她的一切，时间长了，漂亮与不漂亮都没有关系了，都会产生审美疲劳。对男人来说，上面的漂亮，敌不过拥身时那种女人的温润；表面的端庄秀丽，有时会成为一种寡然，而失去了几多放浪的动态。

"你还在想棋局呢？没什么好想的？"

"出去。"

"你此时是最漂亮的。"

蒋冲说的是实话。只有看着修月芳此时的样子，蒋冲才有一种奇特的感觉，觉得她有着与别的女人不同的韵致。

"出去。"

修月芳又说了一声，她的声调没变，蒋冲难得地心里一激灵，退身出去，并小心地关上了门。

旧公寓房的卫生间没有窗，门关上，便是四围暗色了。静一静心，感觉到从隙缝中透进来的光，在镜子上显出身形朦胧，心里却清明一片，多少时间中，棋上的天地让她忽视了生活的负累，而生活的力量已凝聚了她内在的劲，她应该不会一时轻泄了。

这一瞬间，她心中棋盘上，陶思明的每一步棋，都摆得明明白白的，包括他的想法与他所行的棋理。

她开开门去。

棋语·弃子

弃子争先。

棋手行棋,往往有各自的特点。杨最得的特点便是弃子,几个子,在一个角上,本咬得很紧,争得不可开交,突然他就放弃了,另在外围占据大场。

宁弃一子,不失一先。杨最得平常不怎么喜欢说话,下棋的时候,更是抿紧着嘴,难得说的,便是这一句话。

你是宁失一子(指),不失一城吧。接话的,人称小剃刀,这家伙口无遮拦,不管不顾地总挑别人隐痛说话。他说的"子"是"指"。

杨最得不抬头,似乎心思还在棋局上,他捏棋子的手有点抖动,那里明显少了一指,是小指。缺少的指头的根处结了一个肉疙瘩,微微地隆起着。

杨最得那一代人,中学毕业时只有去插队,上山下乡。城里的学生下乡,与土生土长的乡村孩子不一样,生理与心理都难适应,感觉成了被城市抛弃的"插子"。

江北农村的工分不高,一个工也就一两毛钱,就是做罱河泥等重活,记一个半工,算来也就两毛多钱。有知青挖锹时,锹柄顶断了外衣上的一颗有机玻璃的衣扣,便叹一天工白干了。

一到农闲之季，知青便陆续回城。农闲时的活儿工分少，还是在数九寒天里。知青点的棚屋里常常只有杨最得一个人出进。

一年到头，交了公粮后，队里结算，工分折了钱，粮草分到户。知青都要家里寄钱来分粮草的，只有杨最得除了分得粮草外，还能拿到一点钱。他已经学会所有的农活，不管难活巧活，都能与村里的农人一比高下。

知青同伴笑说杨最得分的钱，也就够两次回城的路费。一到要回城的日子，知青就都在讲逃票的经验。在农村几年后，知青不再有刚下乡时的激情，不少知青回了城，躲在城里不下来，在农村的知青也想着办法找门路逃离。

那一年元旦过后，农人都忙着过年前的准备。杨最得还没回城去，村上有看场等杂活，队长让他去干，杨最得独自干活，倒也清静。村里人议论他是不是家里有情况，从没有人听他说起过他的父亲，只听他说到过自己年龄大了，成人了，不好再拿母亲的钱。

临到春节前几天，有一个边疆农场的知青尚春生来访杨最得，那时的长途火车票能四日内有效，尚春生回城时中途下车到知青点来，与杨最得在棚屋里下了两天的棋，晚上还点着油灯夜战。两人只是黄昏的时候一起出棚屋，在渠埂上走一会，村上的人难得地看到杨最得脸上显露的神采。

尚春生是杨最得在城里棋摊上结识的棋友，尚春生给人的印象是他说话口气大，动不动便是拿破仑怎么做的，苏格拉底怎么说的。杨最得喜欢看文艺书，与尚春生多次接触后，清楚尚春生杂书看得多，知识广博，在城里便常与尚春生聊聊，总是尚春生谈天说地，海阔天空。凡杨最得有一个观点，便被尚春生引经据典批得一塌糊涂，如棋盘上的一颗弃子。杨最得不擅争辩，只是眼睁睁地看着尚春生，不过在内心里，那个观点并没改变。他们上山下乡后还常有联系，尚春生还未到时，杨最得去集上买了肉，做着迎客的准备。为此，他把回城的路费都花了。

散步的时候，杨最得向尚春生介绍江北乡村的农田与农活，不免有点兴奋地称自己不输农人。

尚春生双手笼在袖里，头仰着天，脸上似笑非笑地听着，开口喷了两声：这江南的气息就是那么地俏，积着几千年的水灵。

那年立春早，临近春节，细雨过后，旷野间空气湿润。

杨最得有心情，跟着说一句：融着几千年的汗水和泪水。

你倒有些悲情的文艺感觉。

尚春生突然扭脸来问杨最得：你觉得那些农活真有多少技术性吗？

接着问他：你喜欢这些活儿吗？

随后又问他：你能够凭你的表现，被招工或者推荐上大学吗？

尚春生走了，杨最得独自在棚屋里过了一个春节，他复盘着与尚春生的一局棋，那一局棋的弃子转换，其实不用摆棋，在他的心里是清清楚楚的。他捏着棋子，慢慢地摆到塑料棋盘上去。有时，他久久地看着捏棋子的手指，他的手指本来是细长的，童年时曾有人说他适宜弹琴，现在老茧使手指显得粗厚。他手指上的肤色原是白净的，而今与乡村人一般黝黑。

那一年春节以后，有几个知青没有回来，就是回来一两个，过几天又走了，听说被招工了。杨最得插队的年份长了，没有知青比他在乡村做得更踏实，但他心里明白，那些机会轮不到他。

夏收时，杨最得下田割麦，他总是割得快，在田垄的前面。也许有人会比他割得快，但大家习惯了干多干少一个样，犯不着赶在前面。杨最得一垄快到头时，后面人正弯腰割着，突然听一声短促的叫，仿佛是非人类的，又仿佛从天上落下来的。大家不免都伸直身子，只见杨最得站在了田埂上，像是站得很高，他的双手举得更高，一只手掩在另一只手上，而手的上面更举着一根手指。那手指仿佛从另一只手拔上来的，手指下还夹着一把磨得亮亮的镰刀，从来没见过那么亮的镰刀，闪着银光的刀锋，往下滴着红红的鲜血。

杨最得很快被送到了公社卫生院，接着又送到了县医院，最后便回到他的南城去了。这期间只有数天时间，只见他还像往常一样镇静，去医院没忘了带上他的铺盖用具，去了以后再没有音信。直到最后，村里人才听说，杨最得因为伤残病退回了城，不再是插队的知青了。

杨最得病退后没多长时间，知青政策便有变化，所有的知青都返回了城市。

杨最得进了厂。回城分配进了一家工艺品工厂，属小集体企业。那时的企业有三种：大集体企业，小集体企业，还有国有企业。同城待遇不同，但也差不了太多。

杨最得分去刻纸。这家街道办的工厂，从事的工艺品的品种还不少，有木雕、竹雕、玉雕，等等。刻纸一项，是市长来厂参观时提议的。市长从地区调来，就推荐了那个地区的刻纸艺术。

刻纸是小项目，只有一位师傅带几位徒弟。杨最得进厂当初，刻纸这项还算厂里效益好的，那时大家钱少，几分钱一张的刻纸，看着喜庆，买就买了。师傅黄敬中，是这项工艺的传承人，刻纸在他手上扩大了影响。他从地区调来，收的几个徒弟都是女的，收杨最得显然不是他情愿，杨最得也非本意，毕竟木雕竹雕玉雕更具技术性。厂领导的分配理由便是杨最得有残疾，须照顾轻工种。

刻纸从剪纸发展而来，剪纸全凭手上功夫，一次只能剪一张。刻纸按图案刻，一次可以刻好几张。图案由黄师傅画来，交与几位徒弟刻。黄师傅年逾五十，下巴处留一撮须，平时总好说些民间的玩笑，那个时代，说的黄色笑话也并不太出格。黄师傅更拿手的是，他能把所有的话，都引到有关女人的玩笑上。也许情色的话充满欲望的力量，黄师傅的图案设计带着粗俗而饱满的形态，无论是将相神佛，还是飞鸟禽兽都显着鲜活的动姿。

说是师徒，黄师傅只由杨最得自己去刻纸，不像对那几个女徒弟，就近身子握着她们的手教她们刻，想想也对，握着个从农村出来的粗手有什么意思。倒是杨最得师傅师傅地叫，仿佛刻刀下真有多少技术似的，还常在师傅家里出进，帮着搬煤拎水，似乎想求得什么真本事。

黄师傅多少也会教他一下，往往只是随嘴说一句，说得多的是：心里要有。

杨最得心中浮着黄师傅刻纸的形象，一刀一刀刻成图案，自觉刀顺心意，已大致不差。黄师傅看了，下巴那撮须翘翘的，好一会才说：我看来看去怎么是一副苦相。

杨最得细细看自己的刻纸，并没看出什么名堂来，再把黄师傅的刻纸拿来比较，这就发现图案已有形似，只是黄师傅的刻纸，哪怕是几刀刻成的一条蛇一只鼠，都活泼泼地让人感觉喜庆，而他自己的刻纸，不管是肥肥的猪还是胖胖的娃，看久了，都显蔫蔫地含着悲愁。

他用薄纸，按黄师傅的刻纸描摹了，再刻出来，再细看看，似乎他的刀下莫名其妙地生了变化，就那么偏了一点，又呈现黄师傅所说的苦相来。

杨最得认为这是他功夫不到家的缘故。他总坐在墙角的一个刻案边，不声不响地刻着。他有的是耐心，坐得稳，也坐得住，那是下棋下出来的。有时站着，便是在看师傅案前的画册，那时的画册上还多是宣传性的表现。休息日，他还会去美术馆与博物馆看展览，往往会在名画名作前久久地凝视。

慢慢地，如同在乡村一般，杨最得在工艺厂里工作量是排前的，成了家的几个女徒弟，心念小家，往往会把任务丢给杨最得做。杨最得并不计较，他把刀磨细了，一次刻好几张，哪一张刻偏了，他都会揉一团丢弃了，重刻。

他的刀工已有火候，刀下要直就直，要圆就圆，只是整体形象，细看了依然有点"苦相"不比黄师傅，就算是其他女徒弟，她们刻出的线条还会有点歪扭，但形象的神气上还不失欢快。当然，这对刻纸的买家来说，无关紧要，谁又会对着一张刻纸看半天呢。

改革启动，外面活了，有两个女徒弟调出去了。还有一个带孩子的女徒弟，三天两头递交病假条。黄师傅已到退休年龄，厂里没放他退休，但他自由了，也不常来。有时为参加展览，拿来一张新图案，让杨最得刻。有时会丢下一个想法，让杨最得去寻思构图，再用刻纸形式表现。

杨最得有的是时间，厂里的任务少了，社会大趋势是向钱看，毕竟刻纸来钱太少。

杨最得结了婚。妻子是他棋友刘进取的妹妹。杨最得与刘进取住在一条巷子,巷头巷尾。他在乡村时,年节回城常去刘进取家下棋。刘进取家中成分高,不会计较他是个"插子"。

刘怡美生得与一般姑娘不同,主要是皮肤,肤色是纯粹的黄种人,黄中偏黑;脸上眼睛细小,瘦瘦的总也长不胖,皮肤像是裹紧着骨头。蓦一看去,会觉得不好看,看多了,也就顺眼了,杨最得以前每次从乡下回城,见刘怡美第一面时,总会有难看的意识,在一起说说聊聊,她的一颦一笑,便有亲近感。

杨最得回城时年近三十,刘怡美年龄不小,因长相还未有男朋友,她对杨最得说:你真能稳得住,你是个稳得住的男人。她哥哥刘进取是不稳的,杨最得去他家找他下棋,他常不在,也不知他去了哪儿。于是,杨最得便和他的妹妹聊天,这么一聊一聊便聊出了感情。

刘怡美高中毕业时,哥哥刘进取已去淮北插队,她父母身边无其他子女,按政策她留城工作,分配去当了环卫工。

刘怡美和杨最得在一起,最喜欢听杨最得讲故事,都是杨最得从书上看来的,就因为这,杨最得多看很多文艺书。杨最得不喜欢说话,只有给刘怡美讲故事,才会说那么多,并说得很顺溜。杨最得的故事说到动情处,刘怡美便泪眼汪汪的,这时候,杨最得发现,刘怡美长得好看。杨最得忍不住伸手去帮她拭泪,一接触她的皮肤,感觉是那么的细滑,那感觉直透内心。

杨最得与刘怡美结婚后,刘怡美不想再去环卫所上班,请了长假准备考大学。刘怡美没了工资，靠杨最得一个人的收入，家中生活有点紧，杨最得总是对刘怡美说，比起农村来，现在的日子不知要好到哪儿去了。刘怡美可能会认为他说的是安慰话，杨最得确是说的实在话。

刘怡美考了几年，都没考上大学，却还是有所得，怀孕生了孩子。

添了人口，杨最得尽量加班挣奖金，他刀下的刻纸翻出花样来，原来只有黄师傅能做的，他已经完全掌握，他毕竟看过不少书，文化素养不低，化到刻纸功夫中，图案好看而通俗，传统遗产便有了新的气象。

生了孩子的刘怡美，一点没有长胖，皮肤紧紧，细腻柔滑。杨最得的生活虽然忙乱，但他是下过乡的，什么家务都会做，晚上妻儿一起靠在他的怀里，那段日子是他最满意的人生，有称心的妻子与孩子，而他的刻纸也受称赞，销量大了。

孩子送入幼儿园，刘怡美的大学又没考上，想要回环卫所去工作。那几年社会变化也大，出身论的一页翻过去了，海外关系不再是负担。此时刘怡美有个国外亲戚回国探亲，鼓励她出国去，在国外读书和打工。亲戚走后还不断联系，说她的堂叔会提供她在国外学习与生活的资金。

晚上，刘怡美靠在杨最得怀里，谈到了出国的事，说要到国外生活，吓也要吓死了，没有你的照应，我还不知怎么生活呢。

隔了些天，刘怡美谈到要回环卫所去，摇着头，眼泪就下来了，说想看看外国，以后还可以带你们出去看看。

后来刘怡美就出了国，杨最得独自带着孩子生活。有时，他抚着孩子，想他母亲去国外也算是插队，自己过去是下乡土插队，而她是出国洋插队，肯定也会有许多不习惯，也会有许多不方便。有时，他搂着孩子，代儿子想着，他是一个被母亲丢弃了的孩子，心里不免有着悲哀，游移着某种莫名的预感。

妻子在国外的那几年，杨最得很少出来下棋，就是出来，总见他抱着孩子，指着盘面给孩子看，好像在教孩子下棋。围棋确实要从幼儿起学，早教有根，童子功嘛，以后就丢不掉了。孩子两三岁时长得瘦小。别人见了，便会想到杨最得一个人怎么带的孩子？杨最得倒没这种感觉，反正女人在家的时候，孩子也多是他带的。

抱着孩子，杨最得有柔柔绵绵之感，他会长时间凝视着孩子，漫无边际地与孩子对话：

你以后会做什么？

下棋。

没人和你下怎么办？

我自己下。

自己下不好玩。

爸爸就是自己下。

有那么两年，爱约棋局的北巷小王，也不来邀杨最得。杨最得知道，人家认为他带着孩子不方便。有时他棋瘾上来，抱着孩子到刘进取家，和刘进取下一盘，孩子由外婆带着。刘进取本来的棋力与他相仿，如今却总会输给他。刘进取棋上的杀力显然不够了，而杨最得觉得自己的棋力涨了，是不是独自下棋，反而有所悟获。

杨最得已经习惯了带孩子的生活。孩子上小学的时候，妻子来电话会谈到让他去国外的事，他没有应话。她还要靠打工上学呢，他一个有点伤残又不懂外语的，怎么在国外生活？让她养他和孩子，他难以想象。

想着妻子大学快毕业了，该回国了吧。这就接到了刘怡美的电话，说她在那里找到了工作，她话音激动，是兴奋还是哀伤，他听不出来。后来他听到她哭了，说她无法一个人在外国生活，但也无法再回国，你要是不来，就把孩子给我吧。

杨最得一下子就理解了她的意思，她是想与他分手了，而且想把孩子带到外国去。也许杨最得早有感觉。

在进行离婚期间，刘怡美的电话打多了，杨最得知道她在外读书是挂名，只是在酒店打工。有一个叫克瑞的年轻外国男人喜欢她，一直围着她转。她对杨最得说，她在国内从小便被人家说丑，但到了国外却被赞为东方美人。酒店另一位中国姑娘常艳，大眼睛白皮肤，在国内可能会称作漂亮的女人，但在国外根本没有男人在意，因为她再白也白不过白人，白人还要做太阳浴晒黑呢。而外国人都是大眼睛，小眼睛物稀为贵。克瑞特别赞赏她的皮肤，说抚上去如中国丝绸。

杨最得和刘怡美离了婚，他把孩子领到她的身边时，又代孩子悲哀，他被父亲丢弃了。

杨最得同意孩子给刘怡美的原因是他下岗了。工艺厂给厂长承包了，被认为不赚钱的刻纸，被厂里舍弃了。那个叫克瑞的外国男人条件不错，刘怡美跟着那个男人自然过得好，杨最得也明白，孩子随母亲，前程也比随父亲要好，他当然要为孩子考虑。一切都是他心甘情愿的，没有什么可怨天尤人的。

杨最得天天出去下棋，似乎从来没有这么轻松过，什么也不管，什么都忘了，一头扎在棋局中。一个人的生活，形如一颗弃子。回到家中，看着空落落的屋里，心境恍恍惚惚。

他在襄园下棋，每一盘棋下得认真。有人问他，为什么不同妻儿到国外去？杨最得说：国外去？有棋下吗？

便有人接口说：你是宁弃一子，争当老板。

杨最得头没抬，便知插嘴的是小剃刀。他的心颤了一下，却依然默不作声。离婚时，刘怡美确实给了他一笔钱，他也理解刘怡美的感受，就拿了。虽然对国外来说，这笔钱不算什么，但外币的差价很大，国外不到半个月的工资，就让他成为一个"万元户"了。

一恍惚中，他只是坐在家里的床上。似乎那下棋的情景只是自己的想象，小剃刀总在家门口棋摊上，很少去襄园的，但那情景却又是那么真实。

原来同厂的两位与承包者不和的干部，计划重开一家工艺厂，知道杨最得有这一笔钱，就来邀他投资参股当股东，杨最得也就成了合伙人。杨最得提出的一个投资条件，不是做老板，而是保留他的刻纸项目。他清楚自己没有管理才能，擅长的是刻纸。多年在刻纸这一行，他渐渐地喜欢在纸上一刀一刀刻出各种形象来。

新厂开了，杨最得依然每天上班，做他一个人的刻纸工，厂里的经营大事，他从来不问，就是发给他的资金赢亏表，他也不看。说实在的，那些数字来往，他也看不懂。

有订单时，他刻纸，没有订单时，他一样刻纸。不管做多做少，不管做好做坏，但他依然认真，从不迟到早退。他的存在，让厂里销售窗口多着一个项目。

偶尔去厂长处，厂长向外来办事的客人介绍他是合资股东，客人便称他杨老板。他心里清楚,他根本不是什么老板,但他是拿红利的,不再是一个月一个月领工资。

那些年,社会变化越来越大,工艺厂发展了,规模扩大,砌了高大气派的厂房。厂长们赚了很多的钱,有了车有了大房子。杨最得还是骑自行车上班,还在旧平房里刻纸。

虽然杨最得是最早的合资者,但他投的钱并不多,他那点资金与其他几位经营者比起来,已经不算什么。但没人会这么想,因为他拿的那点红利也根本算不上什么。独自出进,没有人在意他。他缩在旧厂房的一角,不声不响,就如一颗弃子。

杨最得上班下班,闲来下一盘棋,不图先后,不争高低。逢到机会,也联系一点业务,联系不到,便刻自己想刻的构图,一切顺意,倒自在。刻好了的东西,自己拿去放到前面销售部的橱窗里,不管卖得了卖不了,毕竟还是好看的。

中年以后的人生,过得快,一下子就过去了若干年,回忆起来,什么也没有留下,似乎只是一个个相同的过程,就像一盘盘棋局,下的时候,每步都有意思,有陷阱,有争夺,有忖度心境,有虚弃实攻,棋一撸掉,就是空空。儿子在国外已经成家立户,回来过一两次,与父亲有点生疏了。杨最得不变的是每天刻纸。为顺应社会以经济为中心,厂里把刻纸包装成社会公关的礼品,刻纸一张张夹在半透明的纸中,叠在盒里。有领导来工艺厂参观时,杨最得现场做刻纸表演,来客不免对他的手艺赞叹一番,说宣传不够。但这也只是说说而已,走的时候,厂里也不会把刻纸当礼品送,装在盒中的往往是尊尊玉雕。倒是有学校组织的儿童参观团,临走时会每人买一张,小心地捧在手里,像是吹着会化似的。杨最得常常好一段时间没有业务,他也不慌,只是由着自己的心性刻自己想刻的形象,力争构思中每一张都不一样。

有时杨最得沿厂区的高楼走进旧平房,被楼遮了阳光的房间里,阴阴的一片,一个刻案,一张椅子,一把刻刀,一摞刻纸。杨最得站着,恍惚一个念头,自己怎么会走到这里的?却是他多少年一直这么走到的。一切有什么意义?一切有什么必要?然而,一旦坐下,一旦拿起刻刀,他便心无杂念。做这件事是宿命,无可躲避,弃无可弃。

一把刻刀,尖头斜刃,握着它容易,把握它却不易。刀下一道直线一条弧线,刀刀见形,往往如头发丝那么细,没有多年功夫难以达到。当年黄师傅所说的"心中要有",实在是至理。杨最得回头再去看黄师傅刻的那些简单图形,却感生动鲜活,粗俗之中情趣横生。他奇怪这情趣,以前怎么看在眼中却感受不到。一旦有诸多的感受,杨最得便对这种感受难以割舍,沉湎其中,更要命的是他从中获得喜欢,那喜欢是不知不觉的,是不强不弱的,是不新不旧的,是不好不坏的,如瘾随心。

他无法丢弃这么一把刀。他的指上有茧,原来的割麦锄田的茧没退,刻刀加厚了茧。指上有茧,不管是城还是乡,这是他的缘。

这一天,阴冷有雨,工艺厂的销售门面空荡荡的,杨最得来换柜台里的刻纸,本来守着店的女孩,想一时不会有顾客,见了杨最得,便拉他顶差,自去办事了。杨最得站在柜台前,看着外面雨景发呆。这时进来一个人,围着柜台转看,杨最得见他一身西装,很有派头，猜他是避一时大了的雨，对工艺品不会感兴趣，看看就会走的，也不去管他。然而这一位却在右角的墙前站停了，久久没有动身。

那边墙上正挂着杨最得的一张钟馗形象刻纸，这张刻纸较大，本是杨最得随意刻的，刻完了自己觉得好，就夹在镜框里挂起来了。这张钟馗像，刀法简洁，刻纸独有的镂空术，表现了生动的人物形象。神情苍茫的眼，还有飘拂的胡须，看去仿佛有着了立体感。原来刻纸图案的边框给突破了，多的是空白，只留右下的一角见方，连着一片草一块石，又仿佛是手绘的印章。那钟馗独立于世外的悲凉，却又断不了与世间联系的苍茫，形神俱现。杨最得也许并不自知，多少年自己人生沧桑的心境，于其间有着一种观照的意味。

杨最得走到那人身后，那人转过脸来，看上去面熟。那人一下子叫出了杨最得的名字，杨最得这才想起来，他是曾到乡下与自己下棋的尚春生。

这一个东西，啧啧。

尚春生手朝后指着墙上的刻纸，嘴里赞叹着。两人就唠了一刻，尚春生说他现在虽然下棋少了，但下棋这个东西，有过瘾头就断不了的，像是入骨的味道。说话时，他还不住地回头看墙上的刻纸。

你觉得好？会买吗？

当然买，多少？

杨最得就从墙上取下刻纸来，说送给他。

尚春生捧着镜框看看，再看看杨最得，说：看来这是你的杰作了？

杨最得说，看你的样子，眼下是喜欢，只要你有一刻的喜欢，给了你也是值了。

尚春生只顾看着那刻纸,随后说:我本来就要买的,但你的作品,我也就不客气,收了你的东西。哪天请你到我家去,就艺术这东西,可以好好谈一谈的。

年近花甲,遇上寒九,杨最得会觉得身体内里有点冷飕飕的。他还是天天上班。物价在涨,刻纸是老价钱却仍缺销路。杨最得端端正正地在椅子上坐下,握起刻刀,心中浮现一个图案,于是落刀,那一刻整个心思都在刀下,待刻成形象停了刀,他才感觉到手冷,便在袖中笼了手,静静地看着刚才刻就的作品。电话铃响了一会,他才知觉,很少有人给他打电话的。接话一听,是尚春生邀他去他的家里坐坐。送一张刻纸又算什么,杨最得想推辞,对方却说要手谈一局,他就应了。杨最得独自生活,没有其他爱好,幸亏有棋撑着。而今棋友对局少了,一般不邀在家里,去外面棋牌室,连着一顿简餐。杨最得不适应这种交际式的棋局。更多的棋友是上网下棋,随时可以找到对手。对此杨最得也不习惯,他下棋太认真,网上往往会有耍赖的,杨最得实在容不得棋品低下的,认为是玷污了棋。

尚春生家在近郊,几乎是没人声息的地方,杨最得按地址找到,发现是绿漆铁栅栏围着的别墅区。进入小区有保安查问,到别墅门口有狗吠。这是高档社区,却又给人一种安静的乡村气。

尚春生出来叫住了狗,把杨最得迎进门去。他穿着宽大的睡袍,还是在北方的习惯,双手笼在袖筒里,一边说着:欢迎来访寒舍。

你这叫寒舍,人家房子称什么呢?

真是寒舍。这片地方买房的都是投资者,就几家住着人,自然寒得很。听说后面要筑高楼,不过,以后人住多了,热闹了,我便卖了它搬走,我买这东西,就是图那么一点安静。

尚春生谈买卖房子,仿佛是随便似的。而杨最得蜗居一处小房子几十年,哪怕再添一点面积都不作想。简单一聊,这才知道尚春生可以称得上是一个收藏大家,在收藏行当里算是一个人物,上电视大讲堂讲过收藏。只是杨最得不看那种电视频道的。

什么收藏大家,做生意,做生意的。但与那些收藏生意人有点区别,因为我还懂点历史讲点艺术。

尚春生领杨最得参观他的别墅,到底是收藏大家,每层都挂着摆着艺术品,楼梯过道处,也挂小件艺术品点缀。底层是厨房与大厅,杨最得感觉走进了高档的家具城,对那欧橱美电,也就看看,眼光停留在艺术品上。

饭厅墙壁上挂着的一张画,是眼下当红画家所画,杨最得所在工艺厂,常会有人谈到而今的名画家,所以杨最得也曾听说过这位画家。这幅画可算作画家的代表作,画女人很开放,显着浓浓的艳色。

这张不怎么样,因为画家是我捧出来的,常往我家走,不挂他一张不好意思。尚春生介绍说:这一层都是一般挂挂的,图的是好看。

尚春生告诉杨最得,小区虽有保安,但地偏冷清,免不了偷盗风险,如有喜好字画的雅偷进门来,见好看的拿去一幅,也不太心疼。

二层是卧室,家具简约,空间充满艺术氛围,墙上多是国内名家的字画。尚春生说他专做国内生意,挂着的都是他喜欢的书画家作品。杨最得知道这些负有盛名的书画家,所画也非一般应酬画作。尚春生随便地介绍着它们的好处,也会谈到一点不足。他谈起艺术表现来,头头是道,细谈到作品是画家哪一个年代所画,每一个书画家都有他们的盛期与衰期,并非越老越值钱。也有一两幅字画作者并不有名,尚春生认为那是他们年纪轻,火候没有到,但极具潜质,由他推出,将来总会成功。

三层是书房,设书画间。长案桌上铺着毡布。尚春生说他也会在这里画画写写,但没有一幅能过自己的眼,统统撕了。请来的书画家,往往都会留个墨宝,那些书画都只能供他办事送人。这一层作品不多,都是精品。书房的电脑桌前方,却挂着一幅外国油画,照例尚春生是不经手外国画的,放这幅画是喜欢。杨最得看着也喜欢,只觉画中溪水及旷野,清静雅致,仿佛有着一种遗落于人间之外的情景,倒含几分禅意。杨最得发现,他与尚春生在鉴赏方面居然是相通的。

最上一层是阁楼。尚春生向杨最得着重介绍,那是他特意布置的棋舍。杨最得以为特别的美丽华贵,上去一看,却是一个名副其实的阁楼,就像旧日城里的阁子楼,不大,尖顶上还有一扇老虎天窗,让杨最得有一种熟悉感。杨最得自小就生活在这样的阁楼里。而今的新房子都类似鸽子笼的公寓楼,早已看不到这样的阁楼了。

阁楼中间摆着一个棋案,上面有着一张檀木的棋盘,旁边打开的两个棋盒中,是玛瑙棋子。阁楼上挂了三张艺术品。

一张是当代草圣的字,尚春生说许多当代的字画都没有经过时间考验,当红的往往都是炒作出来的,而他也是炒作的得力一员。但草圣的字是经典。这是草圣与文友谈诗的一幅字,草圣对诗犹有兴趣,谈诗有独特见解。这幅字是随心而作,不是为作书法而表现。真正的艺术品都是随心而作,是内心的宣泄,又圆融了文化素养与艺术见解。

一张是生活在异国他乡的华人画家的一幅画,西方油画的形式,透着写意的中国内涵,信笔画出的是无可排解的乡愁。

还有一张挂的便是杨最得的那幅钟馗刻纸。

尚春生告诉杨最得,这一块地方,他一直虚位而待,拿到杨最得的刻纸,才决定放上。这里的东西,都是真正独特的艺术品。

我第一眼看到它时,我就被震慑了,我见过无数艺术品,还是少见如此有艺术特质的作品。仿佛是从梦幻之地落入人间,落在那不起眼的工艺店的墙上。

一种无法言说的沧桑感。尚春生说,这张作品无论从构图与表现,都不一般,形象所显气质,悲而不哀,愤而不怨,刀法有不可思议的精细处,而空白更显舍弃达到的突破,弃而又弃,方见审美。没有天才的基因,没有人生的痛苦,没有守望的毅力,是不可能完成的。

杨最得只是微微摇着头。

你本不认为自己是在从事艺术创造吗?

尚春生张着手说,我把它放到了最顶层,并非因为你是我的朋友,而完全出自艺术角度。一张刻纸,换一个人求突破,也许便牛不牛马不马成四不像了。一般当代的艺人都讲创新,但他们还只是在模仿,模仿外国样式,可再怪诞依然脱不了外国人的模子。当然,它本身还是一幅刻纸工艺品,用钱来估价,它根本可以忽略不计。在拍卖场上,我收藏的作品拍过几百上千万的。

我有我的悲哀，我的艺术欣赏与我收卖的东西不是一回事。与那些暴发户打交道，讲的是赚钱效应。经营与经典不在一个层次，错位错得我成为双面人，然我只有取得更大的经济效益，才有可能收藏真正喜欢的艺术品。

你对艺术有如此理解与表现力，要是一开始就画画，你肯定在画上大有成就。现在一幅画，动辄一平尺数万，再遇上我为你包装，争一个画协主席什么的，一年几十万是少说的。到现在这个年龄，回转已难。与刻纸艺术相近的，是篆刻，都是一把刀。眼下金石这一行很吃香的，一个带边款的印章能卖好几万。但你不会去，门类不同，表现不同。印章的面很小，一个小天地，施展不开你的想象。

看来你还只有从事你的刻纸。这是一个被遗弃的艺术模式，就是我想帮你炒，也炒不出来。在这个商品时代，坚持表现独特的艺术性，是要舍弃一点东西的。也许你的突破，你的努力，你的寂寞，你的辛苦，只是一个人的表现，你仿佛与现实人间不在一条线上，注定无法为现时代的人接受，可能会有喜欢的人，但真正理解的，也许世界上只有我一个。

有你一个就够了。杨最得说。

杨最得将手中的一颗围棋子放在盘中，棋盘正中间天元上，一颗黑玛瑙孤子透着莹莹的翠绿。

人品与作品的双重魅力
——储福金印象

葛安荣

储福金,人好。

圈里圈外的熟人都这样称赞他。提到福金,总是先说他的人品,再论他的作品。人好,这两个字不容易做到,也不容易得到众口一词的评价。一如他的为人,福金的作品不张扬激烈,没有大红大紫过,然而也没有销声匿迹过,翻一翻大刊物,稍稍留心,便会发现他的名字。他的作品有着独特的魅力,许多人说他的作品像山泉清澈纯净,不断地流淌,显现着年轻的活力与气息,因而依然受到广大读者的关注和好评。作为一名优秀的小说家,他在文坛上早已声名远播,可他从来"海波不扬",总是避而不谈或者低调地评价自己的作品。文学寂寞的今天,他依然笔耕不辍,就在人们以为储福金可以搁一搁笔了,忽然间,一部文化含量丰厚,艺术表现精湛的长篇小说《黑白》再次饮誉文坛,令读者眼前一亮。同时,他又不断推出像《莲舞》这样精致的短篇、中篇小说。福金没让读者感叹他风光不再,感叹他"江郎才尽",福金依然保持着那种创作姿态,那种创作状况,那种创作精神,于小说创作,福金依然年轻,依然生机勃勃。

好小说如好茶。一道水,二道茶,三道四道是精华。好茶得细品慢饮,方能感觉出滋味无穷,神清气爽;好小说也得细阅慢品,方能感受其间精妙无比,余味悠悠。我的家乡是茶乡,盛产好茶。在我看来,福金的小说如好茶,喝着亲切,喝着香味盈盈,唇齿留香。

福金是茶乡人,是一个极重感情的人,他早年在金坛插队,与金坛的山山水水,与金坛的父老乡亲,结下了不解之缘,他的许多作品里渗透着金坛这片土地的灵秀和智慧,流淌着对这片江南水乡的挚爱与真诚。

往事并不如烟。我与福金交往30多年,熟悉他的人品和作品,一直在心里尊称他为老师、长兄和朋友。

初始福金,他在金坛电影院工作,我在乡村的一所中学任教。那时的他在金坛已经很有名气了,一篇题为《吃面》的短篇小说,被县城里的人传得神乎其神,传到了乡下。我怀着羡慕的好奇之心,从乡下赶到城里,等到夜场电影散场后见面。他把我领进他的宿舍,我就坐在他的床边沿上。这间屋低矮狭小,搁着一张简易木床板和一张写字桌,别无其他家具。空气里含着丝丝潮湿霉变的味儿。福金也许感觉到我稍纵即逝的异样表情,便点燃一炷清香,淡紫色的烟雾在灯光中袅袅升腾。当我注意写字桌上放着一只饼干筒,他告诉我写到深夜时,肚子饿了,就随手拿几块饼干填填肚子。

福金就"蜗居"在这里,用心血、汗水和智慧写出一篇篇作品,几年后,他的创作渐入佳境。

后来,他调到文化馆,他的一系列写"紫楼"的小说,表现的是文化馆的生活。再后来,他调到《雨花》当编辑,离开金坛前,他推荐我到文化馆工作,接替他主编一张文艺小报。文化馆的陈馆长对我说，储福金做事认真，别看这张小报纸，好多作者从这里起步的。我深谙陈馆长的意思，他让我学习储福金，把文艺小报编好。文化馆的人都对我说，储福金是苦出来的，是奋斗出来的，文化馆大楼，那储福金住的小阁楼上的灯每晚总是最后熄灭……

福金人在《雨花》，却常常牵挂着金坛的熟人和朋友，牵挂着金坛的文学创作状况。一有机会来金坛，他就问我创作情况，问作者队伍情况，然后找你找他，找不到就有一种遗憾的感觉。听说福金来了，很多作者带着稿子上门，而福金偶尔看到有亮点的稿子，情绪显得激奋，并把它带回《雨花》或推荐给其他报刊。金坛文学新人的发现和成长，都和储福金有着密切的关系。福金把作者的作品当作自己的作品，把别人的事当作自己的事去尽心倾力。看到作者进步，他高兴，看到作者发表作品了，他由衷地祝贺，甚至比自己发表作品都兴奋。

福金是一个厚道和平的人，宽容善良的人。

那些年，福金在金坛挂职副县长，虽然挂职的，是个虚职，但，县里的头头脑脑尊重他，一些事情让他参与，也听听他的意见。开大会，主席台上也有他的席位卡。开始，他也坐了几回主席台，后来大概觉得开会半天半天的太累，不太习惯，他就找了个借口不去了。那段时间，一听见有人叫他"储县长"，他就浑身不自然；有时，别人认认真真地叫他县长，他只好薄薄一笑了之。我常和他开玩笑，他反问我：我像个县长吗？客观地说，即使他是挂职副县长，如果想办个什么事也是方便的，然而，福金偏偏没有这样做，他怕县里给别人增添麻烦。事实上，你给他权力，哪怕权高位重，他也不会用于私利的。他人憨憨的，心慈手软，一副菩萨心肠，念着你，想着他,哪能像模像样地当官?举个小例子:逢年过节,机关里都要发一些福利,此是人之常情,再正常不过了,可他却早早返回南京。他是一个十分知趣的人,他觉得拿那些东西不自在。

挂职期间,县里给他像模像样的办公室和宿舍,可福金念念不忘的是文学,经常有一些作者带着作品到县政府找他,他像以前一样的热情细致,一样的以文友的身份,与作者交流意见,弄得堂堂副县长的办公室像编辑室,像接待室。

在金坛,我深深记着福金唯一一次以"副县长"的身份发火,那是我第一次见到像他这样文静柔弱的人,也表现出一种强悍。那是为一个作者的职称受到不公平的评定,他找到当时评职称的负责人之一理论。记得福金先生是和风细雨,用好言疏导,但那人有点不把"副县长"放在眼里,说你也不要说你懂,我也不说我懂,职称问题复杂得很!福金火了:"你可以说你不懂,但我不能说我不懂,我懂创作,我是这方面的专家,我到县里挂职,别的问题我管不上,但作者的职称我还是要问个明白的!"由于福金的据理力争,这个作者的职称问题终于合理解决了。

福金为作者的权益和尊严抗争了一回。

其实,福金是个相当宽容和谦和的人,言行得体而儒雅。他善于原谅别人,常常换位思考,帮助化解文友之间的一些误会和矛盾。所以,好多文友心有不悦时愿意找他说真话,说心里话,觉得与他交往是一种享受。物欲化膨胀的今天,人与人交往变得复杂而艰难,其间难免掺杂一些其他成分。福金帮助人总是不遗余力,不图回报;而别人帮助过他的,即使遥远的过去也会渐渐清晰,也会点点滴滴在心头。他是一个懂得感恩的人,我们在一起闲聊的时候,他每每提起旧时金坛的孟济元、沈成嵩、毛德春、杨舜……说起老县长周尚达、老部长陈爱清、老馆长陈杰;说起电影院的人、文化馆的人对他的帮助和关心,念着他们的好,念着旧情,一串串话语完全从心里流淌而出。

30年与福金交往,他的言行深深影响了我,我感受到他人格的魅力。自八十年代末到今天,我在金坛做文联工作20多年,一直学着福金的做人和做事。

我的小说创作起步晚,最初的作品,喜欢拿给福金看;福金像老师批改作业一样认真,然后与我谈,看到我的进步,他很高兴,看到我没有新的突破,他着急。他到《雨花》当编辑,就希望我的作品马上能在《雨花》发表。后来他调到专业创作组,依然关注我的创作,有一天,《雨花》一下子留了我一组小说,拟发"江苏青年作品小辑"。他把这个喜讯在电话里告诉我,我能感觉出他异常的兴奋。记得第一次在《上海文学》发表的中篇小说《花木季节》,先前这部中篇被几家刊物退回,在外面漂泊了很长时间,我已经失去信心了,拿给福金看,福金说是篇好东西,让我不着急,并提出几点修改意见。终于有一天,他在第一时间把《上海文学》主编的话转告我,说我的《花木季节》就像刚出笼的包子,新鲜,热气腾腾的。我听他的声音,能感觉出他的激奋和喜悦之情。后来,《花木季节》在新年的第一期,以头条位置发表了,并很快被几家报刊转载,直到前几年,还有著名评论家评点这篇作品,说《花木季节》是一部被新时期忽略的小说。于自己的作品,我学习福金,不愿多说多宣传。而福金只要遇到适当的人和场合,都会说我作品的好。对我是这样,对别的作者也一样,尤其是对青年作者的关心和扶持，是有口皆碑的。

在圈内，每每议论作家和作品，有褒奖惊叹的，也有不屑一顾的，甚至言辞尖刻的，但，福金总是温和地说，客观地说，辩证地说，从未贬低作品与人，他能包容和理解，也善于发现别人的长处和别人作品的美丽之处，显得十分坦然和轻松。福金的心胸是宽阔的。他坚守着自己的文学观念和精神家园，不随波逐流，不赶潮流，却也能看得惯潮头上的东西，甚至能发现"潮头作品"中一些好的方面，一些值得借鉴的地方。福金天资聪颖，不仅写出一部部优秀的作品，而且具备扎实的理论功底。专业讨论会上，他独具眼光，侃侃而谈；业余文学讲座，他知识面开阔，由浅入深，生动活泼，一次次赢得好评！

福金的朋友多，不忘老朋友，结交新朋友，人缘好，圈内圈外的人都知道。

记得江苏省第七次作代会闭幕的第二天早晨，各地代表先后离开宾馆。一个要走，几个人送行，依依不舍地握别。福金就站在大门口送你送他，生怕漏掉一个熟人。在这次大会上，福金再次当选为省作协副主席，我知道，福金凭着人格和作品的双重魅力赢得了代表们的信任和尊重。我很晚离开宾馆的，他握着我的手："我们还没有好好聊聊呢！"我只是笑笑。感受着他的真诚和淡淡的遗憾，我心里多多少少有点落寞和感伤……

我和福金有说不完的话，我与福金在一起的时间总觉得太短。

一晃30多年逐水踏浪而去，30多年里，我在金坛城里与许多人交往，与许多人共事，然而，现在要把那些人和事想得完整，想得清晰，实在很难，即使努力地想，意识里也是模模糊糊的，笼着一层雾似的。但是，我却清楚地记得福金，记着福金拨动我心弦的一件件事！我们每每交往的前后细节，每每说话的重点内容，每每很晚在金坛城走过来走过去的情景，至今记忆犹新啊！

春风大雅能容物，秋水文章不染尘。为人，为文，春风秋水，福金摒弃了许多功利的东西，不浮躁，不张扬，平平静静，温温和和，真真实实……

一个作品与人品都好，一个具有双重魅力的作家，这就是储福金留给我们的印象。

(原载《时代文学》2011年1月号)

储福金主要作品目录

长篇小说

《羊群的领头狮》	人民文学出版社，1985.2.
《奇异的情感》	上海文艺出版社，1987.1.
《新十二钗》	四川文艺出版社，1992.1.
《心之门》	作家出版社，1994.1.
《柔姿》	中国青年出版社，1994.1.
《雪坛》	作家出版社，1994.6.
《魔指》	江苏文艺出版社，1998.1.
《细雨中的阳光》	新世界出版社，2003.1.
《婆娑之舞》	上海文艺出版社，2008.1.
《黑白》	人民文学出版社，2007.1.
《S形的声音》	安徽文艺出版社，2011.
《心之门》	安徽文艺出版社，2018.1.
《棋语》	江苏文艺出版社，2018.1.
《黑白·白之篇》	江苏文艺出版社，2014.
《念头》	人民文学出版社，2018.

中篇小说集

《神秘的蓝云湖》	江苏人民出版社，1986.

中短篇小说集

 《桃红床的故事》　　　　　　　江苏文艺出版社，2008.
 《雪夜静静》　　　　　　　　　中国书籍出版社，2018.
 《储福金精品小说集》　　　　　南海出版公司，2012.

散文集

 《重见》　　　　　　　　　　　江苏文艺出版社，2012.
 《禅院小憩》　　　　　　　　　江苏文艺出版社，1998.

散文随笔集

 《放逐青草地》　　　　　　　　百花文艺出版社，1999.

英文版小说集

 《裸野》　　　　　　　　　　　中国文学出版社，1995.

法文版小说集

 《迷惘》　　　　　　　　　　　中国文学出版社，1995.

中篇小说

 《石门二柳》　　　　　　　　　《钟山》，1982.3.
 　　　　　　　　　　　　　　《中篇小说选刊》，1982.6.
 　　　　　　　　　　　　　　《小说月报》，1982.9.
 《生命交响诗》　　　　　　　　《十月》，1983.6.

《人之度》	《上海文学》，1991.2.
	《中国文学》法文版，1994.3.
	《中篇小说选刊》，1991.6.
《情之轮》	《芙蓉》，1992.6.
	《小说月报》，1993.3.
《桃红床的故事》	《收获》，1993.3.
	《小说月报》，1993.9.
《九明家的女人》	《红岩》，1990.2.
	《中篇小说选刊》，1990.4.
《与其同在》	《钟山》，1992.5.
	《作品与争鸣》，1993.8.
《自由自在》	《雨花》，2001.4.
《幻色》	《钟山》，1994.7.
《雪冬》	《钟山》，1998.6.
《金野》	《收获》，1986.4.
《浮舟》	《收获》，1992.1.
《浮桥》	《收获》，1990.6.
《暖雪》	《钟山》，1985.4.
《生命圆舞曲》	《钟山》，1987.3.
《聚》	《上海文学》，1990.7.
《生命协奏曲》	《当代》，1992.1.
《裸野》	《小说界》，1992.2.
《我是一个魔术师》	《钟山》，1990.5.
《重影》	《小说家》，1991.2.

作品	出处
《投影》	《作家》，1990.7.
《四季小院》	《人民文学》，1994.7
《萤》	《小说》，1994.7.
《生命交响诗》	《十月》，1983.6.
《一束将寄出的信》	《江南》，1985.6.
《魔》	《莽原》，1987.5.
《青女》	《漓江》，1987.3.
《金鸟》	《莽原》，1992.2.
《纸门》	《上海文学》，1994.12.
《陈年老酒》	《广州文艺》，1994.11.
《朦胧》	《上海文学》，1992.7.
《悬梯》	《漓江》，1992.1.
《离婚记》	《城市文学》，1991.6.
《四野萧音》	《山花》，1996.12.
《时效》	《啄木鸟》，1995.6.
《哲人古北》	《花城》，1996.5.
《绿野》	《东海》，1996.4.
《街边的彩灯》	《萌芽》，1995.6.
《寻找如水》	《钟山》，1995.5.
《玩笑》	《上海文学》，1995.12.
《沉浮》	《江南》，2000.1.
《鹅鹅鹅》	《北京文学》，2000.6.
《香蕴》	《上海文学》，2001.7.
《平常人生》	《十月》，1999.3.

《重见李青叶》	《百花洲》,1993.3.
《圈评》	《时代文学》,1993.5.
《放松》	《北京文学》,1995.10.
《心行》	《小说家》,1997.5.
《细雨中的阳光》	《百花洲》,2002.6.
《雨潭坡》	《长城》,2003.4.
《莲如》	《钟山》,2009.3.

短篇小说

《彩》《苔》《怆》	《上海文学》,1990.1.
《黄表》	《萌芽》,1988.11.
《绿井》	《上海文学》,1988.7.
《善心的功能》	《上海文学》,1993.1.
《中国文学》	法文版,1994.3.
《花野》	《上海文学》,1985.12.
	《小说选刊》,1986.3.
《算盘》	《雨花》,1985.12.
《嫁》	《上海文学》,1982.10.
《缝补》	《北京文学》,1997.09.
《青青葵》	《小说》,1996.02.
《细细草》	《小说》,1996.02.
《引力》	《上海文学》,1998.04.
《镜蚀》	《钟山》,2000.02.
《行舟》	《芙蓉文学》,2003.04.

《青白》 《人民文学》,2003.
《雪夜静静》 《芳草》,2004.11.
《平常生活》 《天津文学》,1993.5.
《棋语·冲》 《收获》,2007.6.
《小说月报》,2008.2.
《新华文摘》,2008.6.

《紫楼》 《雨花》,1986.11.
《三人行》 《山花》,2000.9.
《春色》 《山花》,2000.5.
《与我同行》 《山花》,1998.6.
《动静》 《上海文学》,2000.3.
《颜青》 《上海文学》,1999.11.
《陶陶》 《小说家》,2001.3.
《色蕴》 《山花》,2001.7.
《方程式》 《雨花》,1998.5.
《岔路》 《人民文学》,1999.10.
《背景》 《雨花》,1998.5.
《小院人家》 《上海小说》,1999.4.
《红光》 《西湖》,1991.5.
《对谁倾诉》 《上海文学》,1995.12.
《落》 《人民文学》,1995.12.
《无可躲避》 《山花》,1996.5.
《第十二号》 《山花》,1995.1.
《诚意关怀》 《广州文艺》,1996.3.

《对象》	《特区文学》，1998.5.
《天使在飞翔》	《滇池》，1998.6.
《难以诉说》	《春风》，1995.22.
《习惯欺骗》	《春风》，1995.11.
《忏悔》	《收获》，1994.6.
《初恋》	《中国妇女》，1986.1.
《看书》	《青年文学》，1997.7.
《挑炭》	《山花》，1997.
《六指》	《人民文学》，1997.5.
《治病》	《钟山》，1997.4.
《租房女》	《芒种》，1995.5.
《我的一个侄子》	《天津文学》，1994.9.
《分》	《人民文学》，1990.10.
《预示的生活》	《上海文学》，1993.1.
《他日相逢》	《青年文学》，1985.3.
《顶替工马强义》	《雨花》，1985.4.
《摸鱼》	《萌芽》，1983.4.
《在湖滨游泳池》	《电视电影文学》，1982.4.
《小县里的画家》	《萌芽》，1982.8.
《英妹》	《中国青年》，1981.20.
《父亲的材料》	《春风》，1981.1.
《做母亲的》	《雨花》，1981.6.
《东岗姥探亲》	《雨花》，1980.10.
《结论》	《钟山》，1981.1.

《吃面》	《雨花》，1980.3.
《山区主任李树》	《作品》，1979.12.
《老田头上岳阳》	《江苏文艺》，1978.1.
《红花》	《安徽文艺》，1978.1.
《古木兰的眼泪》	《延河》，1986.
《村影》	《钟山》，1994.3.
《染》	《钟山》，1994.3.
《两个老女人》	《上海文学》，1989.5.
《月正圆》	《文汇月刊》，1990.2.
《丧日》	《萌芽》，1988.11.
《与梦说官》	《雨花》，1996.1.
《战胜预言》	《雨花》，1996.1.
《城之梦》	《长江文艺》，1993.10.
《在公园》	《西湖》，1985.4.
《异形果》	《作家》，1994.2.
《变味糖》	《作家》，1994.2.
《欠者》	《雨花》，1992.12.
《珠珠》	《东海》，1985.8.
《她的初恋》	《花城》，1985.6.
《官者》	《作品》，1993.7.
《化》	《青年文学》，1991.4.
《像》	《东海》，1991.10.
《挂》	《小说林》，1991.1.
《治病》	《钟山》，1997.4.

《抓鼠》	《北京文学》,1987.8.
《舞台青春》	《春风》,1983.6.
《草花》	《延河》,1984.9.
《蔷薇》	《钟山》,2001.1.
《变色口红》	《天津文学》,1987.12.
《入营》	《春风》,1989.10.
《朋友的朋友》	《湖南文学》,1996.12.
《阁楼》	《上海文学》,2003.3.
《触蕴》	《花城》,2001.3.
《味蕴》	《上海文学》,2002.4.
《与大师吴之奇对话》	《山花》,2003.1.
《做个好女人》	《上海文学》,2004.12.
《棋语·借用》	《山花》,2007.12.
《愿意给你》	《山花》,2004.
《紫云》	《钟山》,2003.
《柔姿》	《芳草》,1993.10.
《红墙》	《雨花》,1988.8.
《眼光》	《北京文学》,1993.11.
《择偶生活》	《广州文艺》,1993.7.
《乡村生活》	《芳草》,1992.12.
《诚意关怀》	《广州文艺》,1996.3.
《寻找》	《四川文学》,1996.7.
《橙云》	《青年文学》,1988.6.
《莲舞》	《上海文学》,2009.12.

《旗舞》	《山花》，2009.12.
《我们都是钟点工》	《山花》，2009.12.
《如梦令》	《作家》，2010.10.
《莲盒》	《时代文学》，2011.1.
《渡过等待》	《上海文学》，2012.4.
《前面向前后面向后》	《天津文学》，2016.1.

理论

《关于"时尚审美需要"问答》	《作家》，1991.7.
《关于的"先锋意义"问答》	《山花》，1992.8.
《关于"中国形式"问答》	《上海文学》，1990.6.
《经典与时尚》	《山花》，2009.12.
《雅俗之我见》	《扬子江评论》，2012.6.
《生活体验与艺术追求》	《时代文学》，2011.1

本书配有智能阅读助手,为您1对1定制

《与其同在》阅读计划

帮助您实现"时间花得少,阅读体验好"的阅读目的

(建议配合二维码一起使用本书)

您可根据自己的学习需求,量身定制专属于您的阅读计划:

阅读服务方案	阅读时长指数	为您提供的资源类型	帮助您达到以下学习目的
1. 高效阅读	阅读频次 较低 每次时长 较短 总共耗费时长 ■□□	总结类	帮助您快速了解《与其同在》故事梗概
2. 轻松阅读	阅读频次 较高 每次时长 适中 总共耗费时长 ■■□	基础类	享受时光,简单阅读完《与其同在》
3. 深度阅读	阅读频次 较多 每次时长 较长 总共耗费时长 ■■■	拓展类	阅读更多同类延伸作品

针对您选择的阅读计划,您可以享受以下权益:

立刻获得的主要权益

作者小传
由出版社独家提供
本书作者小传

书评
由出版社独家提供
名家书评文章

作者主要创作目录
由出版社独家提供
本书作者主要创作目录

访谈文章
由出版社独家提供
本书作者访谈文章

▶ **专享本书社群服务**　提供创造价值与私密的深度共读服务,群内分享阅读干货,发起话题探讨。
▶ **1套阅读工具**　辅助您高效阅读本书,终身拥有。

每周获得的主要权益

专属热点资讯
16周社科文学类资讯推送
每周2次

配套线上读书活动
16周群内分享阅读干货,发起话题探讨
每周1~3次

精选好书推荐
16周精选文学社科热门好书推荐
每周1次

长期获得的主要权益

▶ **线下读书活动推荐**　精选活动,扩充知识开拓视野　不少于1次
▶ **抢兑礼品**　免费抽取实物大礼　不少于2次限时抽奖

微信扫码

首次添加智能阅读助手的步骤
第一步:扫描本页二维码。
第二步:点击 [雇用我] ,长按识别二维码,添加智能学习助手。
或者,您也可以点击 [添加好友] ,然后点击 [点我加好友] ,长按识别二维码,添加智能学习助手。
第三步:点击 [雇用我吧] ,根据页面提示填写【本书完整书名】,即可获取本书的配套服务。
(您也可以选择页面下方【跳过步骤】直接进入首页)
第四步:点左上角 🏠 进入首页,点击【1对1定制阅读计划】,可为您定制本书阅读服务方案。

再次使用智能阅读助手的方法
方法一:打开手机微信,在【微信】界面下拉(如图一所示),找到智能阅读助手的图标 ,点击即可。
方法二:打开手机微信,在【发现】界面点击【小程序】(如图二所示),找到智能阅读助手的图标 ,点击即可。
方法三:微信再次扫描本页二维码,按照步骤指引使用。

图一　图二

❶ 鉴于版本更新,部分文字和界面可能会有细微调整,敬请包涵。